中宣部 2019 年主题出版重点出版物
2018 年中国作家协会重点作品扶持项目

国家出版基金项目
NATIONAL PUBLICATION FOUNDATION

中国北斗

龚盛辉 著

山东文艺出版社

图书在版编目（CIP）数据

中国北斗 / 龚盛辉著. —济南：山东文艺出版社，2021.12
ISBN 978-7-5329-5852-8

Ⅰ . ①中… Ⅱ . ①龚… Ⅲ . ①报告文学—中国—当代
Ⅳ . ①I25

中国版本图书馆CIP数据核字（2019）第071692号

中国北斗

ZHONGGUO BEIDOU

龚盛辉　著

主管部门	山东出版传媒股份有限公司
出版发行	山东文艺出版社
社　　址	山东省济南市英雄山路 189 号
邮　　编	250002
网　　址	www.sdwypress.com
读者服务	0531-82098776（总编室） 0531-82098775（市场营销部）
电子邮箱	sdwy@sdpress.com.cn
印　　刷	山东临沂新华印刷物流集团有限责任公司
开　　本	720 毫米 × 1020 毫米　1/16
印　　张	20　插页 / 3
字　　数	280 千
版　　次	2021 年 12 月第 1 版
印　　次	2025 年 11 月第 8 次印刷
书　　号	ISBN 978-7-5329-5852-8
定　　价	48.00元

前 言

　　放眼寰宇，茫茫太空中翱翔着种类繁多的卫星，时时刻刻为人类活动提供各种各样的服务。其中有一种卫星叫导航卫星，它们就像一双双"天外慧眼"，目不转睛地俯瞰地球，让人们随时都知道自己身在何处，又可以去往何方。有了它们，海洋里的航船在礁群浪丛间从容穿行，天空中的飞机在茫茫云海上永不迷航，陆地上的车辆和行人在歧途岔路间找到方向……

　　美国是世界上首先探索卫星导航技术，率先建成全球卫星导航系统（GPS）的国家，在惠及普通民众的同时，美国也首次将卫星导航技术引入战场。这一得天独厚的军事技术，使得美军的"战斧"巡航导弹创造了"千里穿杨"的神话，实现了精准打击，赢得了巨大的战场优势，并开启了新一轮世界军事技术革命的大幕。

　　从此，卫星导航技术成为世界强国志在必得的重要战略技术。对于中国而言，拥有自己的导航技术可以打破垄断、不惧恐吓，维护世界和平、造福世界人民。这是大国的格局，大国的眼光。

　　中国，作为拥有五千多年文明史的古国，古代的"四大发明"有力地推动了人类社会的发展和进步。当今世界早已进入信息化时代，创新已成为引领发展的第一动力，中国理应在卫星导航这个高科技领域有自己的贡献。这既是推动社会经济发展、实现"中国梦"的需要，也是中国对世界科技发展应尽的责任、应有的担当。

正是出于这样的大国理想、大国情怀，1994年，中国做出重要决策，研制发展中国独立自主的北斗卫星导航系统。转眼间，北斗已经走过二十七年艰辛跋涉之旅。

起步之初，我国在卫星导航领域的技术储备相当薄弱，经费紧张、技术落后、人才匮乏，开局困难重重。但从启航的那一天开始，北斗建设就坚持走自己的路，依靠科技创新解决核心技术。"两弹一星"元勋陈芳允，放眼世界，结合中国国情，提出具有中国特色的"双星定位系统"方案；"两弹一星"元勋孙家栋，毅然肩负起北斗一号总设计师重任，带领北斗团队迈出了自主创新的坚定步伐；测绘专家谭述森，临近退休之年担当大任，带领团队在一间铁皮屋里完成了北斗一号总体设计；北京卫星导航中心主任王小同，不畏艰辛，立下"哪怕舍弃生命，也要践行使命"的"军令状"；航天专家李祖洪、范本尧，勇于担当，毅然肩负起北斗"双星"研制重任；高新科技研究院北斗团队背水一战，攻克关键核心技术，突破制约工程进展瓶颈，几个年轻人更是情系北斗，无私奉献……北斗人以破釜沉舟的坚定毅力，于21世纪初完成北斗一号系统建设，迈出了中国卫星导航系统建设坚实的第一步，使中国成为继美国、俄罗斯之后第三个拥有自主导航定位系统的国家。

中国坚持以"自主、开放、兼容、渐进"的原则建设和发展北斗，目标是建设世界一流的卫星导航系统，满足国家发展需求，为全球用户提供连续、稳定、可靠的服务。2004年，国家有关部门批准建设北斗二号卫星导航系统。北斗人瞄准建设世界一流导航系统的高远目标，设计了独一无二的"中国星座"；在星载铷原子钟这个卫星导航关键核心技术领域，成功实现由追赶到领先的跨越；在与欧盟伽利略卫星导航系统的频率协调中，为赢得发展民族卫星导航事业的最后机遇，努力拼搏，奋起冲刺，在频率"七年之限"的最后时刻，成功发射北斗二号组网首星。之后，北斗人一路奋进，开启"密集发射"之旅，降服"太空魔王"，镇住"伪距波动"，赢得了"四个第一"，实现了"十大创新"，不仅占领了频率阵地，而且达到了系统主要性能"覆盖区域与GPS相当"的建设目标。北斗导航开始应用于大众消费、智慧城市、交通运输、公共安全、减灾救灾、农业渔业、精准机控、气象探测等众多领域，服务多个国家的现代化建设和百姓日常生活。

为顺利推进北斗全球卫星导航系统建设，北斗人坚持两条腿走路。2006年，他们在紧锣密鼓地开展北斗二号工程攻坚的同时，拉开了国家科技重大专项建设的序幕，展开北斗三号全球系统关键技术攻关。美国建设GPS，在天上布了一张卫星网，在世界各地建设了一张基站网，共同构成了"天罗地网"，但中国无法在世界各地建设地基网站。北斗人不怕一切困难，别人走过的路，我们走不通，就勇辟新路，巧妙地为北斗三号设计了星间链路，占领了世界卫星导航技术新的制高点。凭着这种"自主创新、团结协作、攻坚克难、追求卓越"的北斗精神，北斗人攻克了具有世界领先水平的新一代导航信号技术，实现了卫星小型化等一系列颠覆性创新，开启了北斗卫星导航新气象，创造了卫星导航新奇迹。

二十七年时光荏苒，为了北斗，多少当初的"毛头小伙儿"已然白了头，多少"子欲养而亲不待"的悲痛永留心间，多少健壮的身躯历尽沧桑，又有多少造星人已然远去，化作北斗星座璀璨的光芒……

北斗人用心血、汗水与智慧，成功地开创了一条中国式北斗之路。在这条中国特色卫星导航创新道路上，北斗人披荆斩棘、继往开来，从覆盖国土的北斗一号、覆盖亚太的北斗二号到覆盖全球的北斗三号，探索创新的脚步从未停歇。2020 年 7 月，北斗卫星导航开始服务全球，在建设社会主义现代化强国的征程上又增添了一个大国重器，国家经济更加繁荣昌盛，高新技术创新更加充满生机，人民生活更加丰富多彩……而且，随着北斗导航与 GPS、格罗纳斯、伽利略等导航系统广泛深入的融合，北斗导航将为世界提供质量更佳、稳定性更好、可靠性更高的服务，更好地服务"一带一路"建设，造福世界人民，为人类社会发展做出应有的贡献。

北斗，是中国人民的福星！

北斗卫星导航，是中华民族的慧眼！

北斗卫星导航的全球化推广应用，是大国的责任与使命，是真正的大国担当！

CONTENTS
目　录

中篇
放眼亚太

下篇
极目寰球

上 篇

凝眸
神州

第一章
GPS震惊世界

　　"我在哪里""你在哪里"，这是人类生存需要解决的基本问题之一，也是决定战争胜负的关键因素。美国建成 GPS，实现了快速精准定位，创造了"千里穿杨"精确打击目标的战争神话，拉开了以信息化为特征的新一轮导航技术革命的序幕。

01 生命之问："我在哪里"

"我在哪里？"

"我该往哪里去？"

这既是时空概念，也是哲学话题，甚至是关乎生死存亡的关键问题。

20 世纪 80 年代初的一天，一支国家地质考察队完成当天的勘探任务后，天色已晚。按计划，他们要赶到十公里外的宿营地。他们背好勘探设备，沿着预定行进路线进入一个林木茂密、杂草齐肩的狭长山谷。队长走在前面，用事先准备好的砍刀一路披荆斩棘，把大家带到一个三岔谷口。

他掏出地形图铺在地上，借着手电筒微弱的亮光，对照地形图查找自己所处的位置，可因该地形图过于老旧，等高线非常粗糙，且与实际地形地貌严重不符，加之夜色茫茫，压根无法确定自己所在的地点。

队长只好收起地形图，用指北针辨别前行的大致方向，哪知屋漏偏逢连夜雨，受当地特殊地质条件影响，指北针失灵了。

队长把目光投向头顶的天空，却见乌云压顶，漆黑一片，根本看不到用以辨别方向的大熊星座、小熊星座。

他又透过夜幕仔细观察周围树木的长势，试图以枝叶疏密判定南北东西，哪知在这亚热带山谷里的树木，受光均匀，四周枝叶长势差别极小。

他想起此前的业务集训时，地形学专家说，南面的山坡多长苔藓且密盛，而北面的山坡却少有苔藓，即便有也比南坡稀疏得多。但他仔细查看两边山坡后，却发现两边不仅都长有苔藓，而且疏密相差无几。

队长忽然间感觉像掉进了汪洋大海，四顾茫然，只能凭直觉带着大家向最左边的峡谷走去，可走了一个多小时后，却发现前头三面峭壁，是条绝路。

他们只好折返原地，沿着中间峡谷前进，哪知半个小时后，又发现前面是断崖……

就这样，他们在深山丛林间迷路了。三天后，大本营的救援队找到他们时，考察队的队员们已饿得奄奄一息。

这样的险情并非个例啊，有时甚至可能演变为悲剧。

1980年5月，经过政府批准，科学家彭加木带领中国罗布泊考察队，开始罗布泊科考活动。他们进入罗布泊后不久，携带的水和汽油快用完了，被迫安营驻扎。彭加木为寻找急需的水源，给大家留下一张"我往东去找水井"的字条后，一个人离开了科考队，再也没有回来。中国科学院得到彭加木失踪的报告后，先后派出四批搜寻队伍，上千人次深入罗布泊地区反复寻找，但始终没有发现彭加木。彭加木的失踪，给后人留下了一个大大的问号。

俗话说，"海阔凭鱼跃，天高任鸟飞"，洄游的巨鲸、迁徙的候鸟，自有导航的天赋。人类面对深山丛林、无垠沙漠会迷失方向，在浩瀚的海洋和辽阔的天空面前，长期以来，导航方式也非常有限。比如地标导航，早期航海只能沿着海岸航行，飞行也无法跨洋。再比如天文导航，受天气影响较大，导航的精度不高，十分容易发生偏航。即使在无线电领航技术兴起的岁月里，因为沙漠和大洋之上难以兴建地面导航台，或者能设置地面导航台的地方因偏远而难以维护，都会给定位带来很大的困扰。

"我在哪里""我该往哪里去""何时能到何地"，是人们时刻都会遇到而且必须回答的问题。

02 带着"向导"的导弹

在充满未知的地球上，如何准确找到自己的位置和前行方向，是科学家矢志不移的追求之一，并时刻牵动着他们敏锐的神经。

1957 年 10 月 4 日，人类第一颗人造地球卫星在苏联的拜科努尔航天发射中心升空，开启了人类的太空时代。

美国当局立即指示约翰斯·霍普金斯大学应用物理实验室跟踪卫星运行情况，并设法计算卫星轨道数据。

实验室主任弗兰克·麦克卢尔指派数学家比尔·盖伊和物理学家乔治·威芬巴赫负责这一任务。他们在跟踪这一卫星时，发现它的频率出现了偏移现象，经研究认为，这是相对运动引起的多普勒频移效应。两位科学家研究后，在地面上架设了多部接收机，根据接收到的信号的不同频差，成功地对这颗苏联卫星进行了多普勒定位跟踪，最终推算出了这颗卫星的运行轨道。

麦克卢尔得到报告后，向他们表示祝贺，然后又去思考自己的问题了，把盖伊和威芬巴赫晾在一旁。可就在他们打算转身离开时，麦克卢尔示意两人等等，然后一把将他们抱住，兴奋地说："真是太棒了！你们不仅解决了自己的问题，也为我眼下的难题提供了新的解决思路！"

盖伊和威芬巴赫不约而同地摊了摊手。他们不知自己的顶头上司在说什么。

麦克卢尔激动地拍着他俩的肩膀说："难道你们不知道我正在做一个海军的项目吗？他们让我想一个办法，可以尽快知道茫茫大海中军舰的具体位置，这些日子都把我愁死了。可刚才，就在刚才，我似乎已经找到了这个办法。你们想想看，既然你们能够发现卫星在哪里，如果把问题反过来，卫星就能发现你们在哪里，海军军舰的定位问题不就解决了吗？"

人类首颗卫星升空的第二年，即 1958 年，美国海军率先开启了卫星定位研究，经过数年卓有成效的探索，建成了人类第一个卫星定位系统——子午仪卫星定位系统。尽管它还显得有些简陋，由于定位时间长，不能连续导航，也难以修正电离层延迟误差，但它在人类定位技术史上无疑具有革命性的影响和意义。针对它的缺陷，美国海军也提出新计划，试验了星载原子钟，拟为海军舰艇尤其是核潜艇提供低动态的二维定位服务。与此同时，美国空军提出"621B 计划"，准备以伪随机码为基础的测距原理，为空军提供高动态三维服务。1973 年，五角大楼将海空军的方案合二为一，建立国防导航卫星系统，这是 GPS（Global Positioning System）的雏形。此后不久，国防导航卫星系统更名为全球定位系统，即 GPS。从 20 世纪 70 年代末到 80 年代中期，美国先后发射十一颗试验卫星，充分验证了地面接收机、地面跟踪网络和 GPS 卫星定位能力的可靠性。1989 年 2 月，第一颗 GPS 工作卫星成功发射，GPS 开始组网。此后短短两年间，美国共发射了九颗 GPS 卫星，可谓争分夺秒，紧锣密鼓。

经历了 20 世纪 50 年代的朝鲜战争和自 50 年代持续至 70 年代的越南战争后，面对数字惊人的人员伤亡，美军对短兵相接、相互渗透的作战模式产生了恐惧，开始探索新的作战模式。随着信息技术的出现并不断成熟，美国提出了"精确战"概念。

"精确战"是指依靠信息技术的支持，运用精确制导武器系统，对敌人实行精确打击的作战模式。它可在多维空间和不同时间，以多种方式对敌人目标实施全方位立体打击，进而达到作战目的。它具有作战距离远、重点打击精确、作战节奏快、作战效益高、附带伤亡小、作战可控性强的特点。

"精确战"的实现，需要信息技术尤其是卫星导航定位技术的支撑。20世纪80年代末90年代初，随着美军 GPS 初具规模，"精确战"这一新的作战方式也呱呱坠地。

1990年8月，海湾战争爆发。1991年初，美国发起了代号为"沙漠风暴"的军事行动。这场行动几乎是在美军部署完成第一个 GPS 基本星座的同一时间实施的。就在行动实施之前的十六个月里，美军先后发射了十颗导航卫星，与在轨的数颗超期服役试验卫星，共同组成了一个庞大的GPS 星座，为整个海湾战区提供全天候二维（经度、纬度）和每天十九小时的三维（经度、纬度、高度）导航定位服务。

当时美军的导航卫星为防区外发射的空对地导弹提供了精确制导，在高密度空袭中，为几百架飞机提供精确导航，提高了战斗机和轰炸机的攻击精度，隐身飞机和巡航导弹几乎全靠 GPS 来选择隐蔽的进攻路线。同时，它还为在沙漠中行军的部队提供了精确定位服务和方向指引。虽然此时 GPS 卫星在战争中应用有限，但它却向世人展示了巨大的潜在军事价值，尤其是"战斧"巡航导弹的威力，更是让人目瞪口呆。

时任伊拉克总统萨达姆耗时近十年，苦心经营了一座深入地下数十米、富丽堂皇的地下总统府。战争爆发后，美军实施"斩首行动"，从战舰上发射的两枚"战斧"巡航导弹，在 GPS 引导下飞行两千多公里，一前一后精确通过直径不到两米的位于沙漠腹地的地下总统府地面换气窗，一举摧毁了萨达姆的地下宫殿。萨达姆因为在军营视察，才侥幸逃过此劫。

两枚"战斧"巡航导弹，飞行两千多公里，全部命中直径不到两米的目标！还有什么比它更精准？

由此，"战斧"被人们称为"带着'向导'的导弹"。

这场战争，也被军事理论家们称为"精确战的源头与象征"。

03   高科技领域的"新宠"

大量高科技武器的使用，使第一次海湾战争向人类呈现出一个崭新的战争形态：以往的沟壕战、攻城战全部不见了踪影，取而代之的是运用高科技武器对敌方高价值战略目标进行定点清除。但它的战争消耗空前巨大，这场正面交锋仅持续四十余天的战争，竟耗资数百亿美元。好在美国自己仅支付其中的 20%，剩余的 80% 由科威特、沙特、日本、德国、阿联酋、韩国等盟友买单。否则，就像美国参议员们说的："这样的战争，连我们美国都打不起。"

不过，空前的高消耗，换来的是空前的低损失。以美国为首的联军共有 69 万余人参战，投入航母 9 艘、战机 3500 余架、战舰 200 多艘，但有数据显示，联军伤亡只有 4200 多人，其中美军阵亡不到 300 人，而且约 140 人是非战斗阵亡。武器装备上，多国部队只损失战机 120 余架、坦克 35 辆、舰艇 2 艘，这与美国在越南战争中的损失相比，简直不可同日而语。

而战争的另一方——伊拉克，可谓损失巨大。

占据压倒性优势的多国部队大量使用高科技武器装备，摧毁了伊拉克大量的地面目标。伊拉克投入的 70 多个师 120 多万人、4000 多辆坦克、约 2800 门火炮和 2800 辆装甲运输车中，近 90% 的坦克被摧毁，50% 以上的装甲运输车被打成筛子，火炮阵地被连根拔起，伤亡超过 10 万人，近 9 万人被俘，海军几乎全军覆没，投入前沿一线的 40 多个师完全失去了战斗力。伊拉克不得不宣布无条件从科威特撤军。

经济上，伊拉克更是遭到前所未有的重创，其赖以生存的工业支柱——石油工业几乎坍塌，大量的采油、炼油工厂和基础设施被摧毁，直接经济损失达 2000 亿美元。战后，伊拉克还要对科威特赔款 400 多亿美元，两项相加，可以说，伊拉克 40 余天就损失了 2400 亿美元。

此外，美军投下的 300 余吨贫铀弹，给伊拉克国土带来了严重的放射性污染，当地居民饱受恶性疾病之苦，发病率明显高于其他地区，而且放射性物质的释放周期会长达数十年，甚至数百年。

昔日的发达国家伊拉克，人均 GDP 从战前 4000 美元骤然下降到不足 400 美元！

"沙漠风暴"出人意料的结局，尤其是"战斧"巡航导弹精准的"千里穿杨"技术向各领域释放的冲击波，比那两枚"战斧"巡航导弹本身的威力要强千万倍，有人形象地把这称作"信息原子弹"。

第一次海湾战争结束后，它的最高导演和指挥者——美国总统老布什，向国会发表国情咨文演讲，在讲到这场战争时，挥手在空中画了一个圆，然后微昂着头，迎接从台下响起的掌声、欢呼声。

按理，两枚"战斧"巡航导弹攻击伊拉克地下总统府的视频应属保密等级很高的情报内容，但不知为何，这段视频竟然在海湾战争结束后不久，便在世界上广泛流传开来，给各国带来了不小的震动。

军事观察家们把老布什画圆的手势称为"开启世界卫星导航时代的经典手势"。它不仅向美军发出了加紧 GPS 建设的号令，而且标志着导航"战国时代"的来临。

美国五角大楼闻令而动，更加积极地推进全球卫星导航系统建设。1991 年 7 月，GPS 卫星全部使用新一代技术，将定位精度提高到粗码精度 100 米、精码精度 10 米。

1993 年 12 月，GPS 具备初步作战能力。1994 年 3 月，预定的二十四颗卫星全部发射完毕。1995 年 4 月，GPS 宣布具备完全作战能力。

　　此后，美国为保持在世界导航技术领域的绝对优势，按照"部署一代、改进一代、研发一代"的战略，坚持以每代间隔十年的速度，紧锣密鼓地对 GPS 进行更新换代。1997 年，美国开始新一代导航卫星发射，到 2004 年，共有十二颗新一代导航卫星升空，民用 GPS 的定位精度达到 6.2 米的实用化水平。从 2005 年到 2009 年，共发射八颗 GPS 升级版卫星，信号强度增加四倍，定位精度达到分米级。从 2010 年至 2014 年，美国发射了十二颗新一代 GPS 卫星，定位精度再次提升，系统整体性能进一步增强。

　　随着 GPS 卫星的不断现代化，美军 GPS 制导武器应用领域越来越广、比重越来越大。第一次海湾战争，美军尝试运用 GPS 制导武器。1999 年科索沃战争时，美军把库存的 645 枚由 GPS 制导的灵巧炸弹全部投放到战场，再次打出了令人瞠目结舌的效果。随着 21 世纪的来临，美军新一代 JDAM（联合制导攻击武器）、JSOW（联合防区外攻击武器）、JASSM（联合防区外空地导弹）和 SDB（小直径炸弹）弹药，几乎都采用 GPS 制导，极大地提升了美军的打击能力。从 2001 年到 2003 年，以美军为首的联军先后发起阿富汗战争和第二次海湾战争。这期间，美军分别投放了 4500 枚和 6540 枚 JDAM 炸弹，加上 SDB 等炸弹，GPS 制导的灵巧炸弹已经成为美国实施高精确打击的主力武器。

　　苏联与美国同期展开对卫星导航定位技术的探索，并于 1982 年发射了格罗纳斯导航系统的首颗卫星。由于国内动荡接踵而至，格罗纳斯导航定位系统建设几乎中断。

　　1993 年，俄罗斯局势稍有好转，叶利钦政府能够腾出精力重新审视美军 GPS 建设情况及其在第一次海湾战争中的表现时，竟被老布什那个在空中画圆的手势惊出一身冷汗。俄罗斯紧急调拨数十亿美元，陆续向太空发射数十颗导航卫星，建成了覆盖全球的格罗纳斯导航定位系统。

　　欧盟则于 1999 年首次公布了伽利略导航定位系统建设计划。伽利略计划由欧盟国家投资三十五亿欧元，同时联合日本、以色列、乌克兰、印度、摩洛哥、韩国、阿根廷、巴西、墨西哥、挪威、智利、马来西亚、加拿大、澳大利亚等国家共同建设。伽利略导航定位系统是欧洲自主的、独立的全球卫星导航系统，提供高精度、高可靠性的定位服务，有着覆盖全球的导航和定位功能。

　　我们的近邻日本和印度，前者建立了覆盖本土及周边的准天顶导航定位系统，后者也研制建设了区域导航系统。因为在他们看来，卫星导航定位系统是国家崛起的重器，亦是大国标志之一。

　　卫星导航，已成为全世界高科技领域的"新宠"。

第二章

代号"北斗一号"

　　为寻找符合中国实际的卫星导航技术创新之路，中国"863计划"发起人之一陈芳允院士，提出具有中国特色的"双星定位系统"方案；1994年，中国的卫星导航定位系统被国家正式立项，代号"北斗一号"，"两弹一星功勋奖章"获得者孙家栋院士肩负起北斗一号卫星定位系统总设计师的重任。

04 "双星定位系统"

　　卫星导航方兴未艾之际，正值中国改革开放初期。那些有着敏锐目光的科技工作者惊喜地认识到，卫星导航技术在社会各领域有着巨大的应用价值和广阔的发展前景。中国作为世界第一人口大国，如果使这一技术惠及民众，不仅会造福本国百姓，也是对世界人民的重要贡献。

　　1983 年，以中国航天测控技术创始人之一、国家"863 计划"倡议人之一、"两弹一星功勋奖章"获得者陈芳允教授为代表的老一辈航天科学家，为中国卫星导航找到了一条科学的道路——"双星定位系统"。

　　陈芳允，1916 年 4 月生于浙江黄岩一个殷实之家，1921 年开蒙启智，1928 年进入黄岩县立中学读初中，1931 年到上海浦东中学读高中，1934 年考入清华大学。

　　他小学时丧母，中学时国破，大学时流亡。这些遭遇锤炼了他自立顽强的个性，孕育了他读书救国的情怀。

　　1957 年，苏联成功发射了人类第一颗人造地球卫星。陈芳允立即对它进行无线电多普勒频率测量，并带领大家计算出中国历史上第一个有关卫星轨道的参数，为新中国航天测控事业奠定了第一块基石。

　　1965 年，中国正式启动研制人造地球卫星。陈芳允担任卫星测控总体技术负责人。他带领技术人员深入研究，大胆实践，反复论证，创造性地完成了技术方案设计、多套设备研制和多个测量台站建设，圆满完成中国第一颗人造地球卫星东方红一号的测控任务，为中国卫星测控网建设奠定了基础。

1969 年，中国卫星地面测控网即将建成，陈芳允经过充分论证，在国内首次提出微波统一测控系统方案，实现了高轨卫星的精确测控，并成功应用于我国第一颗通信卫星。同期，陈芳允还设计完成了遥感卫星测控系统方案，为中国第一颗遥感卫星的成功回收做出了重要贡献。

1971 年，中国启动远望号航天远洋测量船工程。陈芳允通过不懈探索，提出频率分配法，解决了测量船上众多设备之间的电磁兼容这一重大技术难题，为中国向太平洋成功发射运载火箭的试验做出了贡献。

20 世纪 90 年代初，为解决地球环境观测这一国际技术难题，陈芳允提出了地球环境观测小卫星星座系统方案，并在国际宇航大会上宣读了题为《地球环境观测小卫星群系统与国际合作》的论文，在国际上首次提出建立对地球环境观测的小卫星群系统，能缩短对世界各地重复观测的周期，可实现对地球环境的动态观测。

作为我国航天事业的奠基人之一，陈芳允始终关注着人类头顶上的这片星空，捕捉那一缕缕从天际出现的曙光，点燃创新的激情，用沸腾的热血迎接祖国科技事业新的黎明。

1958 年，美国启动了世界第一个卫星定位系统"子午仪卫星定位系统"建设工程。这一信息宛如一颗陨石掉进了陈芳允等航天专家的脑海，激起层层波澜，让大家魂牵梦绕，寝食难安，他们从那时起就开始对新兴的卫星导航技术进行跟踪研究。

虽然中国航天事业刚刚起步，但在航天专家们的倡导下，国家很快制定了代号为"灯塔计划"的卫星导航方案，还写入了"七五"计划。受限于当时的经济条件，技术力量和生产条件也不成熟。因此，直到 20 世纪 70 年代末 80 年代初，"灯塔计划"始终没有进入工程实施阶段。

陈芳允认为，中国卫星导航计划之所以出现迟滞，是因为没有找到适合中国国情的卫星导航发展之路。

况且，卫星导航定位技术不仅技术要求高、工程难度大，而且还是个吞金熔银的"时尚游戏",像美国建设 GPS 那样,动辄投入数十亿上百亿美元,这对 20 世纪 70 年代末 80 年代初的中国来说,无疑是个令人生畏乃至望而却步的天文数字。须知,1980 年中国的 GDP 总量仅有 4587.6 亿元。建设卫星导航系统这样的"时尚游戏",中国人显然玩不起。

但玩不起就不玩了吗?

当然要玩。20 世纪五六十年代时国家更穷,但再穷也得有根"打狗棍",照样赶超时代潮流,研制"两弹一星",加入了国际核俱乐部,让中国屹立于世界东方。卫星导航系统影响着世界的未来,这样的"时尚游戏",国家再穷,再玩不起,也要玩。

"穷家"玩"时尚",这游戏怎么玩?首先要"玩得起",然后还要"玩得像"。"玩不起",再像样的玩法也白瞎;"玩不像",同样是瞎子点灯——白费蜡。前面那些玩法,要么"玩不起",要么"玩不像",这正是导致卫星导航计划"研究不止,论证不休"的真正原因。

怎样才能让中国在世界导航定位技术领域既"玩得起"又"玩得像"呢?陈芳允、沈荣骏、孙家栋等我国老一辈航天科学家一直在苦苦思索这个问题,而且经常相互交流探讨。陈芳允把大家的讨论成果予以总结提炼,于 1983 年首次提出了"双星定位系统"的设想,并在世界上首次设计了系统的通信功能,让系统不仅像 GPS 那样能让人知道"我在哪里",这种当时独有的通信功能,还能告诉别人"我需要什么"。

1984 年,中国成功发射首颗地球静止轨道卫星东方红二号,在航天科学发展之路上迈出了一大步。地球静止轨道卫星是人类航天史上的重要里程碑。1964 年 8 月 19 日,美国成功发射人类第一颗地球静止轨道通信卫星辛康三号后,使地球静止轨道卫星广泛应用于通信、气象、广播电视、导航预警、数据中继等众多领域成为可能。因此,欧美航天专家们说:"这是上帝为人类打开的另一扇窗。"

　　一天傍晚，陈芳允与高级工程师刘志逸在院子里边散步边交流学术问题。

　　陈芳允若有所思地放缓脚步，看着刘志逸说："我们马上就有两颗地球静止轨道卫星了，是不是可以开展地球静止轨道卫星的各类资源综合利用开发，达到一星多用、多星综合利用的目的？尤其是'双星定位'设想的论证，该是做这篇文章的时候了。"

　　刘志逸听了，轻轻点点头说："是啊，有了两颗静止轨道卫星后，'双星定位'论证条件已经成熟，这篇文章能做了。"

　　此后，陈芳允和刘志逸开始琢磨如何利用地球静止轨道卫星资源论证"双星定位"方案。当时，已年过古稀的陈芳允还经常到国家航天主管部门宣传"双星定位"方案。主管部门负责同志认为，这一方案相对于美国GPS来说，技术要求不算太高，工程实现不算太难，投资不算太大，比较符合中国国情。

　　沈荣骏教授对陈芳允的"双星定位"构想非常支持。

　　那年，沈荣骏、孙家栋等一行人出国考察。他们先后出访巴西、加拿大后，辗转来到美国。一天，他们在高通公司参观时，意外发现该公司用两颗地球静止轨道卫星建立导航系统，为汽车、轮船等交通工具提供的导航服务效果非常好。沈荣骏、孙家栋都感到"双星定位系统"工程建设简单，经费需求相对较少，而技术起点高，创新亮点多，符合中国国情，体现了中国特色，中国既能"玩得起"又能"玩得像"，是中国卫星导航系统建设的最优方案。

　　回国后，沈荣骏立刻与陈芳允进行交流，并安排了项目专款，在北京跟踪与通信技术研究所设立了"双星定位"总体论证和试验演示项目。为此，研究所很快成立了以刘志逸为组长，何平江、王莉、曹绍鹿等人为成员的"双星定位系统"验证小组。两年后，研究所领导给验证小组加强了技术力量，人员增加到十几人。

05　夜幕下的曙光

论证小组组长刘志遄，当时已经四十多岁，在卫星控制及通信专业领域干得风生水起，是所里数得着的骨干力量，继续发展下去，前程可期。

很多人知道他当了"双星定位系统"论证小组组长后，都有些不理解。一个朋友还找到他问："你原来的专业干得顺风顺水的，怎么另起炉灶干起了这个事？"

刘志遄嘿嘿一笑说："凡事都得有人起个头嘛。"

朋友说："可你这个炉灶什么时候起，最后起成什么样，还不知道呢。"

刘志遄脸上还是那副憨憨的笑容："什么事情开始时是明了的呢？要是不明了的事情大家就不干，恐怕我们中国到今天还没有原子弹，也没有卫星上天呢！"

不过，刘志遄带着论证小组开始砌中国卫星导航这个"炉灶"时，也的确砌得很艰难。没有实验室，甚至没有办公室，更不用说专用论证设备了。尤其对于卫星导航这种在航天领域有着重要应用潜力和价值的新兴技术，美国等世界卫星导航强国都是严严实实地锁在保险箱里，还外加了几把密码锁，所以，论证小组的技术论证工作难以借鉴国外的成功经验。

一名论证小组成员形象地说："刚开始工作时，我们就像瞎子摸象。"

起初，他们怎么摸都摸不出"象"的模样。可哪怕摸得再不像，刘志遄也坚持带着大伙儿继续摸，我摸"象鼻子"，你摸"象腿"，他摸"象尾巴"……渐渐地，他们摸出了"象"的大概轮廓。

1986 年 12 月 13 日，国家航天主管部门基于论证小组的前期成果，专门组织了"双星定位系统"论证交流会。会上，刘志逸报告了论证工作的总体情况，何平江做了总体方案报告，王莉做了双星快速定位通信系统原理及精度报告，曹绍鹿做了演示论证系统方案报告。

此次会议虽然规模不大，但对中国卫星导航事业发展具有奠基意义。

会后不久，国家航天主管部门对"双星定位系统"的论证正式予以立项，并开始演示验证。

众所周知，任何物体都存在于三维空间。因此，确定物体的空间位置，必须具备三维数据。天上只有两颗卫星，也就是说只有第一维度、第二维度，那么第三维度在哪里呢？

寻找定位方程的第三维度，成为"双星定位系统"论证项目关键中的关键，同时也是难题中的难题。

论证小组首先想到以气压测高作为第三维度，可费了九牛二虎之力，发现气压测高精准度太差，压根不能用于辅助卫星实现精确定位。

他们又把目光投向重力测高，经过一番周折，也发现此路不通，最后不得不放弃。

不知经历了多少次推倒重来，他们终于锁定国家数字高程模型数据库，而且发现以它提供的数据作为第三维度是最理想的选择，也是唯一的选择。

当刘志逸拿着计算公式和计算结果找到陈芳允汇报时，陈芳允眉开眼笑地说："这下子好了，说明我们的路子走对了！"

虽然当时国家数字高程模型数据库建设尚未完善，很多区域尚处于空白，但有关部门得知国家卫星导航事业的紧迫需求后，立刻加大人力、物力投入，以最快的速度建成了完备的国家数字高程模型数据系统。

关键技术突破后，有关部门联合多家单位，共同研制完成了"双星定位"演示验证系统。该系统比美国高通公司"双星系统"（具有定位、授时功能）多了一个上行信号通道，实现了每次 120 字短报文通信功能。

　　1989 年，他们开始紧锣密鼓地进行野外演示论证。5 月，他们首先在河南洛阳进行地面系统演示，得到理想结果后，于 8 月 1 日这天，肩扛仪器设备赶到北京，进驻卫星地面站，运用我国两颗在轨静止轨道卫星进行"双星定位系统"星地对接演示。

　　当时我国卫星资源十分稀缺、非常珍贵，为实现效益最大化，卫星地面站任务繁重、工作繁忙，工作人员二十四小时轮班倒。经过反复协调、精细调度，卫星地面站才腾出凌晨 1 点到 5 点这段时间，供他们进行"双星定位系统"星地对接演示论证。

　　他们经过一个多月的紧张准备，终于在 9 月 4 日凌晨进行首次星地对接试验。它到底行不行？能不能收到卫星信号？定位精度高不高？大家的心都高高地悬着。而此时此刻，沈荣骏以及"双星定位"构想提出者陈芳允，也和他们一样，悬着一颗心守在电话机旁。

　　凌晨 4 点多，演示操作手志忐地按下信号发射键。显示屏上一下子跳出卫星发回的信号，很快又得到主要性能指标。

　　定位精度优于二十米！

　　双向定时精度二十纳秒！

　　短报文双向通信畅通！

　　它就像漆黑的天边跳出的一抹曙光，一下子把中国卫星导航之路照亮了！

　　"双星定位成功了！""我们成功了！"众多技术攻关人员激动得欢呼雀跃，相拥而泣……

　　一直等候在电话机旁的沈荣骏听到他们争先恐后的报告声，哈哈大笑，亲切地慰问大家："你们真是太棒了！同志们辛苦了！"

　　一向沉稳的陈芳允听到成功的消息后也笑了："今天我可以睡个安稳觉了。我要去睡会儿了，你们也早点儿休息吧。"

　　"双星定位系统"首次星地对接演示就收到卫星信号，而且所有功能模块一次性完成验证，尤其是定位精度与美国第一代 GPS 的定位精度非常接近，真是奇迹啊！

06 "生命线要攥在自己手里"

1983 年 9 月 1 日清晨，苏联库页岛上空一声巨响，因导航系统故障误入该国领空的韩国 007 号客机，被苏联战机击落，机上二百多名乘客和机组人员无一生还，酿成 "007 空难"。

人们在震惊之余，都在心里祈祷，但愿此类悲剧再也不要重演，并把希望寄托于美国正在兴建的 GPS。而美国政府也似乎非常乐于助人，时任总统里根在新闻发布会上向世界宣布：GPS 一旦建成，将向全世界免费开放，让人类共同使用。

一时间，美国 GPS 成为世人眼里的 "活雷锋"，就在 "007 空难" 发生一年多后的 1985 年 4 月 15 日至 18 日，美国在华盛顿举办了 "GPS 全球定位系统国际运用研讨会"，盛邀世界各国专家前来学习研讨 GPS 的功能及应用。

我国测绘领域专家卜庆君也在受邀之列。卜庆君上大学时学的是天文学专业，专业与岗位的敏感让他很早就开始关注 GPS，对它的用途了如指掌。接到美国邀请后，卜庆君脑海里跳出了一连串的问号：从来对高新技术捂得死紧的美国，为何突然如此慷慨？他们背后的意图是什么？

带着这些问号，卜庆君登上飞往美国的航班，走进了研讨会会场。果然，美方人员带着一脸豪情介绍完 GPS 的用途和前景后，便毫不隐讳地对来自世界各国的专家说："我们的 GPS 编码分为军用和民用两种。在特殊情况下，为了保证我们的国家安全，我们军方会采取三种措施应对紧急状况：第一，降低对方的导航精度；第二，随时变换编码；第三，进行区域性管理。"也就是说，通过以上三种方式，美方可以限制国内外用户对GPS 的使用。

听了这话，卜庆君心里像打翻了五味瓶，很不是滋味。虽然人家 GPS 让全世界共享，可要是这世界上只有 GPS 这一家导航，无论是哪个国家用了，把它装到飞机、轮船、火箭上，都如同自己的身体装上了别人的眼睛，既不是长久之计，心里也不踏实。要是眼睛哪天累了，或是不高兴了，把上下眼皮一合，身体不就抓瞎了吗？后果不堪设想。

无论是身体，还是眼睛，只有是自己的，才能自主可控，才靠谱，才不心慌！

回国后，卜庆君向上级呈送了一份报告，建议对于 GPS 的发展和应用要跟踪研究，与此同时，要发展中国自己的卫星导航系统。几天后，卜庆君在一个国内学术研讨会上，听到了陈芳允做的学术报告，当听到"利用两颗卫星就可以解决地面定位问题"这句话时，他那自从参加美国研讨会后就一直阴沉着的脸上，第一次露出了喜悦的笑容。

但那个时候，由于历史条件的局限，人们对中国是否发展卫星导航定位事业，出现了"两少""两多"的态度——赞赏的少，支持的少；提疑问的多，泼凉水的多。

人们提出的第一个疑问是：我们有没有这个经济实力？

美国 GPS 研发二十多年，耗费上百亿美元。而此时的中国，正集中精力搞经济建设，国民经济仍处在困境中，又正值改革开放之初、百废待兴之时，亟待投资的领域很多，要从有限的"蛋糕"上剜下一大块，投入几年乃至十几年才能见到效益的卫星导航建设，无论是谁都要三思而后行。

人们提出的第二个疑问是：我们的技术水平能否达到？

卫星导航定位是个前沿性强、技术难度大的航天工程。以当时我国的航天技术水平和人才储备状况，即使相对容易实现的"双星定位"方案，也是一条充满荆棘的道路。

人们提出的第三个疑问是：既然美国已经快要建成 GPS 并承诺向全球免费开放，我们还有必要搞这个"双星定位系统"吗？甚至有人说，中美两国在国际事务中合作还算默契，以后美国 GPS 向世界开放，连苏联都可以免费共享，难道还会不让我们中国人用？既如此，还用得着火急火燎地花那么多钱搞自己的卫星导航定位系统吗？

陈芳允、沈荣骏、孙家栋等专家听了这些疑问，禁不住暗暗焦急。

他们要告诉大家，卫星导航系统是什么？是不折不扣的国之重器！

他们要告诉大家，卫星导航系统是提高一个国家国际地位的重要载体。卫星导航系统展示的是综合国力和科技实力，不仅可以使我们在某些领域摆脱受制于人的局面，而且可以直接提升我国的国际地位和国际影响力。

他们要告诉大家，卫星导航系统是促进和推动经济社会发展的强大动力。卫星导航系统服务于众多领域，是国民经济发展的"助推器"。随着它向社会各领域的深入渗透，卫星导航产业将成为发展最快的电子信息产业之一，将产生巨大的经济效益，如果没有独立的卫星导航系统，这块香喷喷的"蛋糕"将拱手让给别人。

他们要告诉大家，卫星导航系统是推动国家信息化建设的重要保证。用信息化推动产业化、现代化，是建设现代化强国的必由之路。建设空间信息基础设施，是推动国家信息化建设的基础。如果没有自主可控的卫星导航系统，国家信息安全将缺少可靠的保障。卫星导航系统是国家的战略性新兴产业，对于转变经济发展方式、调整产业结构、提高社会生产效率、转变人民生活方式、提高大众生活质量，都具有重要意义。

他们要告诉大家，卫星导航系统是应对重大自然灾害的生命通道。地震、海啸、泥石流等是人类必须面对的自然灾害。除有效监测、预防各类自然灾害外，当重大灾害来临时，卫星导航系统就是抢险救灾的生命线。

比如，在遭受重大地震灾害后，大部分的通信系统都可能失效，而卫星导航系统却不受影响，既可以及时地进行灾害位置报告，又可以进行通信，为抢险救援赢得时间，最大限度地减少损失。

……

这样的"生命线"，我们岂能寄希望于别人的恩赐，又怎能不牢牢地攥在自己手里？

07　"一星也不能少"

虽然大家对中国卫星导航发展问题众说纷纭，但我们自有定海神针，那就是中国必须走自己的路，必须有自主可控的卫星导航系统。这既是推动经济发展、建设现代化强国的需要，也是正在崛起的中国对世界应有的义务与担当。

为此，国家在制定"八五"计划时，正式在航天科技方向规划了东方红三号、风云二号、资源一号等应用卫星，以及国家紧迫需求的三型四星（其中包括两颗导航卫星）计划。

三型四星工程总经费很快下拨到位。可主管部门收到这笔经费时，却又喜又忧。喜的是，我国需求紧迫的卫星项目终于可以启动了。忧的是，由于国家经济能力有限，急用钱的地方又太多，分给该三型四星的经费并不宽裕，只能勉强满足两种型号卫星工程之需。因此，必须忍痛割爱，放弃一种型号卫星。

那么，割去哪种型号呢？有人说，导航有两颗卫星，而其他两种型号均只有一颗卫星，无论割掉哪一种型号，都只能腾出四分之一的经费，其他两种型号经费依然不充裕，还不如"割就割个大家伙"，放弃导航卫星，让其他两星项目经费得到充分保证。

如果必须割掉一种型号，这个方案无疑是最佳选择。

可主管部门认为，哪一星都重要，一星也不能少。那段日子，主管部门的同志脑子里整天转的，就是如何盘活经费，把每一分钱都用在刀刃上，让有限的经费发挥出最大的效用，让三种型号项目同时启动。

航天工程建设都有"备份星"传统，即首星发射后，再发射一颗相同型号的卫星，以确保万无一失和后续发展。主管部门决定先取消其他两星"备份星"计划，把暂时不用的钱先用起来。当时，风云气象卫星项目出了点问题，估计三年内不可能解决。主管部门决定把这部分经费先用于导航卫星，然后又通过精打细算，从别的渠道省出一些经费。

有人担心："把其他两星的备份星取消，影响它们的后续发展，相关同志恐怕有意见呢。"

主管部门领导说："我去找他们做工作。"

他找到其他两星项目负责人解释，很快得到他们的理解："机关是抓全盘、管大局的，我们服从大局需要。"

就这样，机关东挪西凑，终于腾出一些经费，用于卫星导航十七项关键技术预研。

老北斗人说到这来之不易的经费时，都对主管部门赞赏有加，称赞这笔经费是"久旱"中的"甘霖"，是"救命钱"。中国卫星导航事业开创者之一的李祖洪在谈到这笔来之不易的经费时，充满感慨地说："要是当初机关的同志不想方设法保住卫星导航项目，中国的卫星导航不知要往后推迟多少年，甚至有可能因此永远失去发展卫星导航事业的最后机会！"

1994 年，代号为"北斗一号"的卫星导航定位系统终于被国家正式立项，以测绘主管部门为第一用户，成立应用管理中心。中国卫星导航建设，终于在美国 GPS 建设走过近二十年，陈芳允提出"双星定位"方案十年后，徐徐拉开了大幕。

"北斗"，好一个比拟形象、寓意深远的代号。它闪烁着中华儿女的智慧光芒，蕴含着中华民族的远大抱负和理想。

北斗七星，自古以来就是中华儿女生命的坐标。

人们不知"我在哪里""该往哪里去"时，就看北斗七星。虽然北斗七星在不同时间段所处的位置不同，但它始终围绕北极星这个轴心旋转。

人们不知此时何时、今夕何夕，就看北斗七星。北斗七星，在不同季节的不同夜晚出现于不同的位置，古人以此辨别季节，甚至问卜军事、预测国运。

北斗，从远古走来，带着中华文明的风采！

北斗，向未来走去，将助推中国走向富强！

北斗，中国之星，崛起之星！

08 "国家需要，我就去做"

卫星导航系统是超级大科学、大工程、大系统，建设时间长，学科覆盖面广，参建人员多，投入资金大。如美国 GPS 从 20 世纪 70 年代初启动到 1994 年预定卫星发射完毕，历时二十多年，涉及近百个学科专业方向，数百个国家部门、科研机构参加建设，参建人员高峰时期多达数十万，先后投入资金达百亿美元。

那么，谁来担任中国北斗卫星导航系统的总设计师呢？大家都在心里揣测。在人们翘首以待的目光里，孙家栋被任命为北斗一号总设计师，李祖洪被任命为副总设计师！

孙家栋是中国航天事业发展历程的亲历者、见证者和决策人、组织者之一，是中国航天领域少有的既研制过火箭又研制过卫星，既有深厚的航天学术底蕴、丰富的航天工程实践经验，又有航天产品出口贸易经历的"航天全才"。

在数十年航天生涯中，孙家栋创造了众多的中国第一：第一颗人造地球卫星、第一颗遥感探测卫星、第一颗返回式卫星的技术负责人、总设计师，中国通信卫星、气象卫星、资源探测卫星等第二代应用卫星的工程总设计师，中国探月工程总设计师……

1929年，孙家栋出生于辽宁瓦房店。1942年考入哈尔滨第一高等学校土木系，中途因战争失学。1948年9月，他考入哈尔滨工业大学预科学习俄文。1951年，他和另外二十九名同学一道，被派往苏联茹柯夫斯基工程学院学习飞机发动机专业，成为中华人民共和国成立后第一批公派留学人员。茹柯夫斯基工程学院规定，每年各科考试成绩都获得五分的同学，毕业时可获得一枚印有斯大林头像的金质奖章。1958年，孙家栋带着这样一枚珍贵的金质奖章回到了祖国。此时，正是"两弹一星"工程启动之时，需要大量的专业人才。因此，孙家栋被分配到航天部门总体设计部。对此，孙家栋感慨地说："学了七年飞机发动机专业，本以为会和飞机打一辈子交道，没想到却干起了总体设计。"尽管如此，当组织上问他有什么想法时，他依然微笑着回答："国家需要，我就去做，并努力做好。"

1965年，东方红一号卫星工程启动，并明确要求"上得去，抓得住，听得到，看得见"。

所谓"上得去"，就是首先要保证卫星能飞上天；"抓得住"，就是卫星上天后地面设备能对卫星进行控制；"听得到"，就是卫星要播放音乐，且能被地面接收和听到；"看得见"，就是卫星在轨飞行时能让地面的人可观测，以鼓舞人心。

中国第一颗人造地球卫星是开天辟地的航天大业，工程到了总体设计阶段，谁能担纲技术负责人？聂荣臻亲自给钱学森打电话商量此事。

钱学森脱口而出："孙家栋！通过这些年的接触，我发现这是个难得的航天人才，具备技术负责人的能力和素质。"

"钱教授，我相信你的眼光。"聂荣臻拍板说，"中国首颗人造地球卫星的技术负责人，就是孙家栋了！"

就这样，七年学飞机、九年做总体设计的孙家栋在 1967 年开始"放"卫星。

面对人生的又一次转折，孙家栋还是那句话："国家需要，我就去做，并努力做好。"

这年，孙家栋三十八岁。

孙家栋对前期卫星研制基础工作进行了深入调查研究，认为"上得去，抓得住，听得到，看得见"总要求中，"上得去"是首要前提、当务之急。为此，必须充分发挥系统集成优势，并简化研究方案。他积极与火箭研究院协商，选调十八名具有一定系统工程实践经验的技术人员，加强了总体设计力量，并说服一些老专家，把卫星研制计划改为"两步走"，即先用最短时间实现卫星上天，解决有无问题，然后再研制带有探测功能的应用卫星。

孙家栋很快带领大家制定出东方红一号总体技术方案。大家日夜兼程、攻坚克难，拿下一系列关键技术，破解了一个个科学难题，仅用三年时间，便研制出我国第一颗人造卫星。它由结构、热控、电源、短波遥测、跟踪、无线电和《东方红》乐音装置以及姿态测量部件组成，总质量 173 千克，直径 1 米，外形为 72 面圆球体，采用自旋稳定方式在空间运行。

1970 年 4 月 1 日，装载着两颗东方红一号卫星和一枚长征一号运载火箭的专列抵达酒泉卫星发射中心。

4 月 24 日 21 时 35 分，装载着中国第一颗人造卫星东方红一号的长征一号运载火箭，从酒泉卫星发射场拔地而起，准确进入预定轨道。人们收听到了浩瀚宇宙中传来的《东方红》乐曲，看到了一颗明亮的星辰缓缓从头顶的太空划过。

东方红一号发射成功，使中国成为继苏联、美国、法国和日本之后，第五个完全依靠自己的力量成功发射人造卫星的国家。虽然比苏联发射的第一颗人造卫星晚了十三年，但它的重量超过了前四个国家第一颗卫星重量的总和，实现了毛泽东主席对卫星发射"要搞就搞得大一点"的愿望，标志着中国正式加入了"太空俱乐部"。

把东方红卫星送上太空后，孙家栋又作为总设计师带领大家完成了我国第一颗遥感探测卫星、返回式卫星、通信卫星、同步轨道气象卫星、地球资源卫星等航天飞行器的研制与发射。

在迄今我国自主研制发射的航天飞行器中，孙家栋作为技术负责人、总设计师领导发射的卫星占到三分之一。

长期的卫星研制实践，让孙家栋体会最深的是，干航天必须稳之又稳、细之又细。他认为，"航天发展到现在，依然是世界公认的高风险活动。任何一个环节出问题，往往带来灾难性的后果"，"航天的事情，丝毫都马虎不得，每个人手中的事情看似不大，但集合起来就是事关成败、事关国家的大事情，不论是哪个航天人，都要想尽办法把自己负责的每一件事做到最细、最好"。

长期在航天发射的风雨中奔波闯荡，赋予了孙家栋作为一名航天帅才的珍贵品质，那就是临危不乱，遇险不惧，敢于决策，勇于担当。用他自己的话说："干航天这一行，关键时刻要有一种完全忘我的境界。"

20 世纪 70 年代初的一天，完成星箭对接的运载火箭矗立在发射台上，一颗卫星完成了各项检测，发射在即。随着口令的下达，各系统的地面电缆、电信号插接件、气源连接器纷纷按程序依次从运载火箭上脱落。

　　这时，离运载火箭点火的时间只剩下几十秒钟，卫星却没有收到"成功转内电"的信号。如果继续按既定程序走下去，把一颗不能正常供电的卫星送上太空，这颗重达两吨的卫星将成为毫无用途的太空垃圾。可要停止发射，需要按照正常程序逐级报告，等待发射总指挥下达"停止发射程序"的命令。

　　时间已经来不及了！

　　在这千钧一发之际，只是卫星技术负责人的孙家栋，果断站起来大喊一声："停止发射！"

　　发射程序戛然而止，卫星得救了，孙家栋却由于神经高度紧张而昏厥过去。

　　1984年4月8日，中国第一颗试验通信卫星发射成功并进入地球静止轨道。但在卫星向定点位置漂移过程中，星上蓄电池出现热失控现象，卫星危在旦夕。

　　孙家栋与技术人员经过几个昼夜模拟试验发现，当太阳照射角为90度时，卫星能源系统可以将温度控制在设计指标范围之内。于是，孙家栋果断命令将卫星姿态角再调整5度，但操作指挥员却不敢执行。因为正常情况下，下达指令需要按程序逐级审批，最后由发射指挥部领导签字才能执行。情况紧急，逐级审批必定误事。

　　孙家栋让人找来一台录音机，说："我下达的指令，由我负责！以录音为证。"

　　操作指挥员还是不放心，又临时拿出一张白纸，在上面写下"孙家栋要求再调5度"的字样，让孙家栋签名。

　　孙家栋想都没想，拿起笔就签。指令发出去了，卫星化险为夷。

　　这颗卫星的成功，标志着中国成为世界上第五个成功发射地球静止轨道通信卫星的国家。

　　1985年10月，中国政府向世界宣布：中国的运载火箭将投入国际市场，承担国外卫星发射业务。中国航天事业的拓展，要求中国航天人不仅要懂得研制火箭、发射卫星，也必须学会与国外商家打交道。

1988 年，香港亚洲卫星公司购买了一枚美制卫星亚洲一号，准备使用中国自己的火箭作为运载工具，但卫星要从大洋彼岸运到中国，必须有美国政府发放的出境许可证，孙家栋被组织上任命为赴美谈判代表团团长。

面对从"卫星专家"向"生意人"的角色转换，他还是那句话："国家需要，我就去做，并努力做好。"

中美谈判中，发射价格和技术安全是两大焦点。美方代表认为："中国卫星发射的价格是政府补贴下的市场倾销。"

孙家栋的回答有理有节："在发射价格这个问题上，中国和美国是一样的。如果说中国在发展航天方面有政府补贴的话，那么美国的火箭发射场由国家投资建设，难道就不是政府补贴了吗？我们中国发射费用低，那是因为中国劳动力比美国便宜得多。当前，美国一个普通工人月收入三四千美元，而中国工人月平均工资只有一百多元人民币，中国的发射价格比美国便宜难道不正常吗？"

在孙家栋有理有据的回答面前，美方代表不得不沉默下来。

当谈到卫星进入中国后的技术安全时，谈判几乎陷入僵局。美国要求卫星进入中国海关后免除安全检查。这涉及国家主权，显然不能退让。如何才能既坚持主权原则，又把美国卫星弄到中国来呢？

孙家栋突然想到中国的"特区政策"，在特区"保税区"里，一些产品和材料可以免检"过境"，让美国卫星享受这项特殊待遇，把"过关"改为"过境"，中美谈判僵局不就春暖花开了吗？

他们立即向外交部和海关请示，迅速获得国家有关部门批准，美国当局也表示接受，"许可证"终于拿了下来。

1990 年 4 月 7 日，长征三号运载火箭在西昌卫星发射中心将美国休斯公司的亚洲一号通信卫星成功送入预定轨道。

虽然这次发射的是美国的卫星，但却是令孙家栋最为感怀的一次发射："我不只感受到自己的心跳，旁边人的心跳也能感觉到。有人告诉我，卫星发射成功，美国华侨流着泪激动地说：'中国的卫星能打多高，国外华人的头就能抬多高。'"

这是中国运载火箭第一次发射世界一流航天强国的人造卫星，标志着中国航天昂首挺胸进入了国际商业发射市场。

2004 年，中国正式实施嫦娥一号工程，孙家栋再次被任命为总设计师。这一年，他七十五岁。

消息传出，一些朋友劝他："家栋，你为国家研制发射了那么多卫星，成为'两弹一星'元勋，已经功成名就，达到别人难以企及的人生高度了。这探月工程挑战太多，风险太大，要有个万一可怎么好？"

孙家栋听了，还像过去那样微微一笑说："国家需要，我就去做，并努力做好。"

孙家栋几乎把自己的一生都献给了中国的航天事业。他的奉献赢得了我国航天领域专家们的敬佩和赞赏。

中国工程院院士、神舟飞船系列原总设计师戚发轫赞誉他的这位老朋友："抓大放小，举重若轻；善于综合，敢于决策；大胆放手，勇于负责。"

中国科学院光电研究院研究员徐颖称赞他："孙总说话慢吞吞的，但总能统领全局，运筹帷幄，是个睿智的老头儿。"

欧阳自远是和孙家栋、栾恩杰一起被誉为探月工程"铁三角"的"老航天"，他认为："孙先生是一个善于把复杂问题简单化的'高手'。比如卫星，大家都觉得很神秘、很复杂，可在他眼里就很简单，用孙总的话说，'卫星就相当于以前打仗时的消息树——在一个高地上种棵树，敌人来了，人们就把那棵树拽倒，另外一边的人就都能看见了，这就是信息传递'。这其实是航天工程总师最重要的素质之一。也正是他这一超凡能力，确保了东方红卫星三年上天，以及一系列应用卫星和嫦娥一号工程的有条不紊、顺利推进。"

    中国卫星导航问题也是孙家栋一直在思考的问题。他敏锐地意识到，卫星导航系统对国家强盛至关重要，一个国家只有拥有自主研发、自主控制的卫星导航系统，才能为现代化建设提供一个可靠保障。但中国卫星导航事业如何走？孙家栋认为，中国的卫星导航事业要像美国、俄罗斯那样一步建成全球系统，显然不符合研发起步落后、技术人才匮乏、技术基础欠缺、经济实力薄弱的中国实际，中国卫星导航之路需要"摸着石头过河"，只能走循序渐进的建设路子。

第三章
突击之战

　　国家有关测绘部门肩负起北斗一号第一用户的使命。测绘老专家谭述森，五十二岁改行干北斗，担任地面运控系统技术总负责人，带领团队坚持"中国特色"设计路线；高新科技研究院北斗团队以背水一战的坚定决心，迎战"技术瓶颈"——信号"快捕精跟"技术；北京卫星导航中心负责人王小同"哪怕舍弃生命，也要践行使命"，毅然签下"军令状"；北斗一号副总设计师、卫星系统总指挥李祖洪，总设计师范本尧，为北斗一号精心铸造"蓝天勋章"。

09　铁皮屋的品格

20世纪90年代初的一天，西安某研究所大院里的花草树木竞相绽放春意，小草的嫩尖儿呼呼往上蹿，饱满的花蕾接二连三地开放，胖嘟嘟、绿油油的春芽立在枝头上，好一派盎然春景。

一天傍晚，该研究所高级工程师谭述森和妻子张玉华，正沐浴着余晖在林间散步。一位办公室工作人员跑过来通知："北京来领导了，点名要见您。晚上8点，领导在招待所等您。"

这位上级领导，正是卜庆君。长期从事测绘工作的他强烈意识到，启动国家卫星导航工程已是迫在眉睫，再也不能等下去了。他四处游说，积极推动卫星导航工程。现在终于有了眉目，应用管理中心作为北斗一号第一用户单位，肩负着建立北京卫星导航中心等一系列重大任务。

卜庆君高兴之余，依然眉头紧锁。我国的卫星导航事业起步比美国晚二十年，一无技术，二无经验，三无人才，四无卫星通信频率资源，科技实力甚至不足以研制一台简单的GPS接收机。蜀道之难，难于上青天。中国卫星导航建设之路比走蜀道还难。在此情况下，首先必须建立一支团队，集合一批懂测绘的导航技术专业人才。

卜庆君自然而然地想到了谭述森。

谭述森是测绘老专家。20世纪60年代，西藏地区测绘任务非常紧迫，上大学时攻读雷达专业的谭述森加入了针对西藏地区进行测绘的行列，探索运用雷达技术从事地形测绘。1974年，南海地形资料亟待完善，谭述森又肩负起南海测绘重任。他作为南海测绘大队的分队队长，带领队友们踏波逐浪、爬礁登岛，完成了我国西沙群岛大地联测和海上岛礁摄影，为西沙群岛高精度测绘成果纳入新中国地图做出了关键性贡献。20世纪70年代末80年代初，祖国南方急需解决丛林地带导航定位难题，谭述森再次临危受命，率领技术人员上高山入丛林，探索找寻现代化导航定位手段。

这样一位数次在关键时刻完成关键任务的测绘专家，无疑是值得信赖的。现在唯一让卜庆君担心的是，谭述森已经五十二岁了，是十几年的老高工，享受国务院特殊津贴，可谓功成名就，完全有资格享享清福，不知是否还"志在千里"，愿意接受开拓"天疆"的重任。

让卜庆君没想到的是，他与谭述森一见面，刚说完"组织上准备让您担任北京卫星导航中心总工程师"这句话，谭述森眼都没眨一下，就答应下来："这事，我干！"还追加一句，"这事，我太想干了！"

谭述森对这事可谓期待已久。自从肩负起应用雷达技术探索复杂地区的测绘任务，经过多年测绘实践，他发现雷达技术手段对复杂地区测绘依然鞭长莫及，有着诸多局限性。此后，他又先后把国外两种新兴技术引入复杂地区的测绘，但效果都不尽如人意。20世纪80年代初，他再次探索运用子午仪、通信系统实现导航定位，结果还是行不通。正在谭述森苦苦探索中国复杂地区测绘之路时，美国的GPS突然闯入了他的视野，经过仔细深入的研究，他认为只有卫星导航技术能够破解复杂地区测绘难题。从那时起，谭述森就期待着中国卫星导航事业早日启航。

回到家里，谭述森兴高采烈地对妻子说："玉华，上级领导让我参与卫星导航建设，困扰我几十年的复杂地形测绘难题终于有望解决了。"

"好啊，这不是你一直盼着的事嘛！"张玉华打心眼里替丈夫高兴，但立刻又想起了什么，"就在西安吧？"

谭述森说："当然是上北京啦。"

张玉华一下子睁大了眼睛："我们都这么大年纪了，又要两地分居啊？"

谭述森安慰妻子说："这是最后一次了，下次北京相聚，就再不'牛郎织女'了。"

他俩是大学同学。1965 年大学毕业时，谭述森被分到西安工作，张玉华被分到北京工作。后因单位裁撤，谭述森从西安调到武汉，张玉华毅然离开北京来到武汉，结束了两地分居生活。1976 年，谭述森原来的单位恢复，他重返西安。张玉华为了照顾家庭，彻底放弃自己的专业，调到西安一家石油仪表厂。1994 年，接受北京卫星导航中心总工程师重任的谭述森又从西安调到北京工作，夫妻两地分居三年后，张玉华提前一年退休来到他身边，精心照料他的生活。

曾有位年轻记者问张玉华："您和谭总一起生活半个世纪，您认为他最大的特点是什么？"

张玉华老人说："老谭最听党组织的话，党组织让他干啥他就好好干啥。"

年轻记者问："你们数十年相濡以沫，您感受最深的是什么？"

老人说："跟着走。"

年轻记者一怔："怎么个跟着走？"

老人说："老谭往哪儿走，我往哪儿走，几十年就是这么走过来的。"

年轻记者有些不解："难道您就不想保留一点自我？"

老人微笑着说："老谭跟党走，我跟老谭走，就是跟党走。永远跟党走，党叫干啥就干好啥，这是我们那个年代的人最大的自我。"

当时北斗已决定立项，但波折远没有停止。正式立项报告呈送到国家有关部门后，得到了"卫星导航确实很重要，可以开始预研"的指示。负责拟定立项报告的领导一看到指示中的"预研"两个字就急了——什么是预研？预研就是基础技术预先研究；基础技术早就已经完成，还继续"预研"，意味着北斗工程启动将遥遥无期。

他们立刻给有关部门打电话，恳求对"双星定位系统"正式立项，立刻进行工程策划。接着又给航天主管部门有关领导打电话，请他们在有关会议上"多给卫星导航说说话"。王统业是位长期从事航天科技管理的老领导，他深知新兴的卫星导航技术对于一个国家的未来意味着什么，通过他和沈荣骏等领导、专家在有关会议上深入陈述、反复强调，国家有关部门及时准予北斗卫星导航正式立项，进入工程实施阶段。

可一波刚平，一波又起。由于载人航天工程建设正如火如荼，中国空间技术研究院深感任务繁重，有人担心北斗工程会占用载人航天工程的科研资源，建议将北斗卫星导航系统总部移师上海，由上海航天机构主导完成。

谭述森他们一听到这个消息，心头又一紧。由于"双星定位系统"所有前期预研都是在北京完成的，要是总部往上海一搬，前期组建的预研队伍将有分解的危险，预研成果的含金量就大打折扣，北斗工程又要陷入遥遥无期的局面。大家又火急火燎地跑主管机关，耐心细致地陈述搬迁的弊端，好不容易才保住了北斗在北京的中心根据地。

办公场所问题也一直困扰着北斗一号总体设计团队。第一批抽调的六名专家来到北京后，竟无屋可住、无房办公。测绘部门领导只能从招待所租下四间房，三间住人，一间办公。后来团队很快发展到二十多人，测绘部门领导想尽办法，东挪西挤，为他们腾出了一间铁皮屋，作为研究设计的场所。

这是一间在20世纪90年代的北京小巷里常见的那种铁皮屋，显得有些简陋，数十平方米，三四米高。但无论烈日暴晒，还是冰雪压顶，这间小屋都顽强地坚守在那里，用自己并不强壮的身躯，默默庇护着在屋里工作的人们。

这种庇护，就是铁皮屋的品格。

在这间铁皮屋里，谭述森带领团队进行北斗一号建设的开局之旅——总体设计。通俗地说，就是给北斗一号描绘蓝图，寻找以后前进的路线，这直接决定着北斗一号的体制和未来发展的方向。

有人建议："卫星导航，美国已经搞了二十年，也非常成功，北斗就按照他们的路数搞，可以避免走弯路。"

谭述森耐心地开导大家："北斗卫星导航是国家重大科技项目，是国之重器。这样的大工程我们千万不能依着葫芦画瓢，踩着别人的脚印走。我们在为北斗一号画蓝图时，一定要把问题想得细致一些，把设计搞得周到一些，把步子迈得稳妥一些，若出现什么闪失或留下什么缺憾，我们会成为国家和民族的罪人。"

如何做到细致、周到、稳妥呢？谭述森把它形象地概括为"看天看地，看左看右，看前看后，在借鉴中突破，立足国情求超越"。

"看天看地"，就是既要坚持高目标，又要立足中国国情。

"看左看右"，就是要研究卫星导航技术发展的现状，把最新成果吸收进来。

"看前看后"，就是既要借鉴前人的经验，又要考虑卫星导航的未来发展趋势。虽然起步晚，但理念要超前，要坚持高门槛，要为后续发展留足空间。

"在借鉴中突破，立足国情求超越"，就是别人没有的，我们要有；别人有的，我们要更好；别人走别人的路，我们走我们的路。

带着这种理念，谭述森和大家一起猫机房，潜书海，下海岛，登雪原，先后获取九十多万个基础数据，积累了一千多万字的技术资料。在此基础上，经过反复筛选，深入论证，发展了基于"三球交会定位原理"的定位模型与算法，进一步论证了"仅用两颗卫星结合地面高程数据库实现卫星定位"的原理，丰富拓展了世界卫星导航理论，创造性地描绘出北斗一号工程总体蓝图，使北斗卫星导航系统建设第一步就具备三大功能：一是快速定位，为服务区域内的用户提供全天候的实时定位服务，定位精度达到世界先进水平；二是精密授时，精度达二十纳秒，跻身世界先进行列；三是短报文通信，用户之间可一次传送 120 个汉字信息。

北斗一号的这一总体设计，相对于 GPS 虽然差一大截，但也实现了一大创新，就是增加了短报文通信功能。GPS 由于初始设计时没有通信功能，只能让用户知道"我在哪里"，而北斗系统还能让用户知道彼此的位置，实现双向通信。这是当时中国卫星导航的最大创新，也是中国对人类导航事业做出的重大贡献。

10　迎战北斗瓶颈

对于大型科学工程建设来说，完成了技术路线论证，只是理论上证明此路可通；而完成了总体设计，则是描绘了未来美景。从理论设计走上工程实现，不仅道路漫长，而且关山重重，甚至险象丛生。

这不，北斗一号工程立项启动不久，一个不速之客——信号"快捕精跟"技术就跳出来，严严实实地堵住了北斗一号的进程。

北斗一号"双星定位系统"采用三球交会定位原理，采用有源定位体制，首先由地面中心向两颗同步卫星发出信号，两颗卫星分别向用户广播出站信号，用户机接到出站信号，发出响应信号，提出服务申请，经两颗卫星将入站信号转发至地面中心，地面中心解调出服务信息，测出用户至两星距离，并提供相应的服务，将发往用户的信号嵌入出站信号，用户接收后即可获得服务信号。也就是说，北斗一号完成一次服务，信号要进出地面主控站三次，而北斗用户数以万计，信号数据如云似海，连接用户和地面站的纽带——入站信号同步设备，能否实现对信号的"快捕精跟"，将成为决定北斗一号整体性能甚至左右整个工程进展的关键。

　　可是承担这一技术攻关的单位，前后探索了近十年，费了九牛二虎之力，依然没有攻克关键核心技术。

　　正当北斗工程建设受阻之际，一名刚刚完成国家重大科研任务的高新科技研究院电子所年轻学者前往北京调研，几名在京的同学为他接风。同学情深，久别重逢，自然宴席丰盛，谈兴高涨。席间，一名测绘部门的同学说："我国北斗卫星导航定位工程启动了，在我们单位设立了导航定位办公室。"

　　说者无心，听者有意。同学这话让他一下子对桌上的美酒佳肴失去了兴趣，而对北斗工程"垂涎欲滴"，不住地和同学们探讨可行的技术思路，把一场洗尘宴喝成了一次研讨会。

　　当北斗一号工程启动的消息传到研究院时，王博士、欧博士等几名年轻人热血沸腾。北斗导航工程，这是国家强盛、民族振兴之举，也是学科发展的大好机会，更是青年学子科研创新、建功立业的大平台啊！

　　他们决心抓住这个机遇，融入北斗工程，为国家信息化建设做出大的贡献！

　　不久，有关部门组织召开北斗工程建设"诸葛亮会"，王博士应邀与会。在参观实验场时，工作人员兴高采烈地向专家们介绍多年艰苦探索取得的丰硕成果。外行听热闹，内行听门道。王博士一边听着讲解，一边飞速转动大脑，思考着北斗工程的核心技术问题——信号"快捕精跟"。

　　这一关键核心技术解决了吗？又是如何解决的？王博士一直期待着讲解员介绍这项技术，可直到参观考察结束，讲解员对它只字未提。即将离开实验场时，王博士终于忍不住把讲解员拉到一边，悄声问道："信号的'快捕精跟'，你们是如何解决的？"

　　讲解员听了，竟觉得很突然："这……"

　　讲解员脸上的茫然，让王博士眼前一亮：这个制约北斗工程的瓶颈，不就是跻身北斗卫星导航系统建设行列最直接的通道吗？

王博士向中国工程院院士郭教授汇报了自己的想法，得到了郭院士和单位领导的肯定与支持。他们认为，如果能拿下这个项目，不仅能入围北斗工程，还能直接进入国家卫星导航技术创新的核心地带！

他们立刻前往有关部门请战。李祖洪、谭述森听了他们的来意后，不约而同地相视一笑，然后轻舒一口气说："这场关键技术攻坚战，总算等来了增援部队。我们举双手欢迎你们团队参与北斗工程攻关。"

其实，早在 20 世纪 80 年代，陈芳允首次提出"双星定位"构想之初，国家就开始布局这一关键技术研究，承研单位还是一家在该领域有着一流实力的"老字号"。遗憾的是，他们艰苦探索近十年，试验做了一轮又一轮，可有关指标始终难有大幅提升，离应用要求相差甚远。用他们自己的话说："我们这些年奋战的日子和当年的抗战一样不容易啊。"随着北斗工程的启动，"快捕精跟"关键技术已经成为阻碍整个工程进展的瓶颈。

兄弟单位的数年奋战为高新科技研究院北斗团队提供了有益的经验和参照，王博士他们通过调研发现，兄弟单位走的是传统技术路线，采用的器件是传统的相关器件。应该说，选择这种研制方案，是当时的国情决定的，也是国际主流技术。

如何跳出艰苦奋战却难有进展的怪圈？是否继续走传统技术路线？

技术路线分析会上，团队成员很快取得共识：在老路上死磕到底，一条道走到黑，永远都看不到曙光，只有解放思想、着眼未来、大胆创新，才能迎来新的黎明。

在深入调研的基础上，他们将新兴的计算机技术引入卫星信号处理领域，提出全数字信号处理技术这一崭新的技术路线。这一技术方案，在世界卫星导航领域尚未有人尝试，他们是第一个吃螃蟹的人，而他们要的正是这"尚未有人尝试"，最想尝的正是这别人没吃过、不敢吃的"螃蟹"的鲜味儿。

全数字信号处理技术虽然是个新生儿，但其成长可谓神速，到 20 世纪 90 年代中期已经取得长足进步，无论在硬件、软件，还是在理论上，创新成果不断涌现，相继出现了自动调整数据采集器、高速 DSP（数字信号处理技术）芯片等数字器件，加之 ASIC（特殊应用集成电路）技术的出现，为实现数字处理从小规模走向大规模提供了可能。这些新技术、新产品，为有着高可靠性、强容错性、调试简单、修改方便等诸多技术优势的全数字信号处理方案提供了强大后盾。

郭院士仔细审查了他们的技术论证报告，轻轻地点了点头："从理论论证角度看，这一技术路线可行。"

虽然理论分析一片光明，但现实实践是否行得通呢？他们决定先向仿真试验问路。

俗话说：兵马未动，粮草先行。由于没有正式立项，有关部门自然没有给他们拨"粮秣"，没有项目不拨经费是科研领域的常理。

他们克服一切困难，技术仿真很快启动，取得的数据显示，全数字信号处理技术路线不仅可行，而且随着仿真试验的不断推进，性能指标一路飙升，试验效果比大家预想的还好。

在深入调研、充分验证的基础上，王博士、欧博士等几名年轻人，斗胆联名给"双星定位"理论开创者陈芳允写信，提出了崭新的技术路线方案。

陈芳允在办公室读完这封信和论证报告后，脸上浮现出淡淡的笑容，轻轻靠着椅背，紧皱的眉宇渐渐舒展开来。他的眉宇已经很久很久没像今天这样舒展过了。

作为"双星定位系统"理论的奠基人，他比任何人都清楚"快捕精跟"在北斗一号建设中的地位。如果这个瓶颈不突破，哪怕卫星上天了，也不能发挥效用，只能空耗（须知卫星是有寿命的，而一颗卫星从研制到发射入轨，要耗费巨资）。地面站建好了，也不能工作，只能空置。总之一句话，哪怕全国人民盼望北斗的心情再急切，哪怕北斗工程别的系统攻关再顺畅、性能水平再高，只要"快捕精跟"技术不拿下，就一切都归零。

现在"快捕精跟"就像地震中崩塌的一块山崖，死死堵在北斗工程这条亟待奔腾向前的河流中央，形成了一个严严实实的大坝，堵出一个"堰塞湖"。

这个大坝已经在陈芳允心里堵得太久，憋得他心里发慌。这几个年轻人的来信，仿佛一道强光，把乌云密布的天空撕开了一条口子，让他看到了开云散雾的阳光。

一个老航天测控技术专家的直觉告诉他，这几个年轻人值得信赖，全数字信号处理技术路线值得期待！谭述森也对这一攻关方向充分肯定，并给予大力支持。

不久，有关部门组织"快捕精跟"立项论证会，八十岁高龄的陈芳允亲自主持立项仪式。会议开始后，陈芳允意味深长地对与会专家说："我们眼前这支团队主动请缨，要求进行'快捕精跟'技术攻关。他们的研制方案报告已经发给大家过目了，下边就请大家给他们的方案把把脉，提提建议。"

但接下来却冷场了，大家不约而同地你看看我、我看看你，然后再看看来自高新科技研究院的几名年轻人。

专家们虽然啥也没说，但王博士、欧博士已经从他们的目光里知道了他们想说又碍于情面而没有摆到桌面上的那些话：

"美国 GPS 的'快捕精跟'，好像走的也是传统路线吧？"

"是啊，俄罗斯的格罗纳斯系统，解决这个问题也是采用这个办法。"

"美国、俄罗斯是导航技术领域的先行者，都没有尝试全数字信号处理技术，我们的导航工程才刚刚起步，就想一步登天，能行吗？"

"原来负责'快捕精跟'技术研究的单位是行业权威，他们都难以突破，这几位年轻人就能很快突破？"

……

陈芳允提醒道："大家都说说吧，若觉得他们的研制方案有什么问题，都提出来。"然后指着坐在台下的王博士，"小王，你到台上来，现场解答大家的提问。"

冷清的会场一下子热闹起来，专家们敞开胸怀端出了心里的种种疑问，两个多小时提出数十个问题。早已胸有成竹的王博士，沉着冷静地回答每个问题，并进行现场演示，不仅推理严密，丝丝入扣，而且都用仿真结果进行佐证。

虽然大家对他们的研制方案再也无话可说，但心里依然不踏实。立项表决时，只有陈芳允、孙家栋、李祖洪、谭述森等几名专家表示支持，其他大部分专家都持保留态度。

难以决断之时，陈芳允一锤定音："我支持他们，我相信他们一定能够解决这个久拖不决的问题，攻克'快捕精跟'技术难关，为北斗工程扫清障碍！"

陈芳允拿起签字笔，郑重地在研制方案报告上写下自己的名字。

11　背水一战的担当

几名年轻人高高兴兴地回到院里，踏踏实实地睡了几个好觉。自从瞄上北斗"快捕精跟"技术，他们就几乎没有睡过一个安稳觉。

这天，他们准备聚在一起，讨论一下技术攻关的分工和步骤。一大早，时任高新科技研究院电子所所长庄教授就来到办公室。他前脚刚进门，身后就传来敲门声。

"请进！"庄教授回过头来，见是北斗团队的几个年轻人，一个个黑着脸，表情沉重得仿佛风雨欲来。于是，他一边提起水壶给大伙儿倒水，一边打趣道："平时做试验加班加点，甚至通宵达旦，都一个个乐呵呵的，现在把任务抢回来了，怎么一个个像霜打的茄子？是昨晚集体失眠，还是集体失恋？"

哪知，听了他们昨晚接到的一个电话的内容后，一团浓重的愁云也一下子笼罩到庄教授的脸上："快捕精跟"技术设备使用方提出，研制原理样机的一百二十万经费要风险同担！

所谓"风险同担"，就是技术使用单位先拨六十万，另外六十万先由研制单位垫付，待设备研制成功后，使用单位再支付。换句话说，如果攻关失败，那么这六十万就算他们交学费了。

庄教授一下子蒙了。怎么会这样？过去没有经过仿真验证，也没有立项，前途不明朗，大家心里没底，应用方担心投资打水漂，"不见兔子不撒鹰"可以理解。可现在仿真做了，效果出奇地好，总设计师又签字了，研制经费应一次性到位，这也是科研行规，怎么能让研制方风险同担垫付巨额科研资金呢？

这，庄教授可真没想到。他在高科技前沿阵地上坚守了十几年，完成或参与科研项目十几个，要求"风险同担"的项目他还是头一回遇到。

不过，仔细想想，人家这样要求似乎也在情理之中。"快捕精跟"和全数字信号处理技术，是世界导航领域刚刚发现的奇峰，连美国、俄罗斯这样的卫星导航强国，都还在实验室做基础研究，不敢贸然上型号，而他们几名年轻人，一迈脚就直接上工程，能行吗？就凭理论推理和仿真试验，人家心里就有底了，就能断定你一定能做出来？现在"兔子"刚露头，人家为什么不能先观望一下，等你整只"兔子"都出洞了，再把所有"鹰儿"撒出去？

反过来一想，风险同担给人压力，也能催人奋进。可当下的问题是，他们是否有这个风险同担的能力呢？

庄教授拿起电话筒，拨通了单位财务办公室的电话。会计告诉他，账上也就九十多万，其中周转资金还不够六十万。也就是说，风险同担不仅要押上单位三分之二的家底，而且把所有的周转资金砸进去都不够。

庄教授从出任研究室主任，到所里的总工程师，再到所长，做事雷厉风行，主事果断决策，从不拖泥带水，可面对这"风险同担"，他不得不三思而行。如果"快捕精跟"设备做成了，什么都好说——经费、荣誉、创新空间、单位发展机遇……什么利好都来了。但万一没做成呢？无论对单位还是对个人，后果都不难想象。

庄教授从椅子上站起来，低头在办公室里踱了一阵，然后注视着团队的几位年轻人，神情肃然地问："你们是项目骨干，你们有什么意见？"

"这……"几名年轻人你看看我、我看看你，然后都望着庄教授。他们用目光告诉他，他们不愿放弃，他们很想干。

是啊，如果为了四平八稳，不担风险，而与北斗工程失之交臂，别说年轻人不乐意，他自己也不会答应！

庄教授出生在闽南侨乡，是我国恢复高考制度后第一批考上重点大学的高才生，也是同龄人中第一批获得博士学位的佼佼者。他主攻的雷达目标自动识别技术，是雷达科学与工程领域的新宠儿，也是世界公认的科学难题。

作为我国雷达目标自动识别技术领域的开创者之一，庄教授大胆迎接挑战，紧紧盯住学科发展前沿，一路披荆斩棘，屡屡破关拔寨，不断把我国在该领域的研究向前推进。

随着庄教授在雷达目标自动识别沃土上不断掘进，其学术声誉也如日中天，不断吸引着学界关注的目光。

1989年10月，庄教授在北京参加一次国际学术会议，一位加拿大教授注意到他写的论文，邀请他到加拿大进行合作研究。庄教授微微一笑，婉言谢绝："感谢您的邀请，可我离不开自己的国家，这里更需要我。"

1999 年，庄教授到美国访问学习。学习期满，美国导师又邀请他留下继续合作，他仍然没有丝毫犹豫，如期回到祖国，为国家和社会现代化服务。

侨乡出生、侨乡成长的庄教授，有很多亲朋在美国发展，其中有不少著名学者、企业家。他们多次给庄教授来信来电，请他赴美发展，可他却一次次婉拒。

他为什么坚持不出国？为什么要坚守脚下这片土地？因为他坚信，祖国的现代化事业是个大舞台，有干大事业的机会。他爱自己的国家，渴望为国家强盛做贡献！

现在，机会终于来了，他岂能踟蹰不前？哪怕前面是南墙，哪怕砸锅卖铁，哪怕头破血流，哪怕结局是"万一"……前面有再多的"哪怕"，他也绝不能放弃，也要放手一搏！

决心下定后，接踵而至的是挑战。从前，他们主要从事理论探索、基础研究，执行型号任务很少，像研发北斗地面中心"快捕精跟"这样的重大设备，更是从没干过，毫无工程实战经验，大家心里都有些没底。

为让大家树立信心、放开手脚、大胆实践，庄教授鼓励大家说："要轻装上阵，不要有思想包袱，干成了算大家的，失败了我顶着。"攻关开始后，他不仅对大家悉心指导，而且面对难题敢于决策、勇于担当，成为大家的主心骨。

12　唱着《喀秋莎》出发

> 深夜花园里，四处静悄悄
>
> 只有风儿在轻轻唱
>
> 夜色多么好
>
> 心儿多爽朗
>
> ……

6月，公园湖畔，微风携着不知何处飘出的旋律，在湖面上荡起层层轻波，拨动湖边垂柳沙沙的琴弦，送来阵阵怡人的凉爽。高新科技研究院北斗团队的小吴和女朋友依偎着坐在湖边的石凳上，他们把双脚伸进泛着月光的湖水中，和着《莫斯科郊外的晚上》优美的旋律，微闭着眼睛，让身心深深沉浸在幽静的湖光月色里。

"我们认识几年了？"

"有三年了吧。"

"我来这座城市几年了？"

"两年多了。"

"在什么都讲究快节奏的当下，我们这恋爱谈得算不算马拉松级别了？"她朝他微微仰起月儿般明净的脸庞，"咱们登记结婚吧！"

他搂住她圆润的肩头："好，等过一阵咱们就办。"

她嘟起小嘴："怎么还要等一阵呀？几个月前，你就让我等一阵。"

他神秘地朝她笑笑："你知道《喀秋莎》这首歌吗？"

"猪鼻子插葱——装象（相），你这理工男居然拿音乐问题考我这个乐迷。"她俏皮地笑了，然后轻声哼唱起来：

> 正当梨花开遍了天涯
>
> 河上飘着柔曼的轻纱
>
> 喀秋莎站在峻峭的岸上
>
> 歌声好像明媚的春光
>
> ……

小吴注视着远方，深有感触地说："是啊，在苏联卫国战争中传唱的《喀秋莎》，也是苏联红军将士心里的歌啊，他们唱着这支歌走进炮火硝烟，明天我们也要唱着这支歌走向科技攻关的战场。"

她瞪圆杏眼望着他："你们又有大任务？"

他点点头："等着我们的，将是一场恶战啊。"

几天后，他们正式拉开了"快捕精跟"关键技术攻坚的序幕。

全数字"快捕精跟"技术，既是北斗一号工程的关键核心技术，也是前无古人的开创性工程。由于创新难度大，算法复杂，研制任务十分繁重。从理论、关键技术攻关，到样机研制、工程实现和定型、外场实验和正样生产，哪一步都是不易逾越的坎儿。

但他们有报国的信念、开拓的勇气。没有实验场地，找学院借资料室；没有设备，找其他课题组东挪西凑；没有可借鉴的资料，就开动脑筋、勤奋摸索、大胆创新。

7月，骄阳似火，他们依然在实验室里忙碌，闷得满头大汗，全身湿透了，就跑到水龙头底下冲个凉水澡。在三伏天里，他们几乎每天要冲四五次澡。

把所有节假日都搭进去了，他们觉得科研进度依然太慢。每天加班到深夜，他们觉得工作进展还是不够快。为把往返食堂的时间省下来，他们把一箱箱方便面搬进实验室，肚子饿了就泡一包。但依靠方便面充饥，长此以往身体也扛不住，于是他们商定每周到院外改善一次伙食，给肠胃添些油水。可每次到饭店吃饭，他们都要等几十分钟才能吃上菜，觉得这样太浪费时间。大家一商量，就把吃炒菜改为吃蒸菜，全是现成的，到了就吃，吃了就走，一点儿不耽误事。至于与女朋友约会，就更是无暇顾及了。

做出了工程样机，紧张的测试接踵而至。这期间，他们扛着仪器设备来回奔波于石家庄、北京等地，不是在实验场上忙碌，就是在路上奔波，与女朋友只能在梦中相见。

终于有一天，显示器上的脉冲信号快乐地闪烁起来，不仅成功捕获了信号，而且达到了"快捕精跟"的性能指标。

紧接着，他们又于1998年春节后，走进北斗一号系统联调大厅，打响了"快捕精跟"技术攻坚第二场战役——系统联调。

和他们一块儿走进联调大厅的，除了庞大的"快捕精跟"设备，还有折叠床、被褥、洗漱用具、速冻饺子、方便面和一箱速溶咖啡。

"好家伙，把生活用品都搬来了。"管理人员一见这架势，严肃地提醒他们，"这是联调大厅，可不是招待所呀。"

他们赶紧解释说："我们没把这里当招待所，这是联调大厅，是办公场所呢。"

管理人员说："知道是联调大厅，还把床铺被子搬进来？还不赶紧搬到招待所去。"

他们央求道："您看能不能通融一下？您也知道，北斗一号工程任务很紧迫，为了抢时间、赶进度……"

管理人员坚持道："你们有你们的任务，我们有我们的制度，总不能因为你们任务紧迫，就在联调大厅吃住，这成何体统？"

可能是他们说话声音大了些，一名领导闻声走了过来："什么事呀？一个个那么激动。"

管理人员指着一旁的折叠床说："他们把这些个也搬来了，要把联调大厅当招待所呢。"

领导看一眼那些吃住用具，却哈哈大笑起来，紧紧地握着王博士的手说："看来你们准备大干一场啊，欢迎你们。"然后把管理人员拉到一边细语一阵，回头嘱咐王博士他们，"可以在这里吃住，但咱们都要遵守纪律，可别真弄成了招待所。"

从此，这里就成了大家全天候、全时段坚守的攻关阵地，他们忙得像陀螺，整日在设备与测试台之间转来转去，饿了泡包方便面，或在开水房架口酒精炉，煮上一锅速冻饺子。方便面、速冻饺子吃腻了，就出去买个盒饭换换口味。忙得眼皮都撑不开时，就泡上一杯浓咖啡提提神，直到实在坚持不住时，才打开折叠床……他们每天都要工作二十个小时左右。

1998 年 5 月，他们终于等来苦尽甘来的日子：测试得到的第一批"快捕精跟"数据，效果远远超出了大家的期望值。

陈芳允听到报告后，禁不住拍手称赞："效果这么好，太令人兴奋了！"但慢慢地，陈老又皱起了眉头，"真有这么好吗？这数据是真实的吗？"俗话说"耳听为虚，眼见为实"，这北斗卫星导航可是国家重器，容不得半点虚假。

耄耋之年的陈芳允，骑上自行车在第一时间赶到联调大厅。他一走进联调大厅，看见摆放在大厅一侧的那排折叠床，不禁愣了一下，然后紧紧握着在门旁迎接他的年轻人的手，感动地说："我知道大家很辛苦，但没想到你们攻关速度这么快，更没想到你们是这样干出来的！"

陈芳允亲眼看过测试数据后，欣慰地点着头说："我说年轻人行，你们可真行。我看数据还可以提升，你们再努力几天，我让专家们来见证你们的奇迹。"

一周后，陈芳允带着二十名专家再次来到联调大厅。当显示器的脉冲信号再次闪烁时，现场爆出惊讶之声："哇，设备性能都快突破理论极限了！"

大家不约而同地把惊讶的目光投向高新科技研究院北斗团队。大家怎么也没想到，一个拥有几十名专家的团队先后攻关近十年都未能突破的北斗一号关键核心技术，被眼前这几名年轻人用不到三年的时间就拿下了，而且性能堪称完美。

真是后生可畏！

"快捕精跟"技术设备，在北京顺利地通过有关部门组织的鉴定。鉴定专家委员会一致认为：该系统整体技术达到当前国际先进水平，部分技术处于国际领先地位，打破了航天大国在卫星导航核心技术方面的垄断，对北斗一号工程建设有着重要的推动作用。

该成果先后获省部级科技进步一等奖、国家科技进步二等奖。

北斗一号全数字"快捕精跟"系统，安装在北斗导航地面系统的主控站，成为地面运控系统的核心设备，安全稳定运行二十几年，没有出现任何差错，成为地面系统中最可靠的设备之一。

13　"北斗博士"

在高新科技研究院北斗团队中，在读研究生是突击队和生力军。北斗导航技术创新，是他们干事业的平台，是他们扎根的沃土。他们随着北斗技术的进步而进步，随着北斗系统的完善而成长。他们边干科研，边做论文，创新和学习任务极为繁重，有的同学甚至在学位论文答辩的前夜还在进行科技攻关，常常为此推迟答辩和毕业时间。王博士就是其中的代表。

王博士完成系统联调任务回院第二天，研究生教学助理便找到他问："你的博士学位论文进展如何？"

他如实回答："课题做完了，但还没动笔写。"

"还没动笔？"教学助理听了，似乎有些意外，更有些着急，"你这博士学位论文课题非常前沿，含金量非常高，大家也很期待，要是这论文写得太仓促，不能充分表达'快捕精跟'技术的创新价值，那就太可惜了。"

教学助理离开时，特意提醒了一句："小王呀，你已经两次推迟博士学位论文答辩了。"

是啊，要不是与北斗的缘分，他早就完成博士论文答辩了。

硕士研究生毕业后，小王继续沿着雷达目标自动识别方向攻读博士学位。他提前修完基础课程学分，顺利进入博士学位论文课题研究阶段。正当博士学位课题研究顺风顺水、高歌猛进时，北斗"快捕精跟"技术这座奇峰，突然出现在他的视线里。这座云蒸霞蔚、傲然挺立的山峰，让他心里瞬间升腾起一种飞奔上去的冲动与激情。

是继续沿着既定研究之路走下去，还是改变研究方向，征服"快捕精跟"技术这座科学奇峰？

选择前者，可以说拿到博士学位顺风顺水；选择后者，毫无疑问吃苦更多，耗时更长，甚至有拿不到学位的风险。

他毫不犹豫地改变了博士论文主攻方向，把北斗一号"快捕精跟"技术作为自己的博士学位论文课题。导师得知他改换论文课题后，为他勇于创新的胆略而高兴，要求他一边做好项目研究，一边准备学位论文写作，尽快完成学业。

"快捕精跟"工程样机研制完成后，导师认为其创新技术含量已远远超出一篇博士学位论文的课题要求，建议他进入论文写作阶段，尽快通过论文答辩。可北斗一号工程正等着上"快捕精跟"型号机，王博士不得不推迟博士学位论文写作和答辩，一心扑到紧张的型号机研制工作中。

型号机出来了，导师再次建议他进入论文写作阶段。这时，系统联调又接踵而至，王博士不得不再次把论文写作搁到一旁。系统联调期间，导师又一次给他打电话，让他系统联调一结束，立刻投入论文写作，参加下一次论文答辩。

可完成系统联调返回院里时，距交付论文定稿的最后时限只有七天了。博士学位论文一般都有十几万字，写作需要半年以上的时间。虽然他的论文课题做得非常扎实，数据科学可靠，创新点俯拾皆是，很多资料是现成的，但七天内要写完厚厚一本博士学位论文，也似乎是个神话。

王博士狠狠地对自己说："这七天，你哪怕下油锅、滚刀山，也要把博士学位论文拿出来！"

安静的实验室里，开始响起敲打键盘的声音。"啪啦""啪啦"……清脆、急促，像马儿在草原上飞奔时的蹄声。"啪啦""啪啦"……从清晨到傍晚，从傍晚再到清晨，它一直响着。"啪啦""啪啦"……从第一天到第二天，再到第三天，它不曾停歇过……急驰的"马蹄声"，在安静的实验室里响了七天七夜，他终于完成了博士学位论文写作任务。这也是交付论文的最后一天。已经筋疲力尽的王博士，在实验室迷糊了两个多小时后，立刻带上论文定稿前往飞机场。在路上，他巧遇几位同时参加答辩的同学。他们说，他们的学位论文早已通过专家评审，只待与他一道参加答辩了。

按规定，博士学位论文一般由研究院寄给评审专家。院里考虑到他情况特殊、时间紧迫，决定特事特办，批准他自行送达。他到了北京后，从城南到城北、从城西到城东，一天时间几乎跑遍整个北京，将论文送到几位专家手中。专家们都知道王博士的情况，纷纷表示会以最快速度在第一时间看完论文，拿出评审意见。

但王博士还不能歇息，他还得赶回研究院准备答辩资料。待写完材料时，答辩时间已经临近，他又马不停蹄地飞到北京参加答辩。

答辩开始，一脸憔悴、眼睛布满血丝的王博士走上答辩台。原定答辩时间为三十分钟，由于专家们感到王博士的论文内容新颖前沿，问题提了一个又一个，连续问了一个小时。

专家们对王博士的学位论文给予很高的评价：原创性很强，创新价值极高！

这是第一篇研究北斗工程技术的博士论文，王博士是北斗工程这片科技沃土培育出的第一个博士。

14　生命与使命

世纪之交，国际形势复杂多变、风云激荡。

我国决定加快北斗卫星导航系统建设，明确于 2000 年 10 月发射第一颗北斗卫星。然而，时至 1999 年 11 月，地面运控系统尚未启动建设，距离北斗首星发射时间已经不到一年了。

如果说卫星系统是北斗的天上神经中枢，那么地面运控系统则是北斗的地面神经中枢。天上的北斗卫星，除卫星空间姿态控制交由卫星测控系统处理外，卫星的全部内在功能控制均由地面运控系统来完成。换言之，北斗卫星系统能否为用户提供高质量的服务，既取决于卫星的自身功能，也决定于地面运控系统对卫星功能的开发控制能力。

北斗地面运控系统建设迫在眉睫！

1999 年 12 月 19 日，国家成立北京卫星导航中心，同时任命王小同为负责人。

王小同走马上任第一天，走进导航中心时，这里还是一片农田。第五天，上级领导把他叫到办公室，把一张信笺推到他面前，让他签字。王小同一看，是一份"军令状"，要求他必须在 2000 年 10 月前完成建站任务，确保北斗首星按时发射。

王小同知道，这字不好签啊。基建面积多达十多万平方米，还有七个分系统、上百个子系统要研制、测试、联调，上千台（套）设备要进场安装，任务非常繁重，时间却只有十个月。装修一套普通住房，还得耗上一年半载呢，建设一个现代化卫星导航地面运控系统，至少也得三两年吧。十个月，除非"芝麻开门"，奇迹出现。

但王小同依然从领导手中接过签字笔，在"军令状"上郑重签下自己的名字，没有丝毫迟疑与犹豫。因为王小同知道，眼前的使命，容不得他有半点瞻前顾后。

"双星定位"的设想已经提出十几年，可眼前的导航中心还是一片农田！况且航天工程绝不能"卫星等地面"，必须"地面等卫星"，因为卫星造价昂贵，寿命在十年左右，它在天上空转一天耗资巨大。因此，导航中心一天不建好，卫星就一天不能上天。

建设任务如此紧迫，他这个单位"一把手"还能再犹豫？

在北京卫星导航中心成立大会上，首届领导班子向全中心工作人员发出了"哪怕舍弃生命，也要践行使命""机房就是战场，施工就是战斗，岗位就是战位"的动员令。

突击战拉开序幕后，从中心领导到机关各部门负责人，每人的办公桌下都备着一个出差的行囊，确保出差时说走就走。中心党委要求班子成员"少坐办公室，多到现场转"，行政工作落实到现场，思想政治工作做到一线，后勤工作保障到前沿。

为加快系统设备研制进度，中心领导恨不得有分身之术，不停地辗转于长沙、成都、西安之间，与协作单位反复协调督导，常常刚下飞机又上火车。

2000 年初的一天，王小同正冒着大雪检查施工现场，突然接到报告：信号收发分系统设备生产计划严重滞后！

"走，咱们现在就赶过去！"他带着工作人员，回到办公室抽出桌子底下的行囊，往背上一甩就来到火车站，买了两张站票，于晚上 10 点多赶到石家庄生产厂家，直接提着行囊来到厂领导办公室。厂领导很是感叹："你们的工作作风真是令人佩服啊！"经过及时组织交流，调整生产计划，加快了生产进度，确保厂家按时完成了设备生产任务。

北京的郊区天寒地冻、白雪茫茫。这一年的冬天，这里机器昼夜轰鸣，唤醒了沉睡的大地。参加施工的工作人员夜以继日连续奋战，由于过度劳累，有的工作人员干着干着就挂着铁锹睡着了。但施工再累，大家依然不忘苦中作乐，在工地的木牌上"发表"诗作：

稻田窝棚青蛙，

白天黑夜专家。

庄稼地里创业，

浩瀚苍穹绣花。

随着运控大楼的落成，地面运控系统研制、安装和调试的序幕拉开，北京卫星导航中心建设攻坚战开始了。无论是中心领导，还是年过花甲的老高工，抑或是刚从学校分来的博士、硕士，都是战斗员。机器轰鸣声、工人口号声、切割金属声，汇集成旋律激昂的乐曲，在运控大厅昼夜回旋。一天，供电部门电路升级，临时拉闸一刻钟，结果机器设备的轰鸣停下不到两分钟，大厅里便响起了此起彼伏的鼾声，有人趴在机桌上入睡了，有人倚着墙角睡着了，有人仰靠在椅背上进入了梦乡……

在运控大厅众多忙碌的身影里，大家每天都能看到一个头发花白却神采奕奕的老人。他便是总工程师谭述森。

　　说起谭述森那头白发，还有一个感人的故事。1998 年深冬，北斗关键技术对接联调在石家庄如期展开。谭述森带着几十人连轴转了两昼夜，没想到仪器设备一打开，显示屏上却是一片雪花，没信号！

　　谭述森说："赶紧查原因！"几十个人通宵达旦一晚上，没发现任何导致故障的线索，肚子却已饿得咕咕叫唤。

　　谭述森说："去买几箱方便面，大家什么时候饿了什么时候泡着吃。"

　　方便面咽进肚子，大家接着查。又是一天一夜过去了，大家站得两腿直打颤，信号通道堵塞原因却依然毫无踪影。

　　谭述森说："大家都就地睡会儿吧。"于是大家裹着大衣，坐在椅子上迷糊起来。谭述森也和大家一样，微微闭上了眼睛。但此时此刻，他依然揪着心，脑子里翻江倒海，不停地追寻着故障原因。大家刚迷糊了两个多小时，他便把大家叫起来，开始新一轮"饿了泡碗方便面，吃完接着查原因"。

　　次日清晨，有人发现谭述森满脸通红，一摸他额头，烫手。医生过来一量体温，39℃！

　　医生说："烧得这么厉害，住院去吧！"

　　谭述森说："让我去医院，恐怕会烧到 40℃，心里着急呀！"

　　医生理解地点了点头，给他留下一些消炎药。谭述森边吃药边组织测试。高烧始终不退，谭述森也坚持不退出战斗，连续一周，整整七天，他们终于在显示屏上发现了信号。

　　"盼星星，盼月亮，总算盼到信号了！"几十名工程技术骨干拥上来，围着谭述森又唱又跳，尽情庆贺。跳完了，唱够了，大家才发现，谭总那一头黑发竟然一下子飘满了雪花！

　　每当说起谭述森满头白发的来历，同事们就心生敬意，而他自己则说："中心的同志哪个不是这么干过来的。"

　　的确，在那段决战的非常时期，中心的每个同志都有几个感人的故事。

比如副总师张素成，在任务最紧张时，他突发脊椎病晕倒在地，被送进医院，躺到了病床上。哪知，系统偏在这时出现了故障。

张素成醒来，得知这消息后，立刻恳请前来医院看望他的领导："这类故障我最熟悉，赶紧把我抬到机房去！"

领导为难地说："你都累成这个样子了，我们不忍心啊。"

张素成坚决地说："现在系统出了问题，我躺在这里比死了还难受，我死也要死在机房里！"

领导只好找来一副担架，把他抬回了机房。张素成躺在担架上，指挥同事们连续奋战一个通宵，直到故障完全排除，他才放心地回到医院。

全中心工作人员齐心协力，鏖战二百多个日夜，终于提前七天完成了七个分系统、上百个子系统的测试、联调和上千台（套）设备安装的重任。

上级领导接到王小同的报喜电话，高兴地对着话筒连声喊道："好，好，好！你们真是好样的！是一支敢打硬仗、能打胜仗的队伍！"

15　蓝天勋章

北斗一号"双星定位"中的"双星"研制，也是中国航天史上一场艰难的攻坚战。为打好这场硬仗，有关部门特意任命北斗一号副总设计师李祖洪、中国工程院院士范本尧，分别担任北斗一号"双星"研制的总指挥、总设计师。

范本尧，是我国资深卫星总设计师之一，曾担任东方红三号等多种型号卫星的总师，北斗"双星"是他带领大伙儿在九重云霄放牧的第十四、十五颗卫星。用大家的话说："范总又在蓝天之上悬挂了两枚勋章。"

人们把他带领大伙儿研制的卫星喻为"勋章"，并非随意编造，而是有典故的。

1953 年，即将中学毕业的范本尧和同学们聚会。刚满十八岁的范本尧踌躇满志，不仅上台发表了豪言壮语，而且胸前还佩戴了一枚大奖章。

一位同学问范本尧："本尧，你胸前那奖章是什么奖？"

"是我从父亲那儿借来的奖章。"范本尧拍着胸脯说，"十年后，我一定要得一个比这个还要大的奖章！"

那时范本尧向往的是海军，志在造船、造飞机。高考时，范本尧在高考志愿里工工整整地填上"船舶、飞机制造、机械"，不久他顺利进入大连工学院学习船舶制造。两年后进入毕业设计阶段时，范本尧又选择了一个关于潜水艇的题目。

可就在他如痴如醉地进行潜艇技术攻关时，突然有一天接到辅导员通知："中止毕业设计，立刻前往清华大学报到。"

范本尧听了一头雾水："我眼看就要大学毕业了，为什么还要转学？"

辅导员说："你去清华问钱伟长教授吧。"

原来，新中国成立之初，众多大型科研项目建设迫在眉睫，但我国工程力学人才却是凤毛麟角，与外国的人才储备相比差距极大。为加速培养自己的工程力学人才，在钱学森等著名科学家倡议下，1957 年，国家特地在清华大学开办工程力学研究生班，面向全国大学青年教师、科研单位技术骨干、应届大学毕业生挑才选俊。范本尧荣幸地成为其中一员，也是全班四十名同学中唯一被选中的。

就这样，范本尧大学还没毕业，就面临第一次改行：由攻读潜艇技术改为攻读工程力学。

来到清华大学后，他才知道大名鼎鼎的钱伟长教授竟是他们的班主任，同时为他们主讲工程数学。当时为他们上课的，还有从美国留学回来的著名流体力学专家郭永怀等一批名专家、名教授。在这些科学名家的精心培育下，大家学习勤奋上进，成绩优异。范本尧每学期成绩都名列前茅。

　　1958 年，钱学森对中国工程科学提出了"上天、入地、下海"的宏伟设想。其中，"上天"就是航天，空间技术研究机构随之成立。工程力学研究生毕业的范本尧，又第二次服从组织安排，干起了空间技术，并从此与航天结下了不解之缘。

　　可就在范本尧对火箭技术领域艰难而又饶有兴趣地探索了近十年后，一纸莫名其妙的通知，把他下放到北大荒军垦农场接受劳动锻炼。两年后，他终于再返北京，参加我国第一颗返回式卫星的研制，担任卫星防热技术攻关组组长，研制新型防热结构，在国内首次圆满解决了卫星返回防热难题，确保了我国返回式卫星发射、回收成功，使我国卫星再入热防护理论和技术达到国际先进水平。该成果于 1978 年获得全国科学大会重大成果奖。

　　进入 20 世纪 80 年代，中国航天事业迎来新的春天，范本尧的人生也随之焕发了新的青春，成为我国第一颗通信卫星东方红二号总体技术负责人。

　　东方红二号于 1984 年顺利升空，填补了中国航天领域的重大空白，举国上下一片欢呼，但范本尧却认为这并不是一种值得夸耀的先进技术。在 20 世纪 80 年代，美国、苏联的通信卫星已可以进行电视信号传输，而东方红二号却只能进行简单的无线电通信，差距十万八千里。于是，他顶着巨大压力、冒着巨大风险，率先提出在一年内改进东方红二号卫星的性能，实现国内电视节目传输，满足国内用户迫切需求的建议，并很快编写出可行性论证报告，制定了修改方案。

　　1986 年，东方红二号改进型卫星顺利发射升空。人们惊喜地发现，卫星通信容量比以前扩大了四倍，地面电视接收天线直径由过去的十三米缩小到六米。不久，上万个地面电视接收站如雨后春笋般在全国各地建起来，中国比原计划提前三年开通全国卫星电视业务，让卫星电视走进千家万户。

可范本尧依然不满意，继续致力于对东方红二号的性能改进提高，于两年后研制出我国第一代实用通信卫星——东方红二号甲，将过去的两个转发器变成四个，通信容量增加八倍，卫星工作寿命延长 50%，使其成为国内工作寿命最长、可靠性最高、实用性最好的通信卫星，大大拓展了我国卫星电视覆盖面。

1997 年 5 月 12 日，一枚银白色长征运载火箭从西昌卫星发射中心发射场腾空而起，将范本尧和团队成员呕心沥血研制完成的东方红三号卫星送上太空。5 月 20 日，卫星成功定点于东经 125 度赤道上空，卫星性能指标比东方红二号提高十六倍。

东方红三号让总设计师范本尧荣获了国家科技进步一等奖。他把红彤彤的获奖证书摆放在办公室显眼的位置，自己可以经常看看它，经常想想它那一波三折的研制经历，经常给自己提个醒："研制北斗一号卫星，一定要确保万无一失。"

北斗一号系统副总设计师、"双星"研制总指挥李祖洪，也是位学术底蕴厚实、工程经验丰富的"老航天"。

1942 年出生于福建莆田一个贫困家庭的李祖洪，1961 年夏凭着优异的高考成绩，带着家乡父老的厚望，背着行李，和儿时伙伴、小学同学、中学同窗，又同时考上大学的名叫黄美玉的美丽姑娘一道踏上火车，经过整整一个星期的辗转颠簸，走进了北京大学。

风尘仆仆一路走来的大学生李祖洪，时刻铭记着刚入学时老师对他们说的那番意味深长的话："你们要珍惜在北大读书的机会啊，八百个农民一年的收入，才能供应你们一个北大学子。"大学六年，他只回过一次家，他所有的寒暑假都在学校图书馆里度过，用努力迎来了优异成绩。

在党的阳光雨露下成长的李祖洪，更懂得感恩。他常对身边的人说："像我们这种穷苦人家出身的孩子，只有在共产党领导下的新中国，才有机会上大学并上得起大学。我的知识、我的前途都是党和国家给予的，我唯有把毕生精力奉献给国家，才对得起党的如山重恩。"

1967 年，李祖洪揣着一颗报恩的心，牵着心心相印的黄美玉的手，双双走进中国空间技术研究院，从事技术研究工作，开启了近半个世纪的航天生涯。

1988 年，我国东方红三号通信卫星工程上马后不久，通过与美国公司多轮协商，双方终于签订了从美国进口某星载部件的合同。1990 年，李祖洪受国家派遣，带队前往美国公司考察产品生产环境和质量。哪知他们刚一进美国公司大门，就立刻被人盯上了，而且对方盯得不加任何掩饰，就像影子般不离左右，恨不能上厕所都跟着你，时刻把眼睛睁得圆圆的，盯着你的一举一动。人家为什么要盯你？还不是你比人家落后，要防着你偷窃别人先进的东西。更让李祖洪气愤的是，他带着代表团回国后，美方公司竟以子虚乌有的"不可预见的风险"为由，拒绝向中方交货，而当中方向他们索要前期预付的巨额款项时，他们又拒不退还。中方几经交涉甚至抗议，美方才答应交货。当中方打开美国公司发来的产品时，却发现全是一些空心机壳！这简直欺人太甚！那些空心机壳，就像一把把利刃，一直扎在李祖洪的心头，扎得他心里隐隐作痛，一直痛了几十年。他在痛中坚定了一个信念：航天核心技术引不进、买不来，再难也要自己搞！从那以后，李祖洪一直致力于推动航天产品国产化，为航天工程尤其是北斗卫星导航系统核心技术自主可控而奋力拼搏。

20 世纪末，某型号工程上马，李祖洪受命带人前往欧洲洽谈卫星太阳能帆板引进事宜。没想到洽谈一开始，对方就以"不可预见的风险"为由断然拒绝。李祖洪不再缠着对方求情，掉头就带着谈判团队回到国内，建议上级立刻启动太阳能帆板国产化研究。经过两年多艰难探索，吃尽苦中苦，克服难中难，他们终于研制出自己的卫星太阳能帆板。

李祖洪说："卫星对于造星人来说，就像一个个孩子。"在他心里，用进口元器件研制的产品，虽然也是孩子，但总有一种"抱养"的感觉，只有用自己生产的元器件研制的卫星，那才真叫自己的孩子，一看见它们，心里就感到亲切，就觉得自豪与骄傲。

中国空间技术研究院大厅里，立着一面雄伟的卫星墙，研究院成立以来研制的所有卫星名字都绘刻在墙上，其中不少是李祖洪主持或参与"抚养"长大的"孩子"。每次经过那里，看到那些"孩子"，他就会情不自禁地哼唱起《打靶归来》：

> 日落西山红霞飞
>
> 战士打靶把营归　把营归
>
> 胸前红花映彩霞
>
> 愉快的歌声满天飞
>
> ……

1994 年，北斗一号正式立项后，李祖洪、范本尧组建了我国第一支北斗卫星研制队伍，开展导航卫星基础研究。

"双星"研制，是"老航天"李祖洪、范本尧面临的新挑战。研制工作一开始，便在卫星平台问题上卡了壳。当时，北斗"双星"平台既可选用东方红二号平台（简称"东二平台"），也可选用东方红三号平台（简称"东三平台"）。这两种平台各有利弊：前者久经沙场，技术成熟，但承载能力较小；后者虽然承载能力大，但刚在不久前的一次发射中失利。

于是，北斗卫星导航系统"双星"平台出现了两难选择：选择"东二平台"，性能让人放心，但承载能力又让人担心；选择"东三平台"，承载能力让人放心，但技术状态又让人担心。

思量再三，大家觉得还是选用"东二平台"稳妥可靠。可是，把各种星上载荷装上"东二平台"后，由于载荷超出平台载力，第一次试验就失败了。

　　"东二平台"载不起，"东三平台"失败过，怎么办？

　　在似乎"山重水复疑无路"的关键时刻，型号"两总"认为，哪项技术成果都是在磕磕绊绊中成熟的，要是有过失败就不敢再用，新兴技术将永远得不到发展。于是"两总"大胆决策：选用"东三平台"！

　　经过努力，"东三平台"不仅载着北斗一号四颗卫星（含两颗备份星）飞天成功，而且此后又承载着北斗二号十几颗卫星成功入轨，完成了亚太区域的卫星组网。

　　凭着这种敢于创新的精神，李祖洪、范本尧带领团队运用先进的系统设计思想，克服重重困难，创造性地解决了高增量、多频段、大功率等一系列高难度关键技术，确保了卫星的高性能。

　　鉴定会上，北斗一号"双星"的创新性和可靠性，赢得了专家的一致称赞。

第四章
夹缝中发射

航天科技强国凭借先发优势把优质卫星通信频率资源先占先用。北斗一号卫星使用的频率资源面临被挪用的危机。北斗频率工作者在国际舞台上积极争取，为祖国赢得宝贵的频率资源。北斗人迈着铿锵的正步，将北斗一号卫星送上太空，北斗一号成为中国的搜救福星、生命通道。

16 太空"狭路"

2000 年夏，地上的运控中心马上竣工，上天的卫星也造好了，北斗一号工程似乎已经万事俱备，只待选个良辰吉日发射卫星了。哪知这时，卫星频率问题却成为影响国际合作的关键。

太空茫茫，无边无际，似乎为人类留下了辽阔宏大的活动空间。而事实上，这片深邃的太空，留给人类活动的并不是一片信马由缰、肆意驰骋的无边草原，而是一条条"狭路"。

比如卫星通信频率。任何卫星系统的信息感知、信息传输，都需要使用电磁频谱，而电波在空地间的传播过程中存在大气层损耗。不同频段传播损耗不同，其中在 0.3GHz ~ 10GHz 频段间损耗最小，被称为"透明无线电窗口"；在 30GHz 附近频段损耗较小，通常被称为"半透明无线电窗口"。各类卫星主要应用这些频段。其他频段损耗较大，不宜使用。因此，卫星常用频段只占无线电频谱的一小部分。

比如卫星轨道，也不是无穷无尽的，有位于赤道上空、距地面高度 35786 公里的对地静止轨道，距地面几百到 1000 公里的低轨道，而中轨道导航卫星通常处于距地面 20000 公里左右的高度。无论是对地静止轨道位置还是其他轨道位置，资源都是有限的。

以对地静止轨道卫星为例。一颗静止轨道卫星可以覆盖地球表面约 40% 的区域，且地球站天线容易跟踪，信号稳定。因此，大多数通信卫星、广播卫星、气象卫星都选用静止轨道位置。但受天线接收能力限制，同一频段、覆盖区域相同或部分重叠的对地静止轨道卫星只有间隔一定的距离，即从地面看要间隔一定的角度，地球站才能区分开不同卫星的信号，实现正常的工作。因此，两颗卫星之间需要在经度上间隔不小于 2 度，在整个对地静止轨道上的同频段卫星通常不会超过 150 个。这已远不能满足世界各国的需求。

以此类推，常用的非静止轨道资源同样也是有限的。

既然有限，既然是狭路，就必然拥挤，就会有占道、抢道。

太空资源的竞争随着人类开启航天大幕而开启，并随着经济和科技的发展愈演愈烈。一些国家和组织出于自身利益考虑，先占领轨道位置及频率而后发射卫星。地球静止轨道上 C 频段通信卫星已经饱和，Ku 频段通信卫星也很拥挤，各国卫星定点位置之间出现"撞车"、需要协调的事时有发生。抢占卫星频率和轨道资源，已成为当今世界航天领域角逐的热点之一。

在这场太空资源竞争中，以美国、苏联为代表的航天强国凭借经济和技术优势，已把卫星频率和轨道优质资源先占先用。近年来，印度、日本、韩国、马来西亚等国家，也纷纷自行或联合制造通信卫星，使太空资源竞争更为激烈。

北斗一号工程启动时，频率资源已经非常紧张，好不容易才获得 2.5GHz 位置报告频率。

可没想到的是，鉴于世界新一代通信卫星的紧迫需求，有的国家提议将 2.5GHz 位置报告频率列为新一代卫星移动通信频率，并将在 2000 年世界无线电通信大会上通过这一提议。

如果这一提议获得大会通过，将意味着中国北斗卫星没有频率可用。换句话说，即将大功告成的北斗一号将就此止步。

中华民族绝不能没有自己的卫星导航！

2000 年世界无线电通信大会中国代表团迅速组建，参会预案很快形成：一是通过积极协商，争取世界各国支持，保住北斗一号 2.5GHz

位置报告频率；二是与欧盟合作促成新的卫星导航频率划分，为未来北斗全球导航系统争取频率资源。

谁来指挥这场艰难的频率保卫战？总指挥非北京卫星导航中心总工程师谭述森莫属，但谈判代表却迟迟难以确定。因为这场谈判将非常艰难，需要与多个国家代表进行广泛的深入交流，没有一流的外语能力难以胜任。

正在这时，从美国留学归来的博士后赵晓东来到北京卫星导航中心工作。中心领导立刻委以重任，让他随团与会，在谈判一线充当"主角"。为让他及时向国内汇报谈判进展，中心破例给他配了一部全球通，每天向谭述森总指挥电话汇报两次。

2000 年 6 月，世界无线电通信大会在土耳其的伊斯坦布尔召开。大会确定了各委员会、工作组、起草小组的人员构成后，各层次会议快速有序地展开，涉及北斗频率的起草小组会议随即举行。

赵晓东作为中方代表率先强调："中国的北斗卫星导航系统正在建设中，关于将 2.5GHz 频率用于卫星移动通信的提议，违反公正原则，损害了中国利益。"

"将 2.5GHz 频率用于卫星移动通信"提议国代表解释说："卫星导航技术已经发展几十年，GPS 已经建成，并免费让世界各国使用，没有多少发展空间，而卫星移动通信方兴未艾，把 2.5GHz 位置报告频率用于此，能够发挥更大效益。"

赵晓东说："卫星导航发展几十年，都是航天大国在搞。中国等众多发展中国家还没有自己的卫星导航，这说明卫星导航还有很大发展空间。"

提议国代表说："你们中国也可以用 GPS 导航嘛，为什么非要建一个新的卫星导航系统呢？"

赵晓东说："卫星导航系统，是人类导航技术发展的趋势，将给人类生活带来极大的福祉。中国是最早发明指南针的国家，理应为推动现代卫星导航技术贡献中国力量、中国智慧。"

提议国代表说："已经有了 GPS，再建新的卫星导航系统，等于同样的事情你们再做一次。"

……

双方坚守各自立场，谁都无法说服对方。频率文件起草小组主席不得不把议题推到专门议题起草小组讨论。

为在专门议题起草小组会议上争取大家的支持，赵晓东积极开展"走廊外交"，与众多发展中国家代表广泛接触，指出中国建设卫星导航对发展中国家有着巨大的帮助，得到了这些国家的认同。

进入讨论流程时，双方意见依然难以统一，会议主席束手无策，只得再次将问题交回频率文件起草小组。

北斗一号频率悬而不决，让赵晓东深感压力巨大，连续几个晚上彻夜难眠。

这天晚上 10 点多，赵晓东又辗转反侧，终于忍不住给谭述森办公室打去电话，号码刚拨出去，才突然意识到此时国内正是凌晨 3 点钟，当他准备挂断时，电话里却响起了谭述森的声音："喂，是晓东吗？你辛苦了。"

赵晓东感到有些意外："谭总，这么晚还在办公室啊？"

谭述森说："我在等你电话呢，不接到你的电话，我心里不踏实，想睡也睡不着。"

赵晓东简短汇报了协商的严峻形势，谭述森明确指示："千万不能泄气，一定要把问题推到大会全会上讨论。"

两天后，在各国代表参加的全会上，赵晓东昂首阔步走向讲台，再次呼吁："中国北斗是在建系统，将 2.5GHz 频率用于卫星移动通信的提议，严重损害中国利益，希望世界各国支持中国卫星导航事业，欢迎大家在卫星导航领域与中国合作，共同推动世界卫星导航技术新发展！"

"将 2.5GHz 频率用于卫星移动通信"提议国代表强调:"新一代卫星移动通信采用目前最先进的技术,能更有效地使用频率资源,符合国际电信联盟有效利用频率资源的宗旨,国际电联应该鼓励和推广先进技术。"

大会依然没有形成统一意见。

这时,会期已经过半。为争取"将 2.5GHz 频率用于卫星移动通信"提议国代表支持中国北斗,会后,赵晓东找到他说:"我想与您谈谈。"

提议国代表笑着说:"赵先生,您的毅力让我非常敬佩。可我也要争取自己的国家利益,就像我不能说服您一样,您恐怕也不能说服我。"

赵晓东说:"中国建设北斗卫星导航系统,不仅不会损害你们的国家利益,相反,如果我们在该领域展开合作,对我们甚至全世界都有好处。"

提议国代表有些不解:"中国北斗能给我们带来好处?"

赵晓东说:"试想一下,中国将来建成北斗卫星导航系统后,如果像 GPS 那样免费供全世界使用,贵国上空的卫星导航信号,是不是可以大大增强?你们是不是会多一个选择?"

提议国代表听了,哈哈笑着伸出手来:"赵先生,您是个理想主义者。"

双方握手很热情,但问题依然没有解决。

至此,争取俄罗斯的支持,是唯一希望了。因为按规则,在全会上至少有两个大国支持中国北斗,北斗一号才能保住 2.5GHz 频率。

为争取俄罗斯支持,赵晓东一头扎进历年来俄罗斯向大会提交的文件堆里。俄方提交的二十多个议题涉及几十种业务、近百段频率,共五六百份文稿,还有每个议题每次会议产生的阶段性文件,码起来有一米多高。赵晓东不厌其烦,逐个文件仔细研读,读得两眼昏花、腰背酸疼。

在做好充分准备的基础上,赵晓东找到俄罗斯代表团,经过深入细致的交流协调,终于赢得俄罗斯的支持。

从此,从起草小组到工作组,再到委员会,俄罗斯代表团均旗帜鲜明地支持中国北斗一号使用 2.5GHz 频率。

在最后的全会上，全会主席根据国际电联规则，通过了允许中国北斗一号使用 2.5GHz 频率的提议。

会场上响起了热烈的掌声。这是世界人民对中国北斗卫星导航系统的深切期待！

17　正步的礼赞

2000 年深秋，北斗一号卫星终于在西昌卫星发射中心完成最后测试，即将出征万里长空。北斗一号工程总指挥、总设计师、副总指挥、副总设计师，都前来为它壮行。

整星进场那天，北京卫星导航中心老专家李贵琦，代表北斗人亲自护送卫星进驻发射塔。距离发射架最后两公里时，庄严的一幕出现了——为让转运车平稳行使，确保卫星不受震动，已从部队转业多年的李贵琦，用自己年轻时练就的标准正步为转运车开道压阵，向北斗事业、北斗人表达崇高敬意。

"啪！啪……"他步伐标准，踏地有声，把北斗人的轩昂气宇展现得淋漓尽致！

"啪！啪……"他步伐沉稳，不紧不慢，一步一步匀速迈向发射架！

"啪！啪……"两公里路程，他足足走了四十多分钟！

四十多年科研人生，近二十年北斗路，每一步，他都在走正步，走得如此铿锵，如此执着。

当年北斗一号筹备立项时，组织上让他参加这一开创性工作，他告别家人，只身从科研条件优越的研究所来到北京，在已近花甲之年再次开始单身生活。

有人不解："你要级别有级别，要职称有职称，要成绩有成绩，你这是图啥?"

他说："就图建成咱们中国自己的卫星导航!"

当时，筹备组一些人因为担心北斗建不成、个人前途受影响，纷纷跳槽转行，另找出路。李贵琦毫不动摇，坚守岗位。

又有人问他："好多人都走了，你为什么不走?"

他说："就为了建成咱们中国自己的卫星导航!"

到了退休年龄后，领导三次征求他的意见，能否延期退休，继续建北斗。李贵琦每次都回答："坚决服从组织安排!"

每次人们都纳闷："辛辛苦苦几十年，好不容易挨到神仙般的退休生活，却还要没黑没白拼了老命干，何苦来着?"

李贵琦每次都是这句话："就图建成咱们中国自己的卫星导航!"

正步，是北斗人最威武、最庄严的步伐。李贵琦用正步走出了一名老北斗人的形象，也走出了一名老北斗人的豪情。退休赋闲后，那些阔别数年的老同学、老朋友相聚，别人问他："贵琦，这些年你都干啥去了?"

他拍着胸脯说："我一辈子就干了北斗这一件事，这是我最大的荣耀!"

北斗人正是以这种正步的坚定与铿锵、庄重与雄壮，为中华民族开创了一片卫星导航新天地，为祖国赢得了尊严与荣光。

2000年10月31日晚，夜空的星光格外明亮。星光下的卫星发射场上，怀抱着中国首颗北斗卫星的长征三号运载火箭，显得更加雄壮巍峨。

随着一声果断的"点火"指令，长征三号运载火箭轰的一声冉冉升起，以不可阻挡的气势，冲破黑暗，冲出大气层。它那美丽的尾焰，照亮了夜空，照亮了北斗人的心!

18　北斗开辟生命通道

北斗首星发射不到两个月，第二颗北斗卫星也划破黎明前的黑暗，直冲云霄。它们以惊天动地的巨响，向世界庄严宣告：中国是继美国、俄罗斯之后，第三个拥有自主研制卫星导航系统能力的国家！

北斗一号，让中国人第一次运用自己的导航系统精准便捷地找到脚下的位置、前行的方向，尤其是它在世界卫星导航家族中独一无二的通信功能，不仅让广大用户随时知道"我在哪里"，还能随时让亲友知道彼此的情况，为人们互通信息提供了新的途径，尤其为那些身处险境的人打开了一条安全通道。

2005 年深秋，南海岸边，抗风林浓密的树叶渐渐地由嫩绿变成了墨绿。从赤道北上的台风，开始一场接一场袭来。空气里的鱼腥味儿越来越浓——南海鱼汛来了。

南海某渔业公司南渔一号捕鱼船拔锚南下，连续航行两昼夜，于天明时分赶到捕捞海域。船速开始慢了下来，船长阿海登上顶层甲板，举起航海望远镜仔细观察前方辽阔的海面。阿海是有名的"老海"，已在风里行浪里钻了快四十年，当船长也二十多年了。在公司所有船长和渔船里，他和南渔一号跑得最远，去的地方最多，捕捞量最大，经历也最曲折、最艰险，可以说什么大风大浪都见识过。

今天的海景特别美。海风轻轻吹着，海浪微微起伏，茫茫海面仿佛一张无边的绸布，一片碧波荡漾。天空没有一丝云彩，蓝得清澈纯净。天地间仿佛没有了缝隙，浑然一色。突然，前方海平面上出现一线模糊的白，渐渐地，白线在轻轻跳动，并传来阵阵清脆欢快的鸣叫。阿海不禁心头一喜，那是一片海鸟！阿海飞快地奔向驾驶舱，下达一个个指令。

"全体船员注意，前方发现大鱼群！"

"目标正前方，加快航速！"

"开始撒网捞鱼！"

……

南渔一号拖着大网，在鱼儿欢跃、鸟儿翻飞的海面上划出条条白浪。临近中午时，第一网收上来了，欢跳的鱼儿铺满宽敞的甲板。大家立刻投入紧张的分类入舱工作。

夜幕轻轻降临了，天空一片繁星闪烁。一天的捕捞作业结束了，追波逐浪一整天的南渔一号，开始枕着波涛悠闲地晃荡。船上紧张劳累了一天的渔民，除了值班人员，都躺在了床上。对于一次出海就半年甚至一年不归的渔民来说，这夜深人静的时刻是他们最思亲、最寂寞的时刻，可自从船上装备了北斗一号终端，这时刻就成了他们最休闲、最欢乐的时刻。除了打麻将、甩扑克、看录像这些传统娱乐方式，他们还可以坐在一起，你一句，我一句，通过北斗一号向家人报平安、诉衷肠。从此，他们的夜晚不再漫长。

此后几天，天高云淡，风平浪静。南渔一号一网接一网撒下去、捞上来，整日甲板上鱼儿活蹦乱跳。正当人疲舱满，准备提前返航时，他们接到公司通过北斗一号发来的台风预警：一股台风正从赤道附近迅速北移，台风中心将从他们捕捞的海域经过。

阿海立刻指挥南渔一号昼夜兼程，紧急北上。他们前脚驶进港湾，十二级台风后脚就赶了过来。阿海的妻子听着呼呼狂啸的风声，看着窗前海面上几层楼高的巨浪，不禁后背阵阵发凉："阿海，你们要感谢妈祖保佑呢，你们要不是及时回来，恐怕难逃一劫了。"

阿海说："也要感谢北斗啊，这可是我们渔民的护身大神啊！"

北斗，的确是广大渔民的护身"神器"。北斗为他们定位，让他们在万里汪洋乘风破浪，永不迷航。出现困难时，可以请求帮助；遭遇危险时，可以请求救援；对周围潜伏的危机，能够提前发现。

2008 年 5 月 12 日中午，四川省阿坝藏族羌族自治州汶川县映秀镇，忙碌了一个上午的小镇和镇上的居民，沉睡在慵懒的阳光里。山谷清幽，唯有小溪在不知疲倦地叮咚流淌，蝴蝶翩翩起舞，鸟儿盘旋飞翔，一幅多么秀美的画卷啊。

忽然，连绵的群山仿佛一下子被抛进波涛汹涌的大海里，忽而被顶上浪尖，忽而被甩到波谷，山峦摇摆，沙飞石走，河水倒流，惊雷滚动，烟尘飞扬……地震了！人们从午睡中惊醒过来，仓皇而逃。

数十秒钟后，大地终于安静下来。人们眼前的映秀镇却已面目全非，秀美的小镇已是满目疮痍，精致的楼房变成一片瓦砾，街道上鸡飞狗跳，滚滚烟尘中夹杂着痛苦的哀号……

人们惊魂稍定，赶紧拿起通信工具，试着向上级报告眼前的情况，联系失散的亲人，可无论是固定通信还是移动通信，话筒里均是一片忙音。大家这时才发现，他们与外界联系的通信渠道都中断了。

人们仿佛一下子被丢到孤岛上，感到了深深的无助。小镇上空，弥漫着滚滚烟尘，笼罩着迷茫和绝望。

映秀镇是这场罕见大地震的震中。此时此刻，山外的人们也急于了解那里的灾情，可怎么也联系不上。紧急成立的抗震救灾指挥部在第一时间组织救灾人员紧急向映秀镇挺进。救灾人员冒着频繁发生的余震，避开不断从山顶滚落的岩石，连续跋山涉水顽强挺进，终于赶到震中映秀镇。

废墟下的生命急需抢救，伤员急需救治，生活几乎断水绝粮……救护队队长急需向指挥部报告这里的情况，请求紧急救援。他掏出专门携带的北斗一号用户终端，打开一看，眼睛立刻亮了：它的信号居然畅通无阻，不受丝毫影响。"北斗，北斗，你真是太棒了。"指挥员喃喃说着，立刻往终端机里输文字，向上级报告这里严峻的灾情。

抗震救灾指挥部接到报告，迅速增派救灾人员紧急赶赴灾区，并调动我空军部队，向震中映秀镇空投救灾部队和物资，最大限度地保证了黄金抢救时间的有效利用。

在整个汶川抗震救灾期间，北斗一号一度成为唯一打通灾区与外地联系的桥梁。广大网民纷纷称赞北斗一号是"救灾之星""中国福星"！

中 篇

————

放眼
亚太

第五章
中国抱负

逐梦世界一流卫星导航，既要学习世界先进技术，又要坚持"你打你的，我打我的"，走中国特色卫星导航技术发展之路。以孙家栋总师为代表的工程"两总"，提出中国卫星导航"三步走"战略。总体部以坚定的科技自信、非凡的协调艺术，把"一千个哈姆雷特"变成了"一个哈姆雷特"。星座设计团队设计了独一无二的"中国星座"；北斗二号地面运控系统总设计师周建华，用自己的"轴"性子，为北斗地面运控系统建设"轴"出了"中国方案"。

19　走一步，看两步，想三步

1999 年，北斗一号进入紧张的系统联调和卫星发射准备阶段。但即使北斗一号系统全部建成，从某种意义上说，也是中国卫星导航事业"摸着石头过河"摸到的第一块石头，只是一个试验系统，只有定位功能，尚未实现连续导航，而且只能覆盖中国本土，精度也需要大幅提升，依然不能从根本上打破国外先进卫星导航技术的垄断局面。

中国卫星导航技术与世界大国的差距依然巨大，这给中国的信息安全带来了影响。如在 21 世纪的头十年，由于大型工程机械均使用 GPS 导航，致使中国在什么时候、什么地方建设什么工程，别人都了如指掌。

GPS 在各应用领域甚至是战争舞台上粉墨登场并迅速扮演主角，让发展中国家感到震惊，就连欧盟都觉得"没有自己的卫星导航技术，欧洲将不可避免地成为附庸"。因此，欧盟在科索沃战争爆发那一年，宣布建设独立的伽利略全球卫星导航系统，实现完全非军方控制、管理，可以进行覆盖全球的高精度、高可靠导航定位服务，以减少欧洲对美国的技术依赖，打破美国对卫星导航领域的垄断。

欧盟虽然有着雄厚的技术力量，但建设伽利略工程需要投资三十多亿欧元，这是欧盟自主导航之梦遇到的第一个也是最大的障碍。于是，欧盟抛出"谁投资谁优先使用"的政策，向世界各国广泛融资，并把"绣球"抛向中国。

欧盟的合作邀请，对于正对卫星导航求之若渴的中国有着巨大吸引力。中国有关部门抱着学习的态度，带着足够的诚意分别与欧盟和俄罗斯接触，开展合作谈判。

但沈荣骏、孙家栋高瞻远瞩，认为卫星导航这种新兴、敏感的技术，广泛交流、真诚合作固然重要，但自力更生、聚智攻坚更不能丢。

没有任何迟疑，沈荣骏、孙家栋于 2002 年 8 月 2 日联名给航天主管部门领导写信，建议大力发展自主可控的北斗导航。

在这关键时刻，国家有关部门果断决策，批准北斗二号导航系统工程建设方案。中国退出欧洲伽利略卫星导航系统建设，对外正式公布自主发展卫星导航系统计划。为加强对北斗工程建设的领导，有关部门成立了工程建设领导小组。

为尽快改变起步晚、发展慢的局面，中国坚持"走一步，看两步，想三步"的战略，在紧锣密鼓开展北斗一号工程建设的同时，启动了北斗二号导航系统工程，展开了一系列关键技术的预研攻关。

北斗二号是一个庞大、复杂的航天工程。它由空间段、地面段和用户段三部分组成。通俗地说，就是天上满天星、地上一张网，并把它们相互联通起来，共同组成一个"天罗地网"，把亚太地区天上转的、空中飞的、海上游的、地上跑的，都网在其中，让它们随时都能找到自己的位置和前行的方向。

北斗二号就像在宇宙间布下的一盘大棋，棋子星罗棋布，棋格纵横交错。面对这样一盘创造中国航天史上众多"第一"的大棋，谁能总揽全局，稳步推进，出奇制胜？

孙家栋被任命为北斗二号卫星导航系统总设计师，李祖洪、谭述森、杨长风被任命为副总设计师。

随着北斗卫星导航系统工程建设的不断深入，以孙家栋总师为代表的工程"两总"，通过总结实践经验，提出了具有中国特色的"先试验，后区域，再全球""先有源，后无源"的"三步走"发展战略：第一步，建成信号覆盖国土的北斗一号系统，于 2000 年左右，使中国成为世界上第三个拥有自主卫星导航系统的国家；第二步，建设北斗二号卫星导航区域系统，于 2012 年左右，具备覆盖亚太大部分地区的服务能力；第三步，建成北斗三号全球卫星导航系统，于 2020 年左右，正式向全球开放服务。

北斗卫星导航系统工程是一首旋律高昂、气势雄浑的中国航天交响曲，演奏乐队阵容庞大，吹拉弹唱齐全，琴瑟鼓弦应有尽有。北斗工程"两总"作为优秀的乐队指挥，手握指挥棒，娴熟优雅地引导乐队合奏，乐曲时而如草原上万马奔腾，时而似大海波涛汹涌，时而又像幽谷凤鸣……好一曲中国航天事业波澜壮阔的宏伟乐章。

20 你打你的，我打我的

北斗卫星导航系统建设虽然比 GPS、格罗纳斯晚了近二十年，但作为后起之秀，并不缺乏胸怀与目光、激情与理想。它在起步之初便树立了雄心壮志——北斗一号解决有无，北斗二号跻身世界先进行列，北斗三号建成世界一流导航系统。

这是北斗应有的理想，也是中国卫星导航事业的唯一选择！

中华民族伟大复兴的大业虽然艰难，然而势不可挡。中国北斗争取领先世界，不仅势在必行，而且大有可为。"北斗二号跻身世界先进行列，北斗三号建成世界一流导航系统"，并非空中楼阁，它既有"先天优势"，又有"后发优势"，更占据"天时、地利、人和"。

北斗虽比 GPS 起步晚，但一开始就设计了通信功能，实现了定位、授时、通信一体化，而 GPS 只有导航与授时，相当长一段时间里没有通信功能。通信，为北斗卫星导航系统开辟了崭新、宽敞的舞台，可以演出许许多多精彩绝伦的新剧目、新故事。这是北斗独特的先天优势。

北斗建设之时，正是中国崛起的关键时期，国家现代化急需北斗提供服务，经济建设发展急需北斗提供鲜活动力，改革开放不断深入急需北斗提供技术支持……北斗建设，适逢"天时"。

在华夏这片热土上，有中国共产党的坚强领导，有社会主义制度能集中力量办大事的优势。中国航天事业经过近六十年的探索发展，形成了丰厚的航天学术积淀，拥有丰富的航天管理经验。北斗有着巨大的应用前景、广阔的市场牵引。北斗有得天独厚的"地利"。

中国急需北斗，人民渴望北斗。北斗是民心所向，民意所聚。有党和国家对北斗的高度重视，有全国航天人对北斗的聚力支持，这是北斗举世无双的"人和"。

建成一流导航系统，领先世界，是北斗的必然趋势！

北斗二号从覆盖国土到覆盖亚太，从几颗星到十几颗星，这一步迈得有点大、有点难。如何走好这一步？这是总体设计必须首先回答的问题。

很多人提出："建设北斗一号时，国家没钱，条件跟不上，被逼无奈，独创一个双星系统。现在国家也拿得出这笔钱了，其他条件也改善了。美国的 GPS 也建成了，而且在各领域运用中得到验证，效果非常好。我们为何不照着 GPS 的路子走呢？"

初看起来，这似乎是个好主意。美国的 GPS，从 1997 年开始加快建设步伐，频频发射卫星，到 2004 年共有十二颗新一代卫星发射升空，系统得到更新，导航精度大幅提升。

这貌似省钱、省力又省心的"良策"一冒头，北斗工程"两总"当即予以否定。

卫星导航系统是国家经济建设发展的重要技术保障，这样的国之重器，岂能照别人的"葫芦"画自家的"瓢"？拾人牙慧又如何"争当一流"，又何以"领先世界"？

要想登上别人尚未企及的高度，就必须走自主创新之路。只有走别人没走过甚至不敢走的路，方能走出北斗风格、北斗特色、北斗境界！

那么中国特色的北斗之路又怎么走呢？

北斗工程"两总"的领导们说："建设世界一流的卫星导航系统，我们要像毛主席说的那样：'你打你的，我打我的'。"

沿着这一思路，北斗人研究适合自身的战略战术，大胆尝试、勇于创新，设计出了一个崭新的北斗卫星导航系统。

比如美国 GPS 的二十四颗卫星，全部都是中地球轨道卫星，而北斗二号组网卫星中，不仅有中地球轨道卫星，还有倾斜地球同步轨道卫星和地球静止轨道卫星，这是世界上第一个也是唯一由三种卫星组成的混合星座。

比如美国的 GPS 一代、二代，只有导航、授时两种功能，而北斗二号不仅设计了这两种功能，还继承了北斗一号特有的通信功能，成为相当长时期内集定位、导航、授时、通信于一体的卫星导航系统。不同于 GPS 一代、二代卫星的单向通信，北斗一号是双向通信，为系统性能改进与提升提供了宽敞的舞台和广阔的空间。

比如美国 GPS 采用单一的无源定位，而北斗二号不仅设计了无源定位功能，同时继承了北斗一号的有源定位体制，有源与无源两种体制的结合，是中国北斗最大的特色和亮点，也是中国北斗的优势所在。这是中国人创新智慧的结晶，也是对世界卫星导航大业发展做出的卓越贡献。

比如美国 GPS 采用二频信号，而北斗二号设计了三个频段的导航信号和对应的北斗应用终端型谱，成为世界上首个全星座播发三频信号、基本导航与广域增强一体化的卫星导航系统，更好地消除了高阶电离层延迟的影响，增强了数据预处理能力，提高了模糊度的固定成功率，从而提高了导航定位的可靠性。

比如美国 GPS 采用单一的卫星无线电导航业务（RNSS），只能实现连续导航功能，而北斗二号设计了与卫星无线电测定业务（RDSS）相结合的新型导航技术体制，使北斗二号同时具备连续导航与快速定位报告能力。

21 大总体的艺术

工程大总体是工程建设的神经中枢。它就像一个四世同堂大家庭里的大总管，要协调好这个家庭上下左右各种关系，要关照好每一个家庭成员的利益需求，要安排好家里的各种开支，是维护家庭和睦向上的至关重要的角色。它又像是一支部队的指挥机关，要为最高指挥员出谋划策，要制定各种训练、作战计划，要贯彻作战思想意图，并调动部队执行作战任务，是决定部队能否打胜仗的极为重要的一环。

北斗卫星导航系统是个不折不扣的大家庭，有卫星、运载火箭等数个系统，有三百多家单位、数以万计的科研人员参与建设。作为北斗工程大总体、系统中的系统，要绘制整个北斗系统的发展蓝图，对各系统建设进行总体规划，如对采用什么卫星，使用多少卫星，采用什么轨道，地面站建设数量及如何分布，采用什么信号体制，走什么技术路线等这些整体性、前瞻性的重大问题进行研究、论证、设计。除此之外，还要负责各系统、各单位的任务分工、指标分配，协调各种接口关系、工程实践，牵头解决工程建设中出现的各种困难和问题，组织实施系统评估……工程建设的每一个阶段、方方面面的事务，大总体都要管。

有着数十年总体工作经验的孙家栋总师，对如何做好总体工作深有体会："所谓总体，就是要用最可靠的技术、最小的代价、最短的时间、最有利的配合、最有效的适应性和最有远见的前瞻性，制定出最可行的方案，保证获得最好结果的一种方法和体制。总体工作 70% 靠协调，30% 靠技术。总体系统工程，是协调与妥协的艺术。"

干好大总体，既要敢于坚持，也要善于协调，要学会妥协，懂得退让。工程总体部门在北斗工程"两总"领导下工作，是被领导者；但对其他系统来说，总体部门的每个人又是某一项或者某一层次工作的领导者，还要协调其他平行部门开展工作。因此，总体工作既是技术工作，更是管理工作；既要掌握运用科学规律，也要与具有主观思想的人打交道。甚至从某种意义上说，与人打交道更为重要，也更为艰难。

"一千个人眼里有一千个哈姆雷特。"在科研工作中，不同人眼里也有不同的"哈姆雷特"。因此，搞大总体的，在很多时候就是通过大量的协调，把多个"哈姆雷特"变成一个"哈姆雷特"。这是一门艺术。

工程大总体负责人既要有科学底蕴，也要懂得技术创新；既要有原则性，也要有灵活性；既要敢于坚持，还要善于包容。干好总体，必须准确把握有关各方的基本立场和观点，如有分歧，必须能够从更高层次和角度找到差异中的共同点，从而找到协调的基点，最大限度凝聚共识，控制分歧；对于确实无法统一的分歧，要开展细致的分析、论证和比较，为决策提供客观、量化的依据。总体工作主要是协调工作，也就是与人沟通交流的工作，而每个人的性格、语言风格、表达方式各不相同，这就要求总体工作者要有极高的个人修养，遇事不急不躁、心平气和，处事全面客观、谦虚睿智，用"一千个交流方式"与"一千个人沟通"，才能有效地把"一千个哈姆雷特"协调为"一个哈姆雷特"。

孙家栋总师和总师组经过深入考察、慎重考虑，决定任命郭树人为总师助理、工程大总体负责人。

郭树人于 1993 年大学毕业后就加入了"双星定位系统"论证小组，

并肩负起信号收发分系统指标的论证、技术调研及协调工作。虽然北斗一号使用扩频信号体制实现了高精度测量，但扩频技术当时在国内还处于较低水平，很多基本理论和概念还没有自成体系。在工程实践中，从指标的制定、协调，到设备的研制，都出现了很多认识不统一或者找不到合理解释的问题。比如，对解扩增益的理论值，大家就有多种认识，差别最大为四倍，导致在链路预算和设备研制中出现多种意见。为解开扩频技术的种种谜团，找到其原理机制，郭树人申请了预研课题，进行系统深入研究，从信号处理理论入手，查阅了大量文献，反复向国内权威专家请教，多次组织研讨，并开展了数学仿真，最终从理论上对不同结果给予了合理解释，实现了理论与实践的统一。

总师组认为，郭树人是具备干好工程大总体负责人素质的；要说有什么"欠缺"，就是稍显年轻，只有三十多岁。

身体强壮、吃苦耐劳，而且脑子转得快，反应灵敏，敢想也敢干，创新活力强，这是年轻的优势。但对于总体工作来说，年轻也是劣势。参加北斗建设的各系统、各单位负责人，都是高级干部，或是大专家、名教授，甚至是两院院士。年轻的郭树人与他们沟通协调，一看上去就"很不对等"。这种"很不对等"，给沟通协调平添诸多障碍。因此，受命之初，郭树人心里很不踏实，甚至想打退堂鼓。

孙家栋鼓励他说："年轻，并不意味着挑不了重担。我开始干总体那年，也只有二十九岁；第一次担任工程总体主任设计师时，是三十四岁；成为东方红一号技术负责人那年，是三十八岁。"

郭树人从孙家栋的话里找到了信心，可没想到的是，一开始他就撞上了"南墙"。

北斗二号是覆盖亚太的区域性导航系统，轨道专家们经过艰辛探索，为它量身定制了"中国星座"——世界上第一个由三种不同轨道卫星构成的"混合星座"，这是世界首创。

　　由于这一创举与用户部门、研制部门的意见大相径庭，几乎遭到所有专家的反对，甚至连内部意见都不统一。反对的理由非常充分：人家美国的 GPS 星座，用了几十年，实践证明非常成功。我们为什么放着成功的技术不用，而要独创一个混合星座？难道我们新弄出来的东西，就一定比别人几十年实践证明的东西还先进？我们为什么要冒这个险？

　　面对一边倒的反对之声，郭树人带领团队再次对"中国星座"进行深入论证分析，在对需求满足度、技术成熟度、建设周期和经费等方面进行对比后，他们更加坚定了对混合星座的信心。

　　为了统一内部意见，工程"两总"把各系统专家召集到航天城协作楼，听取总体意见，进行集中讨论。大会小会不下百次，郭树人也先后一百多次上台解答各种疑问，大家依然分歧很大。

　　事后有记者曾问郭树人："你感到最郁闷的事情是什么？"

　　郭树人回答道："最郁闷的事情，是辛苦了好几年，进行了不计其数的计算、论证才设计出的方案，被几乎所有人否定了，而且反复解释，依然得不到肯定。"

　　但郁闷归郁闷，郭树人心里始终没想过放弃。这源于他对"中国星座"的深入了解和巨大信心。虽然他不是星座的提出者，也不是专业的轨道设计者，但作为方案的执笔者和论证工作的组织者，他对于方案的提出背景、形成过程及其优势、短板，甚至每一个数据都了如指掌。

　　他的坚持更源于领导机关、北斗工程"两总"对他始终如一、坚定不移的支持。

　　大系统总师孙家栋每次见他面露郁闷之色，就拍着他的肩膀安慰道："总体意见遭到否定，是常有的事，不要紧，我什么时候都支持你。"

　　他的顶头上司冉承其，也多次半开玩笑半认真地对他说："再大的困难，你都要坚持住。放心，天塌不下来，就是天要塌下来，我个头比你高，我来顶着。要撤你的职，你都不用怕；要撤你，就先撤我！"

领导的话很暖心，让他有了坚持的动力。郭树人带着团队大会解惑、小会释疑、个别沟通。一次不行，两次；两次不行，三次；三次不行，四次……不厌其烦、反反复复从各个角度用客观的数据回答各种疑问，终于使大家基本接受了"混合星座"方案。

年轻的郭树人，不管听到多重的话，受了多大的委屈，始终以笑脸相待。

大家对郭树人的个人涵养佩服不已，但也有人不理解："当别人拍着桌子表示反对的时候，你难道不生气吗？"

"我不生气。"郭树人微笑着说，"他们生气是为北斗好，是他们觉得那样对北斗最有利。每个人看问题的角度不同，我能因为想问题角度不同就生气吗？再说，生气不能解决问题，只会增加障碍，我犯得着生气吗？"

"你这个大总体，是在当孙子呀。"

郭树人理直气壮："给北斗当孙子有什么不好？我太乐意了！"

2015年3月30日晚，又一枚"长三丙"运载火箭，轰的一声打破西昌卫星发射中心沉寂的夜色，带着美丽的尾焰直刺星光闪烁的夜空，将第十七颗北斗卫星送入预定轨道。

当"太阳能帆板顺利打开"的消息传来，发射指挥大厅里一片欢腾，记者们开始现场采访。一名记者笑盈盈地走到坐在一旁的郭树人面前，说："郭主任，可以采访您吗？"

郭树人礼貌地站起来说："可以，您想采访什么呢？"

记者问道："北斗二号启动已经满十年了，我是否可以就'十年'这两个字搞个同题采访？"

郭树人说："好吧，您问吧。"

"过去这十年，您最大的改变是什么？"

"看问题更全面了，更愿意倾听别人的意见了。"

"过去这十年，您感到最美好的事是什么？"

"第一颗卫星成功发射最振奋人心。"

"未来的十年，您最大的愿望是什么？"

"早日建成北斗全球系统，让世界人民早日用上中国北斗。"

"未来的十年，您个人的最大期待是什么？"

"希望……有更多时间陪陪家人，尤其是……陪陪……父母。"

说完这句话后，郭树人的眼眶一下子湿润了……

此时此刻，郭树人的老父亲正躺在医院里。几个月前老父亲被查出患了胆管癌后，就一直躺在医院。

直到 2016 年 10 月老父亲去世，郭树人都一直忙于工作，父子俩没能见上最后一面。父亲去世一个多月后，老母亲也驾鹤西去。

2017 年初，2016 年度国家科技进步奖公布，北斗二号卫星导航系统荣获国家科技进步特等奖，郭树人是获奖者之一。

领奖回来，郭树人特意赶回老家，买了一束鲜花来到父母坟前。他给两位老人上了三炷香，敬了三杯酒，从怀里掏出奖章摆在坟前，仿佛坐在二老面前，和他们说说话儿。

"爸，妈，儿子获大奖了，你们高兴吧？可美中不足的是，儿子陪你们的时间太少了。如果真有下辈子，你们一定还要我做儿子啊，好让我在下辈子多陪陪你们，把这辈子欠下的都给补上……"

人生有憾，报国无悔！

22 "中国星座"

导航卫星星座是北斗二号区域系统建设必须首先论证、设计的技术方案。

以中国工程院院士许其凤为带头人，"双星定位系统"论证小组技术骨干王莉等为主要成员的星座设计团队，勇敢地肩负起北斗特色星座技术探索的重任，成为北斗二号系统建设的开路先锋。

1936 年生于天津的许其凤，是中国工程院院士、大学教授，我国导航定位领域杰出的科学家，在四十余年的导航定位技术研究与教学中，创造了一系列的中国第一。

许其凤从 20 世纪 60 年代开始从事卫星大地测量工作。20 世纪 80 年代初，他敏锐地发现卫星导航将给人类生活带来深刻影响，开始把研究方向转向卫星导航技术，成为我国最早从事该领域研究与教学的学者之一，并于 1982 年在国内率先开设了卫星导航与精密定位课程。

1985 年，作为技术负责人，许其凤应用卫星定位技术建起了中国第一个高精度大地测量控制网，解决了国内大地测量的基准问题。

1989 年，许其凤编写出版了我国第一部全面论述 GPS 与大地测量的专著——《GPS 卫星导航与精密定位》。

1991 年，中苏两国通过友好协商，决定共同启动东段边界联合测量工作，但在实施阶段由双方"背靠背"分头组织。许其凤受命负责此次联测中方总体方案设计、施测指导和数据处理，他带领技术人员开创了国内首次用卫星导航技术开展大规模测量的先河。中苏两国正式协商边界问题的前一天，苏方提供的一批数据始终无法与我国实测数据吻合。经缜密测算，许其凤得出结论："我方数据没问题，是对方数据有误。"两国联测，涉及外交，需慎之又慎。于是，团队成员提醒道："我们可是第一次在国内采用卫星导航技术进行边境测绘，会不会是我们的数据有问题？"许其凤胸有成竹地说："我们要相信先进技术，我们的数据不可能有问题。"果然，双方一到签字台上，面对我方准确的实测数据和严密的测算，苏方坦诚地承认了失误并进行了重新测算。几年后，许其凤又开设了空间大地测量学专业。

许其凤带领团队设计北斗二号星座，首先需要思考的问题是，美国GPS星座设计方案适用于北斗二号区域系统吗？

航天领域投资高、风险大，卫星工程的每一个方案、每一项技术都需要谨慎对待。美国的导航卫星全部采用中地球轨道卫星。许其凤带领团队通过对其覆盖性、性价比、管理模式进行细致分析、深入测算后，发现它根本不适合区域卫星导航系统，还有可能产生投资大、见效慢、性能差的后果。

北斗二号星座设计必须另起炉灶！但这个新炉灶很难建，只能从"三步走"和"区域系统"特点出发，摸索着前行。

那什么样的炉灶才能适应"三步走"战略特点，能烧好北斗二号和后续的北斗三号这桌"大菜"呢？

科研中，有大量的各种各样的数据需要处理，是名副其实的海量计算、云计算，需要超级计算机才能胜任，而当时他们只有一台第一代笔记本电脑。现在的笔记本电脑几分钟能完成的计算，那时需要计算一天一夜。这就像老牛拉重车、赶远路，牛不能歇蹄，驾车人也不能歇脚。

在赶这辆老牛车的过程中，他们受了多少苦，看看王莉的那股子拼劲就知道。

王莉是名副其实的"老北斗"。我国恢复高考的第二年，即1978年，她以优异成绩考上了测绘学院，学习人造卫星大地测量专业。1982 年毕业后，她就开始从事卫星定轨精度分析。1985 年，有关部门组建"双星定位系统"初始论证小组时，王莉是最早的成员之一，肩负着系统定位、授时原理、系统模型、数据处理、精度、误差指令分配等基础理论和技术探索，为北斗一号建设做出了原始性贡献。北斗二号区域系统基础预研开始后，王莉再次被委以重任，承担北斗二号星座和轨道预研重任。

那段时间，王莉晚上在实验室加班成了家常便饭。哪知就在忙得不可开交的节骨眼上，她怀孕了。王莉决定去医院实施终止妊娠手术。从医院回到家里，她感到两腿像被抽去骨头，身体被掏空了一般，疲软得像一摊泥。

妈妈把一碗热乎乎的鸡汤递到女儿手上，心疼地抚摸着她的额头："看把咱闺女折腾的，脸色煞白，像一张纸了，以后可注意着点！"

王莉吃力地向母亲笑了笑："妈，您就放心吧，喝了您做的这碗鸡汤，脸色马上就会好了。"

还真是，一碗鸡汤下去，王莉冰凉的身体慢慢温热起来，昏昏沉沉的大脑也渐渐清醒了。实验室那些急需计算的数据也开始跳出来，并顽强地占据着她的整个脑海。王莉在床上睡了一会儿，就再也躺不下去了，勉强撑起身子走到厨房，对正在洗碗的母亲说："妈，我得上实验室去。"

妈妈听了，吃惊地望着她："孩子，你疯了？小产第一天晚上就去加班？！"

王莉轻轻点点头："妈，事儿急呢。"

妈妈说："再急也不能不顾身体啊！"

王莉说："没事儿，我年轻力壮，这点事儿经得起。"

妈妈拦不住女儿，只得解下围裙，搀扶住女儿说："那我跟你一块儿上实验室，陪着你算题，不然我不放心。"

王莉说："妈，不用，您在家看电视吧。"

妈妈拉下脸说："你不许我去，我就不许你去！"

就这样，一周的小产假，王莉一天也没休息，连续加了七个晚班。妈妈也在实验室陪了她七天七夜，时而把热茶端到她手上，时而到街上给她买汤水……

在星座方案设计的那几年里，可以说团队的每一名成员，从学科带头人许其凤到每一名设计人员，都是像王莉这样奉献的。

通过深入思考、缜密推演、细致计算，北斗人首次在国际上将地球静止轨道（GEO）、倾斜地球同步轨道（IGSO）运用于卫星导航，设计了第一个"GEO+IGSO+MEO"混合星座。三种卫星在平台、有效载荷上互相区别，在功能上各司其职。

地球静止轨道卫星，采用改进型"东三平台"，RDSS 载荷用于实现有源定位，RNSS 载荷用于实现无源定位和通信。其提供的有源定位服务包括短报文通信功能，这一功能覆盖整个中国大陆及周边地区。

中地球轨道卫星（MEO）、倾斜地球同步轨道卫星平台，也在"东三平台"基础上对卫星自主能力和在轨正常姿态控制方面做了改进，这两种卫星的有效载荷为 RNSS，主要提供无线电导航服务。

北斗卫星导航系统的"GEO+IGSO+MEO"混合星座，对亚太地区覆盖率高，投入性价比高，建设速度快，技术风险小，而且见效快，易管理，完全符合区域系统特点，为人类卫星导航事业打开了一扇崭新的大门！

"GEO+IGSO+MEO"混合星座是中国首创，因而外国学者都把它称为"中国星座"。

23 "轴"出来的"中国方案"

北斗二号覆盖区域由本土拓展到亚太区域，卫星由双星增加到十几颗星，北斗地面运控系统怎么建？它是怎样一个系统？用什么样的思路、走什么样的路线去建设？

这些问题的答案可能有几种，甚至数十种。但1995年加入北斗队伍、亲身经历我国卫星导航系统从起步到发展壮大历程的"川妹子"、北斗二号地面运控系统总设计师周建华坚定地认为："方案再多，都离不开一种方案，那就是'中国方案'。"

为了寻找和坚持"中国方案"，她得了一个"轴姑娘"的雅号。

2004年，北斗二号设计论证时，按以往每颗卫星"一对一"建设天线的技术方案，不仅需要征地近百万平方米，还会给后期管理和性能实现带来一系列难题。

周建华带领大伙儿大胆"移植"原用于雷达系统的技术路线，提出只用少量设备操控十几颗卫星的方案。不少专家认为，该技术从来没有在卫星导航领域使用过，而且跨度大、难度高，根本无法实现。可她却认为，大跨度、高难度，只是更难实现，并不等于不能实现，坚持不改初衷。

有人说她"轴"。她笑着说："不轴，我还是爱吃辣椒的川妹子？"

结果，她一"轴"，还真把别人认为不可能走通的路"轴"通了。该项技术成功地应用于工程实践，为国家减少征地面积数十万平方米，节省了数以亿计的经费开支。

2007年，在北斗二号星座方案论证中，为确保北斗二号一开通就能提供连续可靠的导航服务，她又带领团队经过深入细致论证，提出星座强化方案。

不料，这一方案公布后就成了每次专项对接会的争论焦点。有一次，大家吵到最激烈的时候，甚至相互拍起了桌子，周建华急得泪水一下子夺眶而出。但她擦干眼泪，继续坚持己见，据理力争。最后，大家既被她的执着所感动，更被她坚持的理由所折服，终于通过了星座强化方案。

她这一"轴"，又为北斗"轴"出了信号强度最好、连续性最优的世界纪录。

在北斗二号建设初期，周建华带领团队对某前瞻性课题展开研究，并取得了阶段性成果。哪知到了即将投入工程运用的节骨眼上，有人却提出通过改造 GPS 民用系统，租用商用卫星解决这一问题的构想。

周建华得知这一消息，心里不禁咯噔了一下。如果这一方案得以通过，且不说项目前期预研白费了，还会增加北斗终端的制造成本，浪费国家财产。更严重的是，这会使北斗失去自己的特色和优势，削弱北斗产业的国际竞争力。

心急如焚的周建华立刻与参加方案评审的专家交换意见，并闯到上级主管部门领导办公室，请领导帮助协调，让自己越级参加评审会。

领导哈哈大笑，说："都说北斗地面运控系统的周建华总师是个'轴姑娘'，今天一见，还真够'轴'的。"

周建华也笑着说："既符合科学规律，又为了国家利益，我必须'轴'。"

到了评审会上，面对满座的大领导、大专家，周建华大胆地陈述己见，透彻地分析利弊，赢得了绝大多数专家的认同与支持，最终使方案技术路线回到了正轨。

周建华"轴"，那是因为她对自己的国家爱得太深，对北斗卫星导航事业爱得痴迷。因为这份爱，她亏欠自己和亲人太多太多。

刚来北京工作时，她一个人要上班，还要带四岁的女儿。那天孩子生病了，而她又必须加班。无奈之下，她把病中的女儿反锁在家里，给她留下两个馒头作为午饭。工作中，她无意中扫了一眼报纸，有一个标题是"四岁小孩吃馒头被噎身亡"，她顿时惊出一身冷汗，立马起身飞奔回家，推门看到女儿正啃着馒头打着嗝。她心头一紧，一把抢过馒头，把女儿紧紧搂在怀里，泪水哗哗往下淌……

如今，已成家立业的女儿还时常以开玩笑的口吻对她说："小时候，妈妈留给我的馒头真香！"

一天，周建华突然想起又很久没有给远在成都的妈妈打电话了，便忙里偷闲拨通了老人的手机。

"妈妈，最近好吗？"

母亲忙不迭回答："我好呢，好呢。建华你好吗？"

"我也很好，就是忙些。"

"妈妈知道你忙，才这么久没和你通电话，怕分你的心。"

"妈妈，一定要照顾好身体啊。"

"放心吧，没啥大毛病，只是……"

"只是什么？妈妈快告诉我！"

"建华，看把你急的。只是个小毛病，岁数大了，谁没个头疼脑热的。"

放下电话，她心里想，再忙也要抽空回四川看看老母亲了。哪知，没几天她就收到了母亲病危的通知。她急匆匆赶回成都，才知道老人家当初患的是很容易转成恶性疾病的"小病"。由于没及时治疗，当初的小病很快变成大病，病情已难以逆转。

周建华抱着母亲泣不成声："妈妈，您为什么要骗我？"

母亲擦着女儿的泪水说："建华，当时真就是个头疼脑热，没想到会一下变成这样。"

"妈妈要是早说，我就早点回来了。"

"妈妈知道你忙的是国家大事，我怕你分心啊。"

周建华擦干泪水，去找医生："大夫，求求你们了，哪怕花再多的钱，也要把我母亲救下来！"医生紧紧地握着她的手，叹了一口气，摇了摇头。

她跑遍了成都的各大医院，咨询了十几个医生，他们都摇头叹气。

她又跑回北京，恳请协和医院等大医院的医生救救她母亲，医生们却都束手无策。

一个月后，母亲的病情急转直下，很快就进入昏迷状态。

这天，也许是回光返照，母亲奇迹般醒过来了，而且思维特别清晰，轻轻拉过女儿的手，紧紧地握在手心里，喃喃地说："建华啊，你不要觉得对不起我。我要感谢你呢……你聪明，会读书，让我们家出了第一个博士，现在又干的是国家大事，还当了总设计师，妈妈骄傲呢，自豪呢……"

周建华不停地叫着"妈妈"，紧抓着妈妈的手不放。然而母亲清醒的时间却是那么短暂，没说几句话，就慢慢地、永远地闭上了眼睛……

国家宣布北斗二号开通的那个晚上，周建华在家里的阳台上点了七支蜡烛。

站在橘红色的烛光里，她双手合十，静静地仰望着星空。她想，天上那颗最明亮的星一定是妈妈，妈妈一直在那里注视着她的女儿……两行温热的泪水顺着脸颊缓缓地淌着、淌着，渐渐模糊了周建华的视线，可泪光里的妈妈依然那么清晰，依然站在家门口向她轻轻挥手，依然在一次次地叮嘱她——

"建华，努力工作，别牵挂妈妈……"

第六章
狭路相逢

　　北斗二号通信频率又与欧盟伽利略系统狭路相逢。为赢得频率优先使用权，北斗二号启动快速组网机制；快速组网，向北斗导航卫星系统团队提出了批量研制、快速生产的紧迫要求；卫星系统"两总"带领团队大胆改革、锐意创新，实现了北斗卫星研制从手工作坊到现代化生产线的飞跃。

24　卫星快速研制协奏曲

北斗二号导航系统的卫星数量从北斗一号的双星增加到十几星，卫星组网任务空前紧张。而且，北斗一号曾经遇到的频率问题，在北斗二号工程启动不久再次出现。

北斗二号使用的频率，是可用于卫星导航的最后一段频率资源。中国北斗、欧盟伽利略都只能使用这一频率资源。这就好比一间仅容得下一个人居住的小房子，有两个人想住进去。到底谁进去好呢？最好是两个人都能住进去，但在有限的空间里容下两个人，确实是个很难解决的问题。

对于通信频率问题，根据国际电信联盟最高法则，谁家的卫星首先通过该段频率发回信号，谁就拥有优先使用权。

同时，国际电信联盟有关法则还规定，通信频率自注册申报之日起，必须在七年内开通使用，否则优先权自行消失。这意味着，中国必须在此期限内向太空发射北斗二号组网卫星，并成功接收卫星向地面发回的信号。

狭路相逢先者胜！北斗二号只能背水一战！

北斗工程"两总"果断启动快速组网机制。这是中国航天史上开天辟地的新概念、新创举。

卫星系统是北斗卫星导航系统的关键，被北斗人尊称为"第一系统"。北斗二号所有的新技术都需要在卫星系统中实现，他们面临着从未有过的技术挑战，尤其是快速组网，更是让卫星系统压力巨大。

快速组网，要求卫星快速生产，否则快速组网就是无米之炊、无稽之谈。就如工程"两总"领导们对卫星系统"两总"说的那样:"快速组网能否顺利推进,首先就看你们的了!"

过去,我国一颗卫星的生产周期短则两到三年,长则四到五年,而北斗二号快速组网,要求他们在几年内提供十几颗高质量卫星,研制进度必须大大提速!

卫星系统能创造这一步登天的奇迹吗?对此,卫星系统谢军总师、杨慧总师神情镇定,充满信心。

卫星研制系统繁多,结构复杂。因此,作为卫星系统总设计师,需要具备吃苦耐劳、锲而不舍的坚强毅力,视野开阔、思维严谨的学术品质,顺时不骄、逆境不馁、临危不乱的沉稳性格。

有人说:"谢军生来就是块当卫星总师的料。"

你看,卫星发射成功了,指挥大厅一片欢声雷动,身为北斗二号卫星系统总师的谢军稳稳坐在那里,不紧不慢地鼓掌,脸上还是平时那抹淡淡的笑容。同志们纷纷与他握手庆贺:"谢总,我们成功了!"而他只是轻轻地说:"这次,我们成功了。"让人听了,总觉得后边还有一句话——"这次成功已经过去,以后的成功需要努力。"

这份淡泊与沉稳,让人联想到晴天丽日下风平浪静的大海,深邃、博大而不张扬;让人想到平地崛起的山峦,任尔风狂雨骤,我自岿然不动,年复一年,日复一日,用默默的坚持与坚守,把一草一木聚集凝结为一道别样翠绿的风景。

谢军生于1959年,1982年大学毕业后,被分配到中国空间技术研究院分所工作,这时正值中国酝酿建设自己的卫星导航之际。因此,谢军大学毕业就开始关注北斗卫星导航技术。参加工作后的谢军先后参加过十多颗卫星、几种飞船的研制,参与或主持完成数十项航天关键产品,每项科研、每件产品,他都做得扎实过硬。凭着这股子认真踏实劲儿,谢军先后成为研究所里最年轻的研究员、最年轻的副所长、最年轻的所长。

21 世纪初的一个秋天，谢军和往常一样正在办公室审查项目方案，桌上的电话机突然响了。谢军习惯性地瞄一眼来电显示，是从北京的空间技术研究院院领导办公室打来的，拿起话筒一听，是李祖洪副院长。

李祖洪说："北斗一号第三颗卫星已经发射成功，'双星定位系统'运行更加稳定。北斗二号区域系统很快就要启动，我们院作为卫星系统研制单位，北斗卫星攻关任务非常艰巨。"

谢军说："是啊，北斗二号组网需要十几颗卫星，是北斗一号的好几倍。"

李祖洪说："北斗二号卫星系统总设计师人选非常重要，院里研究决定，由你出任这一关键职务。"

谢军态度坚决地回答："是！我一定努力做好。"

干北斗，是谢军的夙愿，现在让他担任北斗二号卫星系统的总师，他打心眼里感到高兴，也真心感激组织的信任。但同时，他也觉得肩上的责任重了很多，突然感到一道道难题像一道道高高的山梁，一下子挡在他面前。

北斗二号是我国首个多星组网系统，而且建设时间紧迫，卫星必须实现快速生产和密集发射，生产能力和卫星寿命问题面临巨大考验。

卫星导航系统要提供连续稳定的服务，而任何一个小部件的质量问题都会对整个北斗导航星座产生影响，造成服务中断。因此，必须保证零缺陷、零故障。

研制队伍非常年轻，缺乏必要的系统知识和工程经验。

他知道，从关键设备研制单位负责人向卫星系统总设计师过渡，自己的知识储备还不够，还有许多问题需要深入钻研。

但这些，对于以挑战难题为乐事的谢军来说，同时又是一种动力。

他放下系统总师的架子，深入下属各系统、各部门，向老专家、老师傅们拜师求教，对每个部件、每个产品、每个问题，打破砂锅问到底，不弄明白就缠着不放。同志们感动地说："谢总啊，你这股子学习劲头，比刚分来的那些学生娃还足啊！"

谢军听了，扶扶眼镜说："别看我现在是总师，管整个卫星系统，可在一些局部技术问题上，我确实是个学生，还得认真向大家请教呢。"

多年的工程实践、领导经历，加之虚心学习、认真求教，使谢军很快对自己的职责有了清晰的理解：作为一名卫星系统的总师，平时要能把关、善协调、会指导，关键时刻要敢决策、勇担当、有谋略；而严把质量关，确保卫星零瑕疵，则是总师职责的重中之重。

卫星系统由若干分系统、数十个支系统组成，一颗卫星由数百种、上万个设备和零部件构成。遍布全国各地的数十家研制生产单位，都需要他这个总设计师去检查指导，把好每一个产品的质量关。为此，他每年有三分之一时间不是待在基层，就是在前往基层的路上。坐火车，乘飞机，开会讨论，协调工作，组织联调联试，成为谢军的工作常态、生活常态。用他妻子的话说："一周不出差，谢军在家里就坐立不安。"

谢军也坦陈："一周不到下边去看看，心里头就没底。"

而研制厂家的老总们则说："我们既害怕谢总来，又盼望谢总多来。"

他们"害怕谢总来"，是因为谢军往往奔着问题来，他到哪个单位意味着哪个单位出了问题，并且他的原则性很强，尤其对产品质量问题更是不容商量、寸步不让，为此"吵架"成了家常便饭。

他们"盼望谢总多来"，是因为谢军不论去哪里，都是奔着解决问题去，而且总能抓住问题的关键，提出科学妥善的解决办法。当他离开时，几乎所有问题，哪怕再难的问题，都不是问题了。

北斗卫星上使用的行波管放大器，曾在一段时间里使用国外技术。那年，型号"两总"决定采用国产化行波管放大器。该产品研制单位费了九牛二虎之力，终于研制出了六台。可是，谢军在认真检查这六台产品的性能指标后，发现个别指标与上星要求还有一些小差距。

谢军当即决定："全部重做。"

有人求情："谢总，指标差距不大，上星虽然有些勉强，但也没什么大问题。"

谢军坚持说："卫星是在天上转的，再小的问题也是天大的问题，怎么能勉强呢？"

又有人提醒他："按北斗工程进度，离卫星上天只有两个月了，如果这个设备推倒重来，没有半年出不来，影响工程进度怎么办？"

"我们不能因为产品生产滞后影响工程进度，更不能因为工程进度降低质量要求，性能指标一点也不能让！"原则面前，谢军坚定如铁，"设备指标、工程进度，一个不能少，两个我都要！"

说完，他立刻召集卫星各系统负责人协调会，分析产品性能指标出现"小差距"的原因，找出关键部位和关键部件，在指示产品研制部门扭住关键抓整改的同时，组织其他系统积极配合，调整相应指标，齐头并进，集智攻关，仅用一个多月便完成了产品性能提升，达到了上星指标，既保证了产品质量零失误，又确保了卫星上天不延误。

北斗二号卫星系统总师杨慧，美丽大方，性格沉稳，理性中不乏感性，有一种天然的知性美。她有一句名言："你爱北斗，你就骂北斗！"

有人听了很不理解："既然爱北斗，为什么还要骂北斗？"

杨慧说："我们为什么有时会骂自己的孩子？是因为他是自己的，我们打心眼里爱他，严格要求他，真心希望他健康成长。"

有人说："发射卫星，对于卫星人来说，就像嫁女。"可不是嘛，研制一颗卫星，从前期调研设计到生产测试，再到发射场联测，前后上千个日日夜夜，研制人员与它形影不离，一个部件一个部件地做，一个数据一个数据地测，一天一天看着它成型成熟，就像看着自己抚养大的孩子，心里有感情啊。

在事业上，杨慧总说自己是个幸运儿。1995年，她作为东北重型机械学院硕士研究生毕业时，正值北斗一号工程刚刚启动。她一到空间技术研究院工作，就加入了北斗卫星团队，而且深受范本尧总设计师器重，把关键技术攻关任务交给她。她很快脱颖而出，成为北斗一号卫星系统副总设计师。

在家庭里，杨慧则是父母的宠儿。父母都是航天科技集团的老员工，从小就把女儿视若掌上明珠，哪怕她成家立业了，老人也同样关心有加。杨慧1991年初结婚，当年底便有了孩子。为让女儿安心学习工作，母亲申请提前退休，帮她带孩子。孩子很聪明，也很贪玩，因此上学后成绩波动很大，大人看得紧时，成绩就蹦到年级前三名；要是哪段时间没人管，成绩就呼啦啦掉到班级倒数几名。尽管这样，孩子也很少让杨慧分过心，而且成绩越来越稳定。

北斗一号备份星项目启动后，范本尧总师为使杨慧尽快锻炼成长，有意往她肩上压担子，放手让她带领大家研制备份星。因此，这颗星可以算是杨慧航天生涯的"头生子"。这时，孩子正处于初中毕业即将步入高中学习的关键时刻。杨慧的母亲拍着胸脯对她说："孩子读书的事，你就甭管了，交给我和你爸了。"

那年，学校组织"优秀家长"评选，由于孩子表现优异，孩子的父亲母亲被评为"优秀家长"，但杨慧却连参加家长会领奖的时间都没有。母亲代她去参加家长会回来后，神秘地笑着把奖状交给她说："闺女，你看吧，这是奖给你这优秀家长的。"

杨慧接过一看，不禁一阵愧疚涌上心头：奖状上写的不是自己和丈夫的大名，而是自己父母的名字！

母亲说："学校弄错了，把姥姥、姥爷当孩子家长了。"

杨慧轻轻拥抱着母亲，哽咽着说："学校没弄错，是孩子的姥姥、姥爷优秀，是我们当爸爸妈妈的不称职。谢谢妈妈，谢谢爸爸。"

有了父母的支持，杨慧心无旁骛地带领大伙儿下基层，跑外协，她马不停蹄；关键技术攻关，她亲临现场，悉心指导；哪个环节出现问题，她火速前往，帮助解决；卫星测试，无论是分系统检测还是大系统联测，她一回不落，次次在场。卫星研制完成时，她瘦了一圈，但心里却充满欣慰。

一位哲人说："爱与不爱，不在于好与不好，而在于付出了多少。"可以说，她对北斗的付出远远超出对自己孩子的付出，更何况在她眼里，北斗这个"儿子"是那么优秀，她就像对自己的孩子一样，充满信任和怜爱。

"10、9、8、7、6、5……"这一声声倒计时，就像一声一声婴儿的啼哭，让杨慧心里阵阵泛酸。"点火！"伴随着惊天动地的巨响，身材修长的"长三甲"运载火箭，托着她的"孩子"，呼啸着奔向星空，渐渐消失在漆黑的苍穹……此时，杨慧已是满脸泪痕。

杨慧擦去泪水，走进测控室。显示屏上那条美丽的弧线稳定地延伸，火箭一路飞行正常，遥远太空不断传来喜讯：一级火箭准时分离，星箭准时分离，卫星准时入轨，太阳能帆板顺利打开……

望着屏幕上平稳的卫星信号线，杨慧的心情慢慢平静下来。哪知，就在卫星入轨四十分钟后，杨慧正为卫星发射成功而庆幸时，平地起波澜，显示屏上的数据告诉她，卫星出现异常！

这太突然了，完全让她猝不及防，就像她刚才还稳稳倚靠着的一堵墙，冷不丁就倾倒下来，一下子压在她身上，让她眼前一片漆黑……

无论如何，她也接受不了眼前的事实。这个自己一手培育、健健康康的"孩子"，怎么会出现异常呢？杨慧禁不住轻声抽泣起来。

这颗卫星凝聚了多少人的期待，又汇集了多少人的心血啊。要是不能让卫星恢复正常，她无法面对寄予厚望的各级领导，无法面对倾心支持她工作的父母，无法面对与她同甘共苦的同志们，更无法面对自己！

她的脑海一片混乱，但一个声音始终在向她呼喊，而且越来越清晰，越来越坚定——"你一定要让卫星重新正常起来！"凭她对这颗卫星深入透彻的了解，她坚信一定能做到！

杨慧要求自己平静下来，把思维伸向茫茫太空，沿着卫星信号中断—中断原因—异常部位的方向顺藤摸瓜，很快发现异常的症结所在。

那么故障又能否修复呢？杨慧立刻根据卫星姿态及阳光、强磁辐射等各种太空因素，组织大家进行计算机模拟，发现十几天后会出现抢救卫星的机会。

"卫星异常能排除！"杨慧向北斗"两总"报告，并恳求实施抢救计划。

"两总"领导听到这个消息很高兴，但为慎重起见，又说："杨慧，我可以批准你们的计划，但你要准确地回答我，是可能会治好，还是一定能治好。你要知道，我们的远望号测量船现在还在远海呢，你要是没把握，我得赶紧让它回来，后边还有紧急任务等着用它呢。"杨慧肯定地回答："一定能治好！""两总"领导当场拍板："好，那我就让远望号延期返航！"

卫星最佳姿态终于出现了。杨慧连日里一直乌云笼罩的脸庞上，终于露出一丝微笑，但仅仅一瞬，她便敛住了笑容，带领大家进入紧张的抢救操作。

这期间，中国人最看重的春节悄然来临，可大家早已忘记今夕何夕，就连挂在门口的红灯笼，他们都没有留意到，甚至都不知道除夕之夜丰盛的饭菜，是食堂精心准备的年夜饭。他们每天就知道埋头敲键盘，输信息，救卫星。

大伙儿连续奋战三十三天，卫星异常终于排除了，所有性能指标恢复如初。杨慧这才长长地吁了一口气，回头望了一眼窗外。她刚来这里时，窗前梧桐的树枝还是光秃秃的，现在已经冒出嫩绿的新芽了。当她走近墙上那面久违的镜子时，却让自己小吃了一惊：满头的青丝竟白了一大半，她都快成白毛女了!

卫星发射的一波三折,更是给她上了一堂极其生动的航天课,让她对航天的高风险有了更加深刻的认识。航天,容不下丝毫隐患,不能有半点盲目自信,唯有谨慎、谨慎、再谨慎,细致、细致、再细致。作为卫星总师,首先是当好一名"把关人",把好每一个产品的质量关,把住系统与系统、产品与产品的每一个连接关,把住全局系统整体水平关,确保每一颗卫星零隐患。

谢军、杨慧作为团队的"领头羊",没有辜负大家的期望,在北斗工程"两总"和单位领导指导下,他们大胆探索,又带领团队开展导航卫星批量化生产改革。

此前,我国星箭研发处于单线研制模式,即"几年磨一箭、数载送一星""一星一设计、一箭一更改"。在此模式下,单星研制依据卫星特点、产品构成、分工需要等独立安排,星上产品以技术实验室研发为主,每款产品都是实验室精心打磨出来的精品,甚至是孤品,很少考虑产品化问题。航天制造业"慢工出细活"的精品意识深入人心。规模靠人堆、工艺看人艺、质量靠人控。总体设计完成大框架后,再依次交由总装、结构、热控等各个环节进行分设计,时间常常在等待和交接中付之东流。这种传统的卫星研制模式,显然难以适应快速组网的要求。

为加快研制进度,他们建立了多颗卫星并行研制、进度交错推进、研制与批量生产交替进行的发展新模式,产品状态相对固化,卫星一次设计、组批生产。

传统模式下出现质量问题只是"一坏坏一个",而将实验室孤品搬上流水线形成批量化生产后,一旦出现丁点瑕疵,就会出现"一坏坏一批"的新问题、新情况。为此,他们提出了"向管理要质量、向科学要效率"的整改目标,把质量控制重点放在产品源头上,从设计、工艺、生产、检验、测试五大环节进行量化控制、层层把关，下大力气进行单机可靠性分析、可靠性验证，确保进入流水线的每一个"母品"，都是零隐患的精品。

通过这一系列改革，北斗卫星研制生产效率大幅提高，由过去几年研制一颗跃升到一年研制十几颗，而且测试人员减少了50%；进场前总装与测试周期缩短了一个月，研制成本大幅降低。

由这些改革成果构成的"北斗卫星导航系统多星多线研产一体化工程管理系统"，在第二十届全国企业管理现代化创新成果评比中，一举夺得一等奖。

25 美国宇航局局长的敬畏

批量研制、批量生产，卫星系统团队开创了中国航天新局面。研制任务最紧张的时候，十二颗卫星同时在研制，甚至一个人同时参与五颗卫星研制。他们与时间竞赛，与自己战斗。为了节省上食堂吃饭的时间，他们曾连续三个月蹲在墙根下吃盒饭；遇到故障时，他们坚持问题不解决不出实验室，常常连续奋战几个昼夜；为把上下班时间省给工作，很多人住在附近的小旅馆，连续几个月不回家；为了赶任务，很多年轻人把婚期推了又推，有的甚至一推就是几年，等到北斗二号最后一颗组网卫星发射成功才成家……

2007年北斗二号首星发射，发射试验队刚到发射场区时，70%的队员水土不服，连续腹泻发烧，但大家还是立刻投入战斗，搬设备、扛机柜、布电缆，连续三天的重体力活儿，让大家几乎"胳膊都废了"。

接着，大家又开始近十天、二百多个小时的不间断电测，型号"两总"和技术人员一起排班，很多同志带病坚守在岗位上，不少人由于水土不服，身体虚弱，多次晕倒在现场……

2007年4月，北斗二号第一颗卫星，也是首颗中圆轨道卫星发射成功，拉开了北斗区域导航系统建设的序幕。

2009年，北斗二号第二颗卫星落户太空。

2010年开启密集发射之旅，当年就将北斗二号第三颗到第七颗卫星送上太空，北斗二号导航系统增加了五个新成员。

2011年，第八颗到第十颗导航卫星发射成功，北斗二号导航系统再添三星，有效提高了该系统的可靠性和稳定性。当年底，国务院新闻办公室正式对外发布，北斗卫星区域导航系统开始试运行，向中国及周边地区提供连续的、免费的导航定位和授时服务。

2012年，六颗卫星相继入驻太空，组网卫星达到十四颗，北斗二号卫星导航系统完全建成。

2012年12月，中国向世界宣布，北斗二号正式向亚太地区用户开通服务！

北斗二号在不到六年的时间里，发射十六颗卫星，最多一年发射六颗导航卫星！在中国航天史上，这还是第一次！

北斗人在创造世界级航天发射速度的同时，还创造了人类航天技术的新精度、新高度。

北斗卫星导航系统集导航定位、双向短报文通信和高精度授时于一身，有人把这些技术要求形象地比喻为"三大男高音"，"演唱"起来有"四难一大"：高精度测距指标实现难，高精度星载铷钟研制难，星座连续稳定运行维持难，产品一致性保证难、高密度发射风险大。

北斗导航卫星研制团队精心组织，奏响了一曲旋律雄浑、曲调高昂的协奏曲。

卫星是导航系统的眼睛，其视向、视角直接决定着导航定位的水平。北斗二号系统混合星座，包括 GEO 卫星、IGSO 卫星、MEO 卫星。其中的"大哥"GEO 卫星会消耗更多燃料。导航轨道专家经过反复分析论证，大胆创新，使"原地不动"的 GEO 卫星有规律地摆动起来。这一摆动，大大减少了燃料消耗，提高了卫星寿命。

北斗二号卫星使用的"东三"卫星平台，在卫星姿态控制上与导航卫星有些不匹配。在这种情况下，卫星的太空飞行轨道与设计轨道会出现很大偏差，测控人员不得不运用多种预案，反复调整卫星姿态，这会耗费大量燃料，导致卫星使用寿命大打折扣。北斗二号，六年十六星，既对卫星精确控姿技术提出挑战，也为攻克这一航天关键技术带来了契机。型号"两总"带领大伙儿把此前发射的所有卫星姿态控制数据汇集起来，运用海量数据计算技术对其进行综合分析，找出经验教训，再针对北斗卫星进行改进完善。与此同时，他们进一步强化北斗导航卫星技术仿真分析，设计了多种卫星在轨控制的数学仿真方式，对卫星姿态控制数据反复进行仿真验证，然后通过地面大量物理仿真试验进行调整，确保了卫星姿态控制数据科学准确。2007 年，北斗二号首星上天后，人们发现，卫星飞行轨道与设计轨道几乎完全重合，线条非常优美。

老专家们看了，赞不绝口："屏幕上的卫星姿态遥测曲线，几乎都可以与教科书上的几何线媲美了！"

导航定位精确度，在很大程度上取决于卫星测距精密度。GPS 在世界各地布站，卫星测距相对容易实现。而北斗卫星导航系统只能本土布站，实现精密测距必须解决双向测距问题，即卫星要对地面发射信号进行测量，地面接收卫星信号也要同时进行测量，再由卫星进行复核，就好比用两把尺子进行比对。精密测距最大的障碍是来自其他系统的干扰。为尽量排除这些干扰，卫星研制团队通过大量信号数据分析，找到隐藏其中的各种干扰信号，根据其对卫星测距影响的大小和模式，再针对性地采取抗干扰措施，不断改进测量算法，反复攻关试验，突破了双向测量关键技术，研制出高精密、高稳定星载测距接收机，确保精密测距指标达到一纳秒以内。

一纳秒是什么概念？一秒是一千毫秒，一毫秒是一千微秒，一微秒是一千纳秒！

北斗二号卫星研制团队在型号技术攻关和工程实践中，先后攻克十二项关键技术，突破四十多项专业技术难关，填补数十项技术空白，为北斗导航卫星系统建设和可持续发展奠定了坚实的技术基础。

他们从 2004 年北斗二号立项，到 2007 年发射第一颗北斗二号卫星，短短三年里，创造了航天研制管理的多个"第一"，并以这些"第一"为基础，形成了自己的"私家秘籍"——《航天器总体设计禁忌》。

每一名来空间技术研究院工作的年轻人，第一堂课就是阅读《航天器总体设计禁忌》，一开始就知道哪些是航天器总体设计必须掌握的知识和技巧，哪些是不能踩踏的"雷区"。

批量化卫星研制，让年轻人一颗接一颗、一种型号接一种型号地干，"80 后"都参加了数颗卫星的研制。年轻人迅速累积经验，视野快速拓展，大大缩短了成长周期。一些 2009 年参加工作的年轻人，已经成为团队的骨干力量。一位青年科研人员参加工作仅四年，就当上了主任设计师。

现在，北斗卫星系统团队已经成为一支人才济济的高规格"乐队"。其中，既有老一辈"指挥家"（如范本尧、李祖洪），又有承上启下的"台柱子"（如谢军、杨慧），还有"小荷才露尖尖角"的"新秀"（如"80后"总体主任设计师杨聪伟等）。团队成员也从最初二十多人发展壮大到近百人。

这支队伍里最年轻的总设计师只有四十二岁，最年轻的副总设计师三十八岁，最年轻的主任设计师只有三十一岁，七成员工在三十五岁以下。

时任美国宇航局局长麦克·格里芬了解到中国北斗卫星研制团队的年

龄结构后，不由得感叹："中国北斗卫星导航技术的成就让我敬重，北斗工程进展之神速让我敬仰，而这支队伍的领军人物和主导中国航天的这些人则让我敬畏。他们太年轻了，北斗卫星导航的未来如何，从这些年轻人身上，就可以看出端倪。"

26　倾斜的谈判桌

什么是时间？

生物学家说："时间就是生命。"

经济学家说："时间就是金钱。"

物理学家说："时间是四维时空的一个维度。"

哲学家说："时间是一张白纸，却可以拥有无限的可能。"

艺术家说："时间是一片土壤，能长出姹紫嫣红的花朵。"

……

而卫星导航专家则说："时间，是卫星导航的心脏。"

确实如此。导航定位建立在时间基准之上，天地间时间越同步，误差越小，导航定位精度越高。换言之，卫星导航定位精度取决于星载原子钟的授时精度。因此有人说："玩卫星导航，说到底就是玩时间。"

星载原子钟目前的主要种类有铷原子钟和氢原子钟。北斗二号快速组网，不仅需要先进的星载铷钟，而且要求批量研制、批量生产。中国星载铷钟技术专家们面临着从未有过的压力与考验！

虽然早在北斗一号工程启动之前，中国就开始布局星载铷钟研发，并写入国家"八五"计划，成立了中国空间技术研究院西安分院与中国科学院武汉物理与数学研究所联合、北京无线电计量测试研究所与北京大学联合的两支攻关队伍，开展星载铷钟基础研究，但研制进程一直很缓慢。

在此情况下，北斗一号星载铷钟只能从美国引进。美国公司不仅爽快答应了，而且合同签订顺利，交货准时，没有丁点儿磕磕碰碰。

美国在高技术行业的产品出口，一向门槛甚高，这次为何"合作愉快"？其实这很好理解：北斗一号没有连续导航功能，且定位精度要求不高，对进口星载铷钟性能指标要求较低。

北斗二号星载铷钟的引进就不同了。北斗二号导航定位精度要达到世界先进水平，首先星载铷钟就要"赶超一流"，要求授时精度比北斗一号星载铷钟高出好几个数量级。

如此高性能的星载铷钟，再向美国引进，就很难符合美国相关规定了。于是，中国把目光转向瑞士的一家公司。这家瑞士公司是一家具有悠久钟表研制历史的老牌企业，形成了自己独特的研制风格，自认为是业内做得最好的公司之一，业务遍布全世界，不仅欧盟伽利略卫星导航系统使用他们的星载铷钟，就连美国也向该公司进口产品。

这家瑞士公司的老板帕斯卡既是企业家，又是科学家，谈吐幽默，性格豪爽，待人坦诚。杨长风、谢军率中国代表团首次前往该公司，帕斯卡就开诚布公地说，为了公司利益，他很想做成这笔大买卖，但同样是为了公司利益，他不能得罪欧盟和瑞士政府，否则会得不偿失。言外之意，这笔生意只能在北斗二号所需星载铷钟性能指标和欧盟允许出口产品指标之间找平衡。

结果，双方第一次接洽，中方代表提出产品性能指标后，帕斯卡说，中方的这些条件他都接受，但他不能保证什么时候做出来和能否做出来，即使做出来也不能保证能得到欧盟和瑞士政府的批准。

这岂不等于说，货款我先收下，但有没有货给你，我不知道。这等买卖自然成不了。

然后，瑞士公司又提出，为能让欧盟和瑞士政府顺利放行，双方签订合同时把产品指标写低些，而把实际交货产品性能做高些。这样瞒天过海，中国没有丝毫主动权，完全指望别人的诚信与良知，也有些不靠谱。

如此这般，双方几次洽谈均无果而终。中国北斗卫星研制箭在弦上，瑞士公司也担心如此下去导致买卖不成。因此，在第四次洽谈时，中方几乎把产品指标要求压到了底线，瑞士公司也答应尽力去做政府的工作，稍稍放宽出口许可标准。双方在谈判桌上你来我往近二十个小时，总算找到了大家都能接受的平衡点，草拟了合同。哪知，双方正准备签字时，突然得到消息，瑞士政府出口许可标准极为严格，任何企业、任何人都不能越雷池一步。

结果，进口星载铷钟的第四轮洽谈又失败了！

从公司返回宾馆的路上，大家一言不发，但心里都憋得慌，恨不得在路旁的树干上踢两脚才解气。已是凌晨时分，街道上一片静谧，唯有杨长风、谢军等几个人的脚步声，沉闷地在街巷里回响。

谢军终于憋不住了，叹了一声说："我们也不能怪帕斯卡，他也尽力了。"

杨长风说："这样谈下去，也不知道何时才有结果，看来我们不能把星载铷钟这个赌注完全押在进口上。这种关键技术只有自己干，才能完全摆脱受制于人的局面，才能真正抓住主动权！"

谢军说："我们是该下这个决心了！"

杨长风说："对，回去我们就布这个局！"

为发挥交叉优势，2005年，北斗工程"两总"组建中科院武汉物数所、中国空间技术研究院西安分院（联合兰州空间技术物理研究所）、北京无线电计量测试研究所（联合兰州空间技术物理研究所）三支研制团队，形成稳固的"三足鼎立"态势，对星载铷钟这个卫星导航领域的技术制高点发起了坚定顽强的攻势。

第七章
星载铷钟领跑世界

　　星载原子钟，是卫星研制的关键核心技术。北斗人发奋图强，不仅研制出自己的星载原子钟，而且达到世界领先水平！

27　中国星载第一钟

中国空间技术研究院西安分院被大家冠之以"北斗重镇""铷钟福地"的美名，北斗大系统总设计师孙家栋也称赞他们"大有作为"。

这里是"北斗大师"辈出的地方。我国"双星定位"理论创始人、两弹一星元勋陈芳允院士在这里担任过副所长；北斗卫星导航系统副总师李祖洪，北斗二号总师、北斗三号副总师谢军等一批卫星导航专家，都曾在这片热土上锻炼成长。

中国空间技术研究院西安分院也是最早放飞北斗的单位之一。早在20世纪80年代末，他们就审时度势，开始组织卫星导航技术预研攻关。1994年，国家正式批准"双星定位系统"立项后，他们又承担了卫星有效载荷系统、跟踪子系统技术攻关及产品研制的任务。设计师们就像神笔马良，缜密思考，精心设计，经过九年多的拼搏奋战，圆满地完成北斗一号四颗卫星全部有效载荷和跟踪子系统的几百台单机设备的研制攻关和生产任务，一步步将陈芳允描绘的"双星定位"蓝图变成现实。

2000年10月31日、12月21日，北斗一号01星、02星相继发射成功，建成"双星定位系统"。

2003年5月25日，北斗一号03星成功发射，"双星定位系统"可靠性和安全性得到进一步巩固。

2007年2月3日，北斗一号04星成功升空，"双星定位系统"性能再次提升，并将系统寿命延长到新一代导航系统成功部署之前，确保了新老系统无缝对接。

　　2003 年，他们未等北斗二号系统正式立项，就运用北斗一号导航有效载荷研制经验，围绕有效载荷技术，先期安排多个专项技术攻关，并相继取得关键技术突破，为北斗二号卫星有效载荷的可行性论证和方案的确立奠定了坚实基础。2004 年 9 月，北斗二号导航系统正式立项后，他们再次承担了卫星导航分系统和天线分系统的研制任务。卫星系统副总师刘波，分系统主任设计师王岗、吴春邦和他们带领的导航团队，对有效载荷系统技术进行了全面分析和梳理细化，攻克了一批星载设备关键技术，为北斗区域系统建设做出了重要贡献。

　　作为"北斗重镇"、卫星有效载荷研制的主力军、国家星载铷钟最早布局的单位之一，在星载铷钟这场大会战、大决战中，中国空间技术研究院西安分院豪情满怀、志在千里："我们要成为突围战的先锋队！"

　　在星载铷钟实验室门口，每天上午上班前，每天下午下班后，大家都会看见一个容貌清秀、气质高雅的中年女子。她就是中国空间技术研究院西安分院铷钟产品首席专家贺研究员。自从加入星载铷钟攻坚团队，她每天做的第一件事和最后一件事，就是到这里查看测试数据、检查遥测数据和设备运行情况，一年 365 天，天天如此，风雨无阻。

　　2004 年，她从我国最早从事铷钟研究的单位之一——北京大学量子电子学研究所获得博士学位时，正是北斗二号正式立项之际。听说中国空间技术研究院西安分院承担了星载铷钟研制任务后，她立刻放弃留校工作的机会，毅然来到西安，加入星载铷钟研制队伍。

　　虽然国内已有三十年铷钟研究历史，但高性能产品一直处于试验阶段，而要想实现星载，铷钟的精度又要比地面产品提升三个数量级，工程难度非常大，因此专家们都说："星载铷钟的研制，是一项耗费生命的事业。"

　　这句话有三层含义：一是铷钟性能的提升，需要充分考虑各个部组件的细微差异，通过整机反复精细调整逐步优化产品性能，调整的次数成百上千。二是每一个参数调试难度都非常大，都需要放到真空罐里测试十几个小时才能看到结果，起早贪黑便成了他们的工作常态。三是每解决一个问题，哪怕再小的问题，都要经过反反复复的折腾，如为了去掉一个可调电容，他们对单元电路进行了十几轮的设计改进和长达数月的试验验证；为了解决铷灯真空下过热的问题，他们轮流值守在真空罐旁，一守就是好几天……

为让"慢性子"的星载铷钟研制跑出快节奏、高效率，他们只能"以百米冲刺的速度跑完一个马拉松"。

在关键技术攻坚时期，每名团队成员只做"加法"不做"减法"：工作时间，只许加班，不许请假；任务节点，只能前提，不能后推。结果，连续九个月，全体团队成员平均加班八百多个小时，没有休息一天（包括节假日、双休日），也没有一人请假。他们比上级要求的期限，提前一年拿出星载铷钟正样产品。

这是中国航天史上的第一个高性能星载铷钟。

得知这一喜讯，中国航天科技集团的领导骄傲地对记者说："六七十年代我们有原子弹，现在我们有原子钟！"

然而，在欣喜之余，大家心里又有些不踏实：它来得如此神速，会不会有问题？它的性能指标能否满足星载要求？

那就先让它到太空上遛一遛吧。

2006 年，它搭乘育种卫星顺利升空。试验结果显示，各项技术指标良好，完全达到航天标准。它标志着我国具备了独立自主开展星载铷钟研发的能力，成功打破了少数航天强国在星载铷钟领域的垄断与封锁。

听到这个消息，几乎所有的北斗人都大大地舒了一口气："中国总算有自己的星载铷钟了。"

是啊，多少年来，由于没有自己的星载铷钟，我们为北斗忍受了多少屈辱，接受了多少不平等的交易，在心里憋了多少气啊。现在终于有了自己的星载铷钟，是该松口气了。

有了它，我们就打破了该领域的技术垄断。

有了它，当别人在谈判桌上提出苛刻条件时，我们就可以轻松应对。

有了它，当别人傲慢地对着我们说"NO"时，我们就能说声"再见"，然后像徐志摩在《再别康桥》中写的那样，轻轻朝他挥挥手，潇洒地离开，"不带走一片云彩"！

2007 年 4 月 14 日，中国空间技术研究院西安分院研制的星载铷钟首次伴随北斗二号首星发射入轨。

随着北斗三号系统建设的酝酿与立项，中国空间技术研究院西安分院在星载铷钟技术攻坚战场上继续向着体积更小、性能更精的方向进军。作为牵头抓总单位，与兰州空间技术物理研究所联合研制出的新一代星载铷钟，频率稳定度提高了十倍，达到世界先进水平，直接推动了北斗全球导航系统定位精度由十米级跨越到米级，测速、授时精度同步提高一个数量级。

至今，中国空间技术研究院西安分院已为我国北斗二号、北斗三号导航系统提供数十批次的国产星载铷钟，并且全部表现良好。

北斗三号副总设计师谢军不无自豪地说："当初别人封锁我们，不卖给我们星载铷钟。现在，我们的国产星载铷钟比外国的还好用！"

28　非凡匠心砺高精

如果说中国空间技术研究院西安分院是"中国星载第一钟"诞生地，

那么北京无线电计量测试研究所则是中国唯一同时研制铷原子钟、氢原子钟的机构，是中国原子钟家族成员最齐全的地方。

北斗二号卫星导航系统要求定位精度优于十米、授时精度优于五十纳秒，系统性能与 GPS 相当。要达到这一指标，首先要求星载铷钟必须与美国星载铷钟性能相当，而且为确保北斗工程建设"后墙不倒"，北斗工程"两总"要求"三年内完成样机研制，七年内完成正样研制"。

作为我国权威时频技术的基础研究机构，北京无线电计量测试研究所岂能不为国家卫星导航重大关键技术突围做出贡献？他们义无反顾地肩负起神圣使命，集中精力，倾尽心血，确保了北斗工程进度"后墙不倒"：2004 年完成星载铷钟技术指标攻关，2006 年提前交付正样星载铷钟。2007 年，他们研制的第一颗星载铷钟，与中国空间技术研究院西安分院研制的铷钟一起，随着北斗二号第一颗卫星发射升空，标志着他们在原子钟技术攀登之路上迈上了一个大台阶。

随着北斗二号区域系统建设的快速推进，北斗三号全球系统的预先研究齐头并进，并对系统性能提出了更高标准和要求，定位精度、授时精度等系统指标比北斗二号整整提高了十倍！与此相适应，星载原子钟性能也必须跃升十倍，达到高精度级别。

攻克这一关键技术，有世界"星载原子钟王国"之称的美国用了整整十年。而"后墙不倒"的要求，只给了北京无线电计量测试研究所一年时间。

面对异常严峻的挑战，他们心无旁骛、埋头苦干。冯克明所长亲自挂帅，给项目组配备精兵强将，处室领导担任项目负责人，组织人力物力调度，不等不靠，自筹资金，提前启动项目研究。

铷原子钟是非常精密的产品，星载铷钟更是精品中的精品。作为星载设备，要求体积小之又小、性能精之又精、使用寿命长之又长，研制人员必须独具匠心、精雕细刻、反复验证，方能确保每台产品"健康无恙""寿比南山"。

　　北京无线电计量测试研究所星载铷钟技术负责人杨高工，就是一个善于发现问题，积小功成大功的原子钟人。杨高工生于山东，2007 年博士毕业后来到这里工作，恰巧新一代星载铷钟项目启动，他一参加工作便成为原子钟人。他平时言语不多，但开口便是珠玑，深厚的专业理论底蕴让他有着十分敏锐的观察和判断能力。

　　频率数据曲线，在一般人眼里杂乱无章，毫无头绪，但在杨高工心目中就像自己孩子的脸庞那么美丽、亲切和熟悉。数据曲线的每一点细微变化都逃不出他的眼睛，杨高工透过它了解到"孩子"心里想什么，或是什么地方"不舒服"。

　　在一次测试过程中，整机频率出现细微变化，细微得完全可以忽略，但杨高工一眼就捕捉到了。通过进一步观察，又发现这种变化只在某个环境条件下出现。杨高工对各种参数逐一排查后，找到了变化原因。按常理，频率变化和诱因之间并没有必然联系。但杨高工坚信自己的感觉，通过多方排查，最终肯定了自己的判断。后经产品开盖检查，又得到进一步证实。

　　找到原因后，对症下药进行整改，问题迎刃而解。

　　对产品生产中出现的任何轻微数据变化，哪怕是偶然发生，杨高工都不放过。他常说："任何问题的出现都是有原因的，都要透彻分析，都要排除。只有把所有小问题修复了，才不会发生大问题。"

　　正是原子钟人这种每一个细节都追求完美的精神，确保了他们用不到一年的时间，便完成了星载铷钟的升级换代，确保关键技术指标提高了十倍以上，使国产高精度星载铷钟步入世界一流水平。

　　铷原子钟体积小、重量轻、可靠性高、频率稳定度好，是星载原子钟的主力军，应用最广泛。但它也有明显的弱点，就是无法彻底解决频率准确度和频率漂移问题。而氢原子钟精度超高，且稳定性好，漂移率也很小，能确保导航系统长达半年以上的自主导航能力，可以弥补铷原子钟的先天不足，但体积是铷原子钟的四倍，实现小型化，应用于航天领域，非常之难。

为进一步提高北斗导航、定位、测速和授时的准确性，降低其对地面的依赖，北京无线电计量测试研究所在开展星载铷钟攻关的同时，对星载氢钟技术展开攻关，拿下了氢钟小型化关键技术，将氢钟体积大幅缩小，达到星载标准。

在北斗卫星导航系统组网发射中，北京无线电计量测试研究所研制的星载氢钟已两次搭乘新一代北斗卫星升空，且在轨运行良好，标志着星载原子钟家族中又多了一个新宠儿，开辟了一个充满希望与光明的新方向。

29　困境与超越

"一个人要仰望蓝天，更要脚踏实地。仰望蓝天，能让人望得更辽阔，看得更透彻；脚踏实地，则能使人在大地上站得更稳，走得更远。只有把这一虚一实两件事做好了，才能在事业上有所成就，走出一段精彩人生。"

中科院武汉物数所研究员梅刚华，真不愧是武汉大学的高才生，出口便是哲言。

仰望蓝天、脚踏实地，三十多年的原子钟研制生涯，他就是这么走过来的。

1985 年，梅刚华硕士毕业分配到中科院武汉物数所，开始结缘原子钟。两年后，由于原子钟工程研究不景气，他又转向基础研究，探索用极化原子束磁偏转实现同位素浓缩方法，获得中国科学院自然科学成果奖，积淀了厚实的原子分子理论基础。

1994 年北斗工程正式立项，亟须星载原子钟关键技术支撑。物数所紧急组建原子频标研究室，决定由梅刚华担任研究室主任。当时梅刚华担任研究所科研处处长不久，刚打开局面，正干得顺风顺水，但他考虑到北斗卫星导航是国家重大工程，星载铷钟是紧迫需求，便愉快地服从组织安排，带领团队与兄弟单位联合，踏上了星载铷钟攻坚的征程。

通过对国内外星载铷钟技术深入研究，他提出了一个技术难度超大因而没人敢尝试的崭新的技术方案。有人听了这一创新方案后，批评他"嘴小胃口大——折腾"。

梅刚华听了，不仅不生气，还笑着说："嘿嘿，大家说得对，我还真是从小就爱折腾。"

不过，梅刚华自己也承认，他这次折腾得有点大，甚至有些悬。当时，我们国家不仅没有星载铷钟，就是普通铷钟的性能指标也比国外差了两个数量级。星载铷钟不仅要求精度高，还要满足极其苛刻的小型化、低功耗、高可靠、长寿命的要求，尤其要适应太空复杂环境，难度非常大，而当时他们对这些几乎一无所知。在此情况下，要走通没有走过的路，一步登上俯瞰天下的高度，确有"蚍蜉撼树"之嫌。

但梅刚华却近乎固执地认为，走别人走过的路，做别人做过的事情，太没意义；跟在别人后头，一步一步地撵，一点一点地赶，更是不过瘾、没意思。要赶超别人，就得把步子迈大些，甚至来个大跨越，一步跃到别人前头去，那才叫痛快淋漓！

航天主管部门以及中科院机关领导，也非常赞赏梅刚华的跨越之举。

有了上级领导的大力支持，梅刚华攻关意志更加坚定，率领团队猛打猛冲，一路突破技术壁垒，于 2000 年完成原理样钟研制，虽然离上星距离遥远，但证明他们找对了攻关的方向。他们再接再厉，继续奋进，初步突破航天环境适应性关键技术，于一年后推出电性能样机，朝星载目标迈进了一大步。

然而，随着 2004 年北斗二号系统正式立项，国产星载铷钟进入工程化阶段，上级重新调整星载铷钟攻关布局，要求物数所独立自主完成整机研制。这是对梅刚华及其团队的信任，也让他的团队遇到了新的困难。

首先是工程经验的挑战。长期以来，大到整个物数所，小到他们原子频标研究室，基本都是从事基础研究的，没有任何工程经验，对如何组织工程研究一片茫然。

接着就是电子线路设计、制造技术的挑战。过去他们主要从事物理系统技术攻关，对于电子线路系统技术几乎没有涉及。

还有质量控制技术的挑战。航天产品质量要求苛刻，需要一系列严密的控制措施和规范的控制流程来保证，航天部门在长期的航天实践中，形成了一整套航天产品质量控制体系。对于这些，他们认识不深、缺乏经验。

然而，再大的困难也困不住物数所党委的决心，更困不住梅刚华胸间的豪情："困难越大，攻关成功越有意义，更能体现人生的价值！"

所有的挑战都来吧！他们不退却，也不回避：一边系统学习航天产品制造规范，逐步实现产品设计和工艺实施过程管理专业化、正规化，一边倾尽团队之力，组织电路攻关。

那段时间，是梅刚华有生以来身心压力最大，感到最疲惫、最艰难的日子。北斗工程进度"后墙不倒"，让他没有任何退路。一个个挑战、一道道技术难关，就像一丛丛荆棘、一片片沼泽，阻碍他前行的脚步。时间毫不留情地一天天逝去，那嘀嗒作响的秒针敲击声，就像一记记重锤，沉重地敲击着他的心房，让他心急如焚而又无可奈何。他只能一次次警醒自己："把脚下的步子走快些，再走快些！"

按航天行规，产品一旦出现故障，哪怕只是个小问题，就必须做"故障归零"处理，确保上天万无一失。有一次，他们的一个产品交付后，出现了一个小故障被退回，他们对产品做了"归零"处理后再出所，哪知测试中又出现了问题，产品再次被退回……如此"归零"数次，问题依然没有得到彻底解决，把梅刚华折腾得寝食难安，连续三天三夜连轴转，头上突然出现斑秃，发丝一撮一撮往下掉，以至于让他怀疑自己会不会过劳死。如此煎熬了好长时间，才消除了产品隐患。

梅刚华带领大家加班加点，仅用一个月时间便完成了星载铷钟工程化任务，成为全国唯一一家独立完成星载铷钟整机研制的团队。

上级有关部门闻讯，组织专家前来验收产品。专家们反复检测产品各项性能后，脸上不约而同地露出笑容：它适应恶劣的太空环境，完全达到星载要求。

但专家们在考察产品质量控制情况时，脸上的微笑一下子不见了——产品质量基本不受控！换句话说，他们的产品质量偶然性很大，难以确保长期稳定。专家们指出这些问题时，话说得很严肃，甚至有些难以入耳，说得大家屁股底下像长了刺儿般坐不住。

但梅刚华不仅没生气，还暗地里感到高兴。他感到专家们批评得很对，说的是内行话，都说到了点子上，是真正能帮助自己改善科研管理水平的苦口良药。他甚至在想：要是这些专家能有一两个到我团队里工作，那我们的工作就顺利多了。

梅刚华在发言中真诚表达了对专家们的谢意，会后又登门拜访，虚心向他们请教，带人去他们单位参观学习，与很多质控专家结下了深厚的友谊，大家成为知心朋友。

在此基础上，物数所快速组建了两个部门，专门负责建立质量控制体系，并对产品设计生产过程实施有效质量管理；改造实验室，建立一条符合航天规范的生产线；按航天规范要求，制定了一系列设计、工艺文件。他们的星载铷钟设计生产体系，当年就通过了国际标准化质量管理体系认证。

与此同时，他们继续完善提升产品性能，于2006年研制完成第一台正样产品。专家们再次来到物数所，通过产品测试得出结论，他们的星载铷钟性能指标达到高精度标准，相当于美国 20 世纪 90 年代末的水平，处于国内领先水平。产品质量管理也上了新台阶，由"基本不受控"提升为"基本受控"。

2007 年，随着物数所的第一台星载铷钟与北斗二号首颗卫星一道发射升空，星载铷钟转入组网卫星产品生产阶段。为确保产品质量稳步提升，他们在抓紧生产星载铷钟的同时，继续强化质量管理。2008 年，在他们交出首台组网星载铷钟前夕，专家们又一次来到物数所，不仅再次肯定了产品性能，而且认为"质量管理体系发生了翻天覆地的变化"。卫星系统总师谢军连连点头："非常好，非常好！"评估专家一致认为：物数所产品质量管理水平达到"质量受控"。

就这样，短短两年时间，梅刚华就在型号总体、物数所领导的大力支持下，率领星载铷钟团队，研制完成了工程样机、正样产品、组网产品，产品质量管控实现了由质量基本不受控到质量基本受控再到质量受控的飞跃。

2010 年，北斗三号全球系统项目启动，要求星载铷钟向"高精度"进军。

梅刚华认为，北斗要建成世界一流导航系统，星载铷钟作为关键设备，其性能指标必须向世界顶尖产品看齐，甚至要有所超越。于是，他建议在研制"高精度"产品的同时，布局比美国新一代星载铷钟略胜一筹的"甚高精度"产品攻关。

有人听了，认为"'甚高精度'的难度太大"，并且"同时搞两代型号，步子迈得太急"，建议"饭一口一口吃"。

在这关键时刻，航天主管部门领导再次支持了梅刚华的大胆创举："正因为'甚高精度'难度太大，才应该提前布局。"于是，"高精度""甚高精度"两代星载铷钟在物数所同时上马。

　　微波腔、铷光谱灯，是影响星载铷钟性能的关键设备。梅刚华围绕关键大力创新，带领团队通过上百次试验，研制成功具有全新结构、全新工作原理的微波腔，首次运用新技术激励出高强度原子跃迁信号，同时获得中国、美国发明专利授权。与此同时，他带领大家通过系统的论证和试验，解决了多个技术难题，大大提高了铷光谱灯的可靠性、使用寿命及对卫星环境的适应性。

　　经过五年的艰苦奋战，中国"甚高精度"星载铷钟终于在物数所诞生了。计时精度比"高精度"产品提升十倍，达到一百亿分之三秒水平，比美国同期产品性能指标高出一倍。"万秒稳定度"也大幅提升，明显高于美国新一代星载铷钟。

　　中国，在世界星载铷钟领域，奇迹般地完成了由追赶到领先的逆袭。

　　得到这一测试结果时，梅刚华充满欣慰地说："我们终于在星载铷钟领域跑到了领跑的位置，我们终于打破了发达国家的技术垄断！"

　　北斗卫星导航系统总设计师杨长风在做客央视《开讲啦》栏目时，满怀感慨，充满自豪地说："星载铷钟精度通常指标是十年差一秒，而我们的星载铷钟三百万年差一秒。真是令人称奇，让人惊叹！"

第八章
步步惊心

北斗二号开启快速组网新模式，降服"太空魔王"，经历"惊心动魄七秒钟""擒雷捕电钻云缝"，排除卫星"脑梗"风险，一路顽强冲刺、高歌猛进！

30 北斗钟情西昌

北斗卫星导航系统快速组网，也对卫星发射场系统提出严峻挑战。

北斗导航混合星座的 GEO、IGSO、MEO 三种轨道卫星，都属于中高轨道卫星。而在全国航天发射场中，只有西昌卫星发射中心能同时满足这三种卫星的发射条件。北斗卫星注定要从这里出征，西昌也由此赢得"北斗港"的美誉。

北斗对西昌情有独钟，因为西昌卫星发射中心不仅具有发射纬度低、发射效率高的自然条件优势，而且是具有世界一流核心技术、一流设备设施、一流人才队伍、一流组织管理、一流服务保障的中国航天发射品牌。

西昌卫星发射中心自 1970 年 12 月创建以来，伴随着航天科技的发展而壮大，创造了我国航天史上的一系列第一：中国第一颗试验通信卫星在这里升空，使中国成为第三个掌握运载火箭低温发动机技术、第四个成功发射地球同步轨道卫星的国家；中国第一颗实用通信卫星从这里出发，结束了中国人只能租用外国卫星看电视、听广播的历史，打破了西方国家在卫星通信领域的垄断地位；我国承揽的首颗国际商务卫星亚洲一号在这里成功升空，开创了中国航天跨出国门、走向世界的新篇章；我国首枚大推力捆绑式运载火箭在这里发射成功，标志着中国在世界航天市场竞争力的极大提升；尼日利亚一号通信卫星运用长征系列运载火箭在这里成功升空，开创了我国整星整箭出口的新纪录；我国第一颗月球探测卫星嫦娥一号在这里成功升空，实现了中华民族奔月的千年梦想；我国第一颗地球同步轨道数据中继卫星天链一号在这里成功升空，填补了我国航天测控领域的空白；天链一号 04 星从这里奔赴太空，使中心成为我国第一个发射次数突破一百次的发射场……

西昌卫星发射中心执行了我国所有的北斗发射任务，全部进入预定轨道，成功率达到 100%！组建五十多年来，该中心已成为我国综合能力最强、发射数量最多、发射密度最高的发射中心。航天奇迹的背后，站立着一支素质过硬的航天发射队伍。

这一次次密集发射，就是一场场战役、一次次战斗！这个战场，和硝烟弥漫、真刀真枪的战场一样有着明碉暗堡，同样需要大智大勇、当机立断，需要在关键时刻奋不顾身冲过去、扑上去！

运载火箭推进剂液氢是一种极高危燃料：当它的浓度达到一定程度时，一粒大米从一米高的地方掉落下来的能量，就会引起爆炸。因此，大家都说液氢加注队是"刀尖上的舞者"。

李明伟是这支"与魔鬼同舞的舞蹈队"的"领舞"。中心进入密集发射时期后，他在短短五年里，指挥大家完成数十次液氢接收转注任务。

液氢转注现场非常嘈杂，在这样的环境中连续工作，让人感到头晕目眩。但李明伟感到奇怪的是，自己在繁重的任务中，头脑却越来越清醒，耳朵也越来越灵敏，能在杂乱的轰鸣声中清晰地辨别出哪些声音是制氢设备的噪声，哪些声音是转注管路的气流声，哪些声音是从山谷里吹来的风声。队友们也说："队长，你的耳朵竖得越来越直了，简直像神话里的'顺风耳'。"李明伟听了也不否认，嘿嘿笑道："这叫适者生存，环境造人。"

一天上午，李明伟带领大伙儿执行液氢接收转注任务。

"各操作手注意，开始检查管道情况，确认状态！"

"1 号管道正常！"

"2 号管道正常！"

"各操作手注意，开始……"李明伟的第二个指挥口令，下了一半时戛然而止。他突然感到今天的各种声音与往日有丁点儿不一样，竖直耳朵仔细一听，发现是槽车操作柜传来的声音有些异样。

李明伟脑袋一紧：槽车氢气泄漏！他做出的第一个反应就是关闭供气阀门，立刻向上级报告。

上级命令："立刻解决，确保安全，绝不能影响发射进程！"

"是！"皮肤黝黑、体形敦实的李明伟响亮回答。他一双牛眼朝大伙儿一瞪："同志们赶紧撤离！我一个人留下！"

李明伟拿起氢浓度探测仪，独自向操作柜走了过去。从理论上讲，氢气泄漏五六分钟，爆炸随时可能发生，而此时发现泄漏已有三分钟了。他沉着冷静地打开操作柜，探测仪果然发出嘀嘀嘀的警报声。但具体泄漏点在哪儿？它细如针眼，眼睛看不到，加之操作柜管路复杂，找到它非常困难。怎么办？时间一秒一秒过去，危险在不断增加。

在这千钧一发之际，李明伟放下探测仪，把脸庞贴向操作柜那一个个管路连接处，通过气流变化判断泄漏点。当他把耳朵靠近液面计下的管路时，感到有股气流冲进耳朵。用肥皂水对它进行喷洒检验，果然发现连接焊缝上产生大量泡沫。

李明伟当机立断，火速关闭阀门，并按应急程序给槽车泄压，异响声立刻无踪无影。这时，氢气泄漏已经五分钟了，要是故障没排除……

想到这，李明伟一屁股坐在地上，额头上冒出一层豆大的汗珠。

西昌卫星发射中心通信线路、供电线路，各有数百公里长，而且一半线路藏在大山深处。对于巡线人员来说，它们是名副其实的"长征路"。他们巡线一次，要翻过五座大山，蹚过十一条河流，穿过三十个村庄，横跨四十条道路，涉过无数激流险滩，跨过无数田坝沟坎，徒步行走近三十天。数十年来，他们每年"长征"数次甚至十几次，但他们一趟接一趟、一代接一代，无怨无悔、步履坚定地行走着，练就了一身下可钻井"入地"、上能爬杆"登天"的绝招，赢得"通信神经网络编织者"的美誉。

技师郑邦国在这条"长征路"上跋涉了二十多年。

2008年5月12日，郑邦国和队友正在执行卫星发射前夕巡线任务。这天中午，天气格外晴好，灿烂的阳光把层峦叠嶂的大凉山照耀得别样妩媚葱翠。突然，郑邦国感到脚下一阵抖颤，山峦轻微一晃。在地震多发地区生长的他，立刻意识到什么地方发生地震了。但巡线任务在身，他没有多想，继续带领队友在崇山峻岭间跋涉。

傍晚，他们巡查到宿营的点号，听队友说，下午2点多果然发生地震了，而且是8级，震中就在四川汶川。

郑邦国不禁心头一紧。他的家乡就在汶川附近啊！他的妻子、儿子和岳母都在那里！他们都怎么样了？都还安好吗？

郑邦国赶紧掏出手机给妻子打电话，打不通。拨岳母的手机，还是打不通。郑邦国拔腿跑到附近的山顶上，举目眺望家乡的方向。夕阳如血，山峦层叠，逶迤苍茫，看不到家乡，见不着亲人。郑邦国心急如焚、肺腑欲碎，两行泪水似断线的珠子，掉在脚下的岩石上……

领导得知他家乡的受灾情况，于次日早上带人赶到点号，接替他的巡线任务。

领导说："邦国，等会儿跟我回队里，队里已给你订了回成都的票。"

郑邦国颤抖着声音说："我恨不得现在就赶回去，可昨晚电视上说，进入灾区的道路全被破坏了，抢险救灾部队都进不去，我到了成都也无计可施啊。"泪水又涌出了郑邦国的眼眶……

几天后，他们巡到另一个点号时，领导带来了他家的受灾情况：他家那栋楼房大部分陷入地下，他的妻子、儿子和岳母，出现在当地失联名单里。

郑邦国听到这个消息，一屁股跌坐在地上，紧咬着嘴唇，紧闭着双眼，任泪水哗哗流淌。很久很久，他才从地上坐起来，又伸手握住了那把开山的砍刀，仿佛那把砍刀可以劈碎他心中沉重的悲伤……

领导上前握着他的手说："邦国，你家人只是下落不明，你赶紧回去找找他们吧。"

郑邦国轻轻拍拍领导的手，重重叹了口气："整栋楼房都陷入地下了，还有什么下落不明。"

领导说："也许……你还是……"

郑邦国突然昂头一声大吼："让我家人活不见人、死不见尸，老天爷不公啊！"领导拍拍他的肩膀，派一名队友陪同他回家。

郑邦国的家乡在北川，是汶川大地震中受灾最严重的地区之一。当他踏着残垣瓦砾找到自己家住的那栋楼房时，发现它大部分都已陷入地下，只有一小片露出地面的楼顶，在昭示着它曾经的伟岸。

郑邦国久久地跪在那片楼顶旁。模糊的泪光里，他仿佛又看见岳母、妻子、儿子像往常他每次回家探亲那样，微笑着手拉着手，站在车站旁迎接他归来。夜深人静时，他仿佛听到耳边传来一个声音："邦国，听说你们以后卫星发射任务很重，你安心工作吧，不要挂念我们，把工作干好，到了不是太忙的时候，就回来看看我和孩子……"

这是他每次探亲即将归队，妻子送他去车站时叮嘱他的声音。

四十多年来，这支技术素质过硬、甘于奉献的航天发射队伍，有过成功也有过失败，有过欢笑也有过泪水，获得过掌声也挨过批评，但他们追逐中国航天梦的步伐从未停歇，实现了从发射单一型号运载火箭到发射多种型号运载火箭，从发射地球同步轨道卫星到发射多轨道航天器，从发射国内卫星到发射国际商业卫星，从近控测试发射到远控组织指挥等一系列跨越，让中国航天从这里走向高轨、走向世界、走向深空。

北斗二号钟情西昌，这个为共和国航天事业屡建奇功的功勋发射中心，又迎来了新挑战——高密度发射。

高密度发射，在我国史无前例。如何才能做到快而不疏、高效高质？为此，"两总"对北斗工程实行严格的"零窗口"管理。

所谓"零窗口"，就是要求运载火箭发射时间和预定点火时间偏差不能超过一秒，不允许有任何拖延与变更。围绕这一目标，北斗工程"两总"组织有关系统和部门，对发射场区设备保障风险、意外事故风险、气象条件风险、发射过程指挥风险进行了深入细致的评估。在此基础上，对发射系统进行了一百多项管理改革和技术改造，开创了相同卫星采用相同发射前准备模式，同时组织数次发射任务，既可保障安全，又可缩短卫星发射前准备时间的航天发射新局面。发射系统发射能力连上几个台阶，从过去每年发射两三发跃升到每年发射十五发！

快速组网，万事俱备，只待神箭破苍穹！

31 惊险开局：北斗二号首星发射

2007 年 4 月 3 日，距离频率使用"七年之限"的最后期限——2007年 4 月 17 日，已经不到半个月时间了！

西昌卫星发射中心发射场区三号发射工位上，高高地竖起了一枚"长三甲"运载火箭，北斗二号首星发射进入最后测试阶段。跌宕起伏、险象环生的北斗二号组网之旅，徐徐拉开了大幕。

作为北斗二号组网的首星，它就像大家庭中的长子，肩上责任重大。它要为"弟弟妹妹"们探路，探测空间电磁环境，验证 MEO 轨道。而它最重要的使命，则是抢占卫星导航稀缺频率，为中国卫星导航事业闯出一条新路。

这次发射首次启用新建的三号发射工位，首次使用远控模式，首次发射 MEO 卫星，未知因素多，发射风险高、挑战大。针对任务特点难点，北斗工程"两总"组织参与发射的各系统工作人员，扎实做好远控设备安装调试、地面设备调试运行、发射场合练等准备工作；深入分析风险，找出风险因素 62 个，制定应对措施 136 条，严格把控每一个节点，确保发射全过程受控，顺利推进发射程序。

尽管这样，由于任务紧急、时间仓促，北斗二号首次发射依然险象环生。

星箭吊装完成后，突然发现卫星喷管不知什么时候被撞了个小缺口。大伙儿的心一下子悬了起来。

它会影响发射吗？如果有影响，需重新更换，推迟发射，那就有可能超过"七年之限"！

关键时刻，近八十岁的大系统总师孙家栋，趴在地上慢慢爬到卫星底下，仔细查看受损部位，凭着数十年的航天经验做出判断："不会影响发射，可以继续下边的流程！"大家虚惊一场。

哪知，离发射窗口只有三天了，拦路虎又冷不丁跳了出来：卫星上的应答机出现异常。

从坐镇指挥首星发射的"两总"领导到每一个现场测试人员，都一下子绷紧了神经。虽然深入测试分析发现隐患并不大，导致故障概率很低，只是不能排除影响信号传输的可能，但"两总"和中心领导意志坚定如铁："所有隐患，无论大小，必须归零！"

北斗人爬上高高矗立的发射塔架，重新打开已经密封的星箭组合体，拆出应答机，紧急排查隐患原因。此后的三天，大伙儿不眠不休，神经绷得似搭上箭的弓弦，眼睛一眨不眨地盯着数据显示屏，捕捉着每一个细微的变化。困得不行了，用凉水洗把脸，醒醒脑；饿了，让食堂送个盒饭来，往嘴里扒拉饭菜时，眼睛还一动不动盯着显示屏，也不知自己吃了些啥。大家连续奋战三昼夜，终于找到隐患，把它连根拔除。这时，卫星发射已经进入半小时准备。

令人意想不到的是，离运载火箭点火只有两分钟时，即 14 日 4 时 9 分，测试人员又发现一个为火箭三级供气的连接器没有按规定脱落。此时，火箭发射已不可逆转，如果连接器不能在两分钟内脱落，火箭点火升空时必被其拉扯，给火箭、卫星乃至整个发射场造成灭顶之灾！

所有领导、专家和工作人员的心又一下子悬了起来。远控大厅一百多名工作人员都屏住呼吸，静得仿佛能够听到自己的心跳，他们把目光投向发射站站长唐功建。

唐功建，曾十几次担任火箭发射 01 指挥员，次次圆满成功，被大家誉为"福将"。真不愧是久经沙场的"金手指"，只见他临危不乱，非常冷静地在一分钟内连续下达七道指令。相关岗位人员从容不迫，配合默契。连接器终于在大家焦急的目光里缓缓脱落了！

大厅里响起了雷鸣般的掌声、欢呼声："唐功建，好样的！""太棒了，唐功建！"

掌声刚刚落下，大厅里传来倒计时的声音："10、9、8、7、6、5……"

2007 年 4 月 14 日 4 时 11 分，随着指挥员一声"点火"命令，托举北斗二号首星的"长三甲"运载火箭，在轰轰的巨响中，孔雀开屏般绽放出美丽的尾焰，扶摇直上，飞向苍穹，渐渐融入黎明前漆黑的夜色……

尽管运载火箭顺利升空，但大家的心依然悬着、揪着。星箭会顺利分离吗？太阳能帆板能顺利打开吗？卫星信号能顺利传回吗？

全国十多家信号接收机研制单位被召集到西安卫星测控中心，在一个大操场上，各单位把带来的产品摆成一线，等待着在太空翱翔的北斗二号首星发回信号。

4月17日20时，十多台接收机相继收到太空传过来的信号，而且非常清晰！这一刻，离"七年期限"截止时间只有四小时！

它意味着中国赶上了建设卫星导航系统最后一班车！它为中国卫星导航事业打开了一扇充满阳光的希望之门！

"我们胜利了！"大家欢呼跳跃，互相拥抱，整个操场沸腾了！

32　降服"太空魔王"

北斗二号首星发射惊心动魄，但对于充满磨难与坎坷的北斗卫星导航系统建设来说，仅仅是个序曲。

北斗二号首星进入轨道不久，太空又突然跳出"魔王"，再次挡住了北斗的去路：卫星在某一区域遭遇大功率复杂电磁干扰，信号接收率竟不足50%！

这一区域，对于中国来说是关键区域。为什么别的区域没有强电磁干扰，这一区域却有"魔王"挡道，而且如此顽固，经多次故障归零，问题始终无法解决？

那天，北斗工程"两总"正在开会，研究部署北斗二号组网后续工程。听到这个消息，老总们一个个心急如焚。问题来得太突然，而且太严重了。虽然北斗卫星设计了抗干扰措施，但没想到干扰强度如此巨大，竟销蚀卫星信号一半以上，这意味着天上的北斗导航卫星形同虚设，继续发射卫星也就没有意义了。换句话说，这个问题如果不能及时解决，即将组网的其余卫星发射计划将被无限期推迟。

北斗工程"两总"会议立刻转换主题：如何应对"太空魔王"。大家认为，对付强电磁干扰的方法无外乎两种：一是"躲"，就是改变卫星信号频率，躲到没有电磁干扰的频率上去；二是"抗"，即提高卫星抗干扰能力，让北斗卫星拥有功能强大的电磁防护盾牌。

而最关键的问题是，现在使用的频率是可供选择的唯一频率，除此之外，再无其他频率可用。这意味着，想"躲"都无处可"躲"。

因此，只有"抗"才是唯一出路，也可一劳永逸，资金投入少，而且安全性高，但技术难度大，风险高，是个典型的"烫手山芋"。

谁能接手这个烫手山芋？也许想接它的单位很多，但却不是谁想接就能接住的。接手这个烫手山芋的团队必须做到两个确保：不仅要确保短期内能"吃"掉，还要确保"吃"得干脆利索，吃出高水平。

高新科技研究院北斗团队，再次临危受命，担当攻关重任。

早在北斗二号论证阶段，他们就听说，我国的空间飞行器经过这一区域时常常遭遇强电磁干扰，由此他们预料，北斗卫星组网时，这个问题会再次遇到。因此，他们对抗干扰技术提前做了一些基础研究。当北斗遭遇"魔王"的消息传到研究院后，他们便决定要把这个烫手山芋拿到手，并立刻着手研制攻坚方案。

欧博士代表团队进京受领任务，正准备汇报团队攻坚思路时，领导示意道："方案就先别说了，你先回答几个问题。"

欧博士合上文件夹，应道："是！"

"卫星体制不能变、信号频率不能变、下颗星发射计划更不能变，卫星抗干扰指标不仅要提升，而且还要提升到完全把干扰压制住，你们能不能做到？"

"能！我们一定能！只是这时间……"欧博士的话没说完，便被领导不容置疑的命令打断了："时间三个月，只准提前，拖后一天都不行！"

"这……"

"这是卫星组网计划决定的。若你们觉得有问题，我们只好交给别的单位了。"

"别，别……我们没问题！"

"这，可是要立'军令状'的。"

"我们立'军令状'！三个月，保证一天不延！"

"好！这任务就交给你们了！"

这个"太空魔王"魔力非常大，降服它有多难？一个专家把攻关技术难度形象地比喻为"相当于把大象装进冰箱里"。卫星上安装抗干扰设备的地方很小，而且功耗要低，既要具有强大的抗干扰能力，还要稳定可靠，确实是个天大的难题。正常情况下，三个月内攻克难关，简直是天方夜谭，而且马上就是春节，又使任务时间大打折扣。加上此前欧博士所在的团队主要做北斗地面系统，星载设备很少涉及，虽然有一定的技术积累，但工程经验严重不足，更何况是"火烧眉毛"的紧急任务，容不得半点闪失。

谁接这样的任务都得掂量掂量，而欧博士竟把"军令状"立得嘎嘣脆，这不是"二愣子"是什么？

欧博士头一次听到自己这个绰号时，憨憨一笑，说："当时也没想那么多，只想到问题出来了，成了整个工程的'肠梗阻'，领导心里急，我们心里也急，就想尽快把难题解决掉，就想把任务拿过来再说，哪还顾得上想难题有多难。"

立下"军令状"，欧博士想马上返回单位传达"两总"指示，迅速组织团队攻关。可他从会议室直接来到民航售票点时，却被告知，南方地区遭遇百年不遇的暴风雪，机场已经封闭。他立刻来到火车站，登上当晚从北京南下的特快列车。哪知事情越急，老天越是捉弄人。列车走走停停，磨磨蹭蹭，好不容易到达长江边时，竟然趴窝了。等了一整天，欧博士才得以换乘从南边开来接应的慢车，速度还比不上马车。心急如焚的欧博士掏出手机，打通王博士、孙博士的电话，汇报情况，共同协商调兵遣将、排兵布阵事宜，连续打了两个多小时，耗光两块手机电池。当他还在火车上时，院里一个二十多人的团队已经开始攻关了：陈高工当晚启程前往西安，负责硬件设计与生产；李博士、唐博士、黄博士、聂博士等立即展开算法攻关，开发软件；孟博士等提出测试解决方案；其他人根据分工各司其职……换了两次车、走了三天才返回院里的欧博士，走进办公室看到的情景是：室外天寒地冻，室内攻关热火朝天。

大家碰头后，团队领导班子提了一个严苛的要求："每个人的工作必须环环相扣，做到万无一失，绝不允许出现任何纰漏！"

大家一下子炸了锅："你当我们个个是神仙啊！不允许出错，谁能保证？这有可能吗？"

"不能保证，也得保证！"团队领导班子说，"这个任务一开始就是倒计时，一天的富余量都没有。出现差错就要反复，任务就无法按时完成！在非常任务面前，在非常时刻，我们必须采取非常举措，把'不可能'变为'可能'！"

大家一下子安静下来，然后默默离开会议室，开始背水一战。饿了，吃盒饭；困了，在沙发上躺一下，爬起来接着干。每个人都像打仗一样，严格按时间节点，无差错、高质量地推进任务进程。

在大家紧张的忙碌中，春节来临了。春节怎么安排？这问题对于团队领头人王博士来说，其难度相当于解决一个科研关键技术。让大家继续加班加点连轴转？这显然不合情理，他也说不出口。可如果不继续加班加点，任务节点就可能推后。

王博士绞尽脑汁、思前想后，给大家下了一个很特别的通知："在大年三十到初二这三天，大家可以不来加班。"这话堪称艺术，没说放假，也没说不放假，只说"可以不加班"，就看大家怎么去理解了。

大年三十那天，团队领导和往常一样，一大早就来到实验室。不久，他们发现，团队成员也来了，而且一个不少。大家说："任务这么紧，在家还能待得住？"

就在这天，陈高工在美国进修的妻子特意赶回来陪家人过年，但陈高工干到傍晚才回家。

妻子嘟哝道："大年三十都不休息，这么忙吗？"

陈高工赶紧赔上笑脸说："没办法，任务压身呢。"

团圆饭后，他陪家人看了一会儿春晚，但眼睛盯着屏幕，脑袋里却缠绕着那些布线，便索性要去办公室。

妻子白了他一眼："就你忙，平时都干什么去了？"

"你出国这一年多，知道他是怎么过的吗？"婆婆见状，叹口气说，"你出国第二天，他就住到实验室去了，平时很少回家。尤其这一个多月里，吃在实验室，睡在办公室沙发上。"

妻子一听，怔怔地望了丈夫好一阵，上前抱住他："对不起，"然后轻轻挽住他的胳膊，"走，我陪你去加班。"

团队以惊人的毅力、超凡的付出，兑现了当初的庄严承诺——

时限三个月，但他们只用了七十天！

经测试，他们研制的抗干扰卫星载荷性能指标比原来大幅提高，某区域卫星信号有效接收率从不足 50% 跃升到 100%！

在成果验收会上，大系统总师孙家栋院士向他们竖起大拇指："你们临危受命，关键时刻敢于亮剑，又打了一个漂亮的攻坚战，不愧是'李云龙式'的攻坚团队！"

33　镇住"伪距波动"

数颗 GEO 卫星发射升空后，又出现"伪距波动"现象。

这可不是个小问题，若不及时解决，将直接影响北斗系统稳定运行，影响导航定位的精度，使系统性能大打折扣。

GEO 卫星为什么出现"伪距波动"？"病灶"在哪里？在天上还是地上？大家费了九牛二虎之力进行排查，但问题原因始终云遮雾罩，致使整改工作无从下手，难以展开。

谁能解开 GEO 卫星"伪距波动"之谜？有关部门领导脑海里跳出一个人——朱炬波教授。

朱炬波是数学家，尤其擅长海量数据分析。海量数据，在一般人眼里无异于茫茫沙漠、无边戈壁，索然乏味，寂寥无趣，让人头晕眼花、昏昏欲睡。可在数学家朱炬波眼里，就是另外一番景象了。看他面对海量航天数据时的那种神态：微眯着眼睛，眉宇间写满了欢喜，脸庞上荡漾着笑容，俨然是在欣赏一幅艺术价值极高的名画。

海量数据，在朱炬波心目中，是一片森林，再茫茫无际、纷繁错乱，他也能找到蜿蜒其间的通幽曲径；是一片沃土，通过耕耘，能收获春天的花朵、秋天的果实；是一片蓝天，清晨有朝霞，傍晚有晚霞，白天有阳光、云朵，夜间有月亮、星星，时刻都有观赏不尽的景致；是一片大海，有浪花，有海市蜃楼，有远方的帆影……

朱炬波也说，自己是一叶喜欢在数据之海上冲浪的小舟，并在数据之海上创造了"把雷达装进小盒子"等一系列奇迹。

　　茫茫太空，无边无际。太空飞行器要严格按照预定轨道飞行，必须在内部安装遥测装置，不停地测试自身的位置和飞行速度，与此同时，还需要地面站点对其进行跟踪测试，与遥测数据进行对比，纠正飞行器飞行偏差。为此，世界头号航天大国——美国，在世界各地设立众多地面测试站点，建立"测距＋测速"测控机制，应用于飞行器测控。

　　20世纪70年代，我国自主研发出多种型号太空飞行器后，也参照美国的布站模式和计算模型，在我国西北地区设置一系列测控站点，建立有着显著"美国痕迹"的测距、测速相结合的太空飞行器试验测控机制。但中国只能在自己国土上建站，站点间距显著缩小，舶来的测控机制难免"水土不服"。

　　1997年，我国进行某型太空飞行器试验时就出问题了：计算轨道、落点与实际轨道、落点竟相差甚远！为什么？试验部门领导与科技人员百思不得其解。他们抱着雷达测试数据来到朱炬波这里求援。当天晚上，朱炬波便和易东云、郭军海在实验室里摆开攻关战场。

　　三个人围着几台电脑昼夜计算，每人每天轮流休息三四个小时，连续七天，算法换了一个又一个，几乎把所有能想到的招儿都使尽了，把那堆庞大的数据倒腾了不知多少遍，可计算轨道与实际轨道依然没有一点相互靠拢的迹象。

　　山穷水尽之际，他们灵机一动：为什么不丢开测距数据，单纯从测速数据中找找原因呢？

　　他们根据这一崭新思路改编计算程序。一算，其结果与太空飞行器实际落点几乎一模一样！

　　难道是偶然的巧合？他们又找来同类案例，应用这一计算模型进行处理，得出的结果竟如出一辙！

　　三个人几乎同时跳起来：真是太棒了！

　　的确是个令人兴奋的发现。只运用测速数据计算航天器轨道，在国际上是第一次，这是中国的发明！它为建立中国特色太空飞行器轨道测量机制开创了一条阳光大道！

他们发明的这一计算模式，把近乎一座小房子般庞大笨重的太空飞行器测试装备缩小到一只盒子大小。该产品于 2010 年定型装备后，实现了由站点式固定测控到移动式机动测控的转变，使中国成为世界上第一个实现车载式太空飞行器测控的国家。

这次查找 GEO 卫星"伪距波动"的病灶，朱炬波面对的数据超级大，是名副其实的海量。他要在逐个排查数据的同时，进行综合分析推理，整个任务仿佛大海捞针！

朱炬波接受任务后，与课题组成员一头扎进那片海量数据里，如同一名老中医，耐心细致地对每一个数据"望、闻、问、切"，一层层拨开迷雾。半年后，导致北斗 GEO 卫星"伪距波动"的病灶终于现出原形。

在有关部门组织的会议上，会场鸦雀无声，大家都把目光投向朱炬波。

朱炬波和盘托出诊断结果：导致"伪距波动"的原因既有天上的，也有地上的；误差中快的数据是地上系统导致的，依据"一……二……三……"；误差中慢的数据是天上系统造成的，依据"一……二……三……"。

朱炬波宣读完毕，会议主持人说："大家有什么疑问，现在就向朱教授咨询。"

与会者都摇头、沉默，会场里随后爆发出热烈的掌声。

鉴于朱炬波的业务水平和贡献，北斗工程总师组吸收他为专家组专家，并授予他"北斗二号卫星工程建设突出贡献奖章"。

病灶虽然找到了，但要消除它，还需要形成机理。陆明泉带领的清华大学北斗团队主动肩负起这一艰巨任务。有人听了他的想法后，建议道："咱们先立个项再说吧。"

陆明泉说：“等咱们申请立项，上边批准立项，时间就得过好几个月，北斗工程耗不起。”

大家又担心：“可不立项，哪来的经费支持？”

陆明泉说：“咱们团队虽然不富裕，但我算过了，这点钱暂时还拿得出。”

他立刻组织多名教师和学生，展开“伪距波动”机理研究，在国内首家运用数学建模、软件仿真方法，对其进行深入探索，终于揭开了 GEO 卫星“伪距波动”的神秘面纱，提出了地面监测系统改进措施，得到总体、卫星和运控系统的高度认同，为成功搬掉“伪距波动”提供了准确方向。北斗卫星导航总设计师孙家栋认为：“这是我国利用数学工具和仿真手段解决重大工程难题的一个典范！”该成果获得省部级科技进步一等奖。

在朱炬波带领的数学分析团队、陆明泉带领的清华大学北斗团队等兄弟团队帮助下，北斗工程建设人员经过一番艰苦奋战，终于排除了 GEO 卫星“伪距波动”这只拦路虎。

34　惊心动魄七秒钟

2010 年 1 月 17 日，第三颗北斗导航卫星发射升空。

哪知“长三丙”运载火箭起飞五十秒后，安控显示屏上突然出现异常：速度曲线出现连续大幅度跳变，五秒之后，数据跳变依然剧烈，不断跃出炸毁线，表明火箭已岌岌可危。

连续五秒，这是地面必须实施安控的极限时间。在此情况下，若无法继续实施安控，只能将火箭引向相对安全空域予以引爆。在国际航天活动中对类似事件，美国这样处理，俄罗斯这样处理，欧盟这样处理，日本也这样处理……

"难道我们也要炸毁火箭？"安控助理赵梅心里猛地一紧，额头上瞬间渗出了冷汗。已从事火箭安全控制十七年的她，这种情况还是第一次遇到。

"车高工，怎么办？"赵梅紧张地望着一旁的安控判定专家车著明。但见车著明双眼紧盯安控显示屏，神情非常冷静。

其实，车著明压力巨大。火箭、卫星，价值数十亿元的设备，现在炸与不炸就听他一句话。若是他判断失误，不该炸而炸了，或是该炸而没炸，都会给国家和人民带来重大损失，他都是罪人！而此时此刻，仅凭几块屏幕显示的数据，就要对在太空高速飞翔的运载火箭状况做出快速精准的判断，其难度可想而知。

安控机房里的空气仿佛凝固了，大伙儿都用紧张的目光望着车著明。但见他依然一脸镇静，冷峻的目光不住地在几块显示屏间切换，反复仔细比对那些瞬息万变的测控数据。他天天跟数据打交道，它们就像他放牧已久的羊群，哪只羊什么颜色、个头多大，他都心中有数。

第七秒，只见车著明站起来，轻轻舒了一口气说："是设备跟踪故障，火箭没问题。"果然，根据车著明的判断，有关人员对有关设备进行检测，发现是运载火箭搭载的设备给出的下行信号不稳定。对其进行针对性调控后，测控数据渐渐趋于稳定，运载火箭飞行各项指标良好，发射任务又一次获得圆满成功。

"车高工，"赵梅和大伙儿都向车著明竖起大拇指，"短短七秒钟，凭着几个显示屏给出的数据，就能准确判断设备工作状态和火箭飞行状态是否正常，您真是神了！"

在指挥大厅里坐镇的各级领导和航天专家来到安控机房和大家一起欢庆发射成功，得知这次发射经历了"生死攸关七秒钟"时，都感到非常后怕。发射中心一号领导紧张而又感动地握着车著明的手说："著明，你又为我们中心、为北斗卫星导航立下大功了。要不是你排除火箭问题，引爆程序一旦启动，我们中心、我这个一号，就是罪人啊！中心和我，感谢你这个大功臣！"

车著明说自己生来就是一条在数据之海里游泳的"鱼"，离不开这片浩瀚的数据之海，他为这片海而生，因这片海而成长，也因这片海而快乐。

1993 年，车著明以优异成绩拿到基础方法研究和数学建模专业硕士学位后，主动要求前往西昌卫星发射中心工作。这个创建于 1970 年的卫星发射中心，是我国卫星发射任务最繁忙的发射场，在数十年欢笑与泪水相伴的发展历程中，他们创造了中国航天的辉煌，也留下了浩如烟海的测试数据。

车著明面对这些海量数据，仿佛鱼儿突然发现了大海，心中充满畅游的激情。他深知，这海量数据虽然看起来杂乱无章、枯燥无味，但其中却隐含着各种规律，若能把它们从海量数据中识别出来，有选择地抽取，运用到航天发射实践中，那可比黄金还要贵重百倍、千倍。

纵身跃入这片浩瀚的大海，舒展身心在其中畅游，成为车著明生活中的最爱，甚至是生命所系。凭着这股子痴迷的劲头，车著明基于中心那片浩瀚的数据之海，开发了运载火箭遥测信息快速处理系统、航天发射数据快评系统、液体火箭爆炸危害的定量分析系统，有效节省了卫星燃料，延长了卫星寿命。尤其是历经两年攻关，通过误差分析、误差传递建立的火箭飞行精度预报系统，使火箭飞行精度大幅提高。打个比方说，20 世纪90 年代初，我国的火箭飞行精度是"从海南把一个高尔夫球打到黑龙江一个高尔夫球场上"，而这个系统，把我国火箭飞行精度提升到"从海南直接把高尔夫球打到黑龙江高尔夫球场的球洞里"。

35　排除卫星"脑梗"风险

中国空间技术研究院西安分院北斗卫星有效载荷研制带头人刘波，是名老北斗，从 1991 年参与北斗一号试验卫星的预先研究开始，已经走过了三十年北斗人生。他把青春献给了北斗事业，向北斗导航献出一系列宝贵的创新成果，成为近百人的北斗导航卫星载荷团队负责人。

但在团队成员心目中，刘波并不像个领导。平时，他总喜欢往实验室里钻，与大伙儿一块儿研究问题；关键时刻，他更不像领导，因为这时候，他并不是向大家挥挥手："同志们，给我上！"而是把袖子一挽，第一个冲上去。

2007 年，北斗二号首星进入发射场后，要通过对接试验，测试上行注入和下行播放信号的电磁兼容性，需要开启整颗卫星载荷舱所有上下行设备。当得知要开启全功率微波产品时，大家都非常担心造成微波辐射，影响身体健康。

对于微波辐射问题，刘波不仅想到了，而且早在西安分院组织测试与验证时，就已经带着几名同志进行了验证，发现微波辐射剂量微乎其微，完全属于安全范围。但为让大家彻底打消思想顾虑，安心做好整星测试，刘波再次带着微波测量仪，首先走进测试车间，获得第一手数据，让大家彻底放下心来。

北斗二号首星上天后，星上载荷产品关键技术指标得到了充分验证，但也暴露了一些技术瑕疵，首当其冲的是扩频测距接收机上行信号传输的隐患。

刘波态度坚决："所有问题发射前必须归零！"

型号"两总"也给他们下了死命令："问题不归零，就不能转正样！"

可他带着大家进行了一年多技术排查，依然没有找到问题根源。那段日子的刘波，虽然依然指挥有序调度有方，可他心里却承受着天大的压力。他既要组织大家排查隐患，又要协调组织有关单位进行繁重的后续型号生产，忙得只恨分身乏术。

一天，刘波正在测试车间和大家一块儿忙碌着，突然心头一阵绞痛。他下意识地用手捂住胸口。同事见了，忙问："刘总，怎么啦？"

"没事，可能是坐久了没活动。"刘波揉揉胸口说，"我出去走走就好了。"

可他到外边转了一大圈，胸痛依然不见缓解。同事说："你赶紧去医院看看吧，身体比什么都重要。"

刘波说："没那么严重，干完这阵再说吧。"

"北斗工程要持续十几年甚至几十年，什么时候才把活儿干完啊！"同事说，"尤其现在这节骨眼上，你这带头人身体不能有任何闪失，否则你让大家怎么办？"

同事不由分说，一把将刘波拉到医院里，做了心电图和心脏彩超。

医生看着医学显影图片说："心脏出问题了。"

同事问："什么问题？"

医生说："冠状动脉阻塞。"

同事问："严重吗？怎么治？"

医生说："得住院，然后做心脏搭桥手术。"

同事听后怔住了。这时，只听刘波问医生："暂时不做心脏搭桥，会出现严重后果吗？"

医生说："那倒不会，但建议早做搭桥为好。"

刘波说："吃药能维持下去吗？"

医生说："暂时可以，但桥总是要搭的，现在不搭，以后也得搭。"

"那我先吃药吧。"刘波让医生开了一些缓解心脏压力的药剂，便离开了医院，又与大家投入紧张的隐患排查和型号攻关中，直到导航卫星载荷全部完成。

虽然从此他再也没有离开过药瓶子，但他却非常欣慰："干北斗，让我很享受、很快乐！"

卫星载荷对于导航系统来说，既是"心脏"，又是"大脑"，是结构最复杂、最敏感，性能指标要求最高的部分，也是最脆弱、最容易出问题的部位……

2010年6月，一颗已经进入最后检测程序、不久就要发射的导航卫星，冷不丁出现了大功率微波开关微放电问题。

测试人员发现这一迹象时，脑门上冒出一层冷汗。卫星发射在即，若不能及时排除问题，将严重阻碍后续组网，影响整个工程进展。如果是设计的问题，就更严重了，所有在轨卫星的微波开关都有可能失效，引起载荷"脑梗"，导致整个组网"瘫痪"！

刘波听到险情报告时心里也咯噔了一下，但他很快便镇静下来，吩咐检测人员："查查另外两颗卫星，看有没有类似问题。"

结果不查不要紧，一查又把测试人员吓了一跳：另外两颗卫星的大功率微波开关也有微放电现象！

刘波临危不乱，从身上摸出一只小药瓶，倒出一粒缓解心脏压力的小药片丢进嘴里，然后背着手离开测试间，走进小办公室，双手捧着茶杯，静静地思考起来……

很快，刘波就梳理出了解决方案，又带领大伙儿奋不顾身地冲上去。他们经常加班到凌晨一两点，甚至通宵达旦地干，对着突然跳出来阻止北斗导航建设的隐患紧追不舍，终于找到了它的藏身之处，将其连根拔除。

北斗二号卫星入轨工作时间长的有十几年，短的也有七八年，所有卫星载荷均运行稳定、性能可靠。

这的确能让刘波和他的团队成员们欣慰一辈子！

36 擒雷捕电钻云缝

雷电是卫星发射最大的自然屏障，也是运载火箭的第一杀手。如果运载火箭在大气层遭遇雷击，必定箭毁星亡，天上一片火花，地下一片火海，酿成重大悲剧。因此，火箭发射窗口必须确保发射场周边十公里范围内无雷电。

西昌卫星发射中心地处川西高原山区腹地，海拔近两千米，雷电气象多发，雨季漫长，在全球十大卫星发射场中气候条件较为复杂。据统计，中心自创建以来发射的一百多颗卫星中，几乎一半发射任务是在雨季执行的。

数十年繁忙的发射任务，给中心天气预报工作带来严峻挑战，也为中心锻炼了一支临危不乱、预报精准、作风踏实的气象预报队伍，培养了一批以高级工程师郭学文、汪正林、江晓华等为代表的高水平业务骨干。

郭学文，大家给他取了个绰号"电钻"，以此称赞他工作干劲大、业务钻劲足。1982年7月，他从中山大学大气科学系毕业来到中心工作后，成为一名基层预报员。由于不满足于"看云识天气"，他在干好本职工作之余，一头扎进西昌地区二十多年以来堆积如山的气象资料里，仔细研究其中的变化规律，撰写了长达五十万字的气象预报论文，对西昌地区天气变化情况进行了系统总结，很快成长为一名优秀的气象预报员。1984年我国发射第一颗试验通信卫星时，年仅二十四岁、参加工作刚两年的郭学文，就担任了天气预报领班和气象发言人。

郭学文不仅能"钻"，还敢"闯"。20世纪90年代初，发射中心决定开发发射场区雷电监测预警系统。当时雷电监测技术在国际上尚不成熟，更没有同类课题研究资料可供借鉴。面对这样一个要"无中生有"的课题，郭学文竟然眼都没眨一下就揽了下来。

朋友吃惊地看着他："这不托底的项目，你也敢接呀？"

他笑着说："有困难就有办法，办法总比困难多。"

他面临的第一道难题，就是把十几台单站探头数据汇总到一台计算机上进行集中处理。那时计算机硬件水平非常低，联网堪比登天。为抓住一瞬即逝的灵感，他在口袋里装了一个小本子，时不时地记上几笔，一个月下来，成功地找到了改装8086计算机、安装多个串口的方法。如此这般坚持了两年，郭学文和课题组终于找到一条高层次卫星发射气象保障的路子，建立了地面电场仪网和雷电监测预警系统，分别获得省部级科技进步二、三等奖，实现了中心气象保障能力质的飞跃。这套系统在卫星发射气象保障中屡建奇功。

20世纪90年代中期，全球气候开始呈现出"无规律"变化趋势，受其影响，西昌卫星发射中心发射场区气候更加复杂多变，各种天气历史纪录屡被打破，让气象预报人员防不胜防。

但郭学文认为，变化无常并不意味着没有规律，要认识和发现新特点、新规律，就需"魔高一尺，道高一丈"。为此，他站在天气预报学的高度，运用新兴的系统科学原理，引入方兴未艾的计算机处理技术，对发射场区气象数据进行科学细致的总结和分析，独创了天气预报"三角形理论"，将中心气象学研究推向了国际前沿。

为建立系统的"三角形理论"，他在中心首次将气象台、气象雷达站和气象室的数据全部输入计算机，进行立体综合分析，研制开发出探空资料处理系统。此外，他还紧跟国内外气象领域发展的前沿，积极开展了资料自动接收、数据智能加工、信息快速传递、预报客观定量的综合性、网络化、多功能现代气象预报业务等研究课题。这些成果，实现了气象资料的自动处理与交换，既减轻了观测人员负担，减少了人为计算失误，也防止了信息丢失、漏用、过时等现象，使中心气象预报水平从预报图模式一下子进入了代表国际趋势的数值预报模式。

在中心承担的多次卫星发射任务中，郭学文与同志们一道，沉着冷静、周密细致，圆满地完成了寒潮、冰雪、雷电等各种复杂天气条件下的卫星发射气象保障任务，为中心在北斗组网等重大发射任务中创造"成功率 100%"的奇迹立下了汗马功劳。

北斗二号第五星，原定的发射窗口是 2010 年 8 月 2 日 5 时 30 分。可是风云突变，中心气象预报团队根据数值预报产品分析，判断 8 月 1 日至 3 日有一次中等强度的降水过程，并根据风场演变情况推断，降水过程将在 8 月 1 日上午 8 时左右来临。也就是说，1 日的窗口以多云天气为主，2 日的窗口以小雨天气为主，具体降水时间不确定。

2010 年 7 月 30 日上午 9 时，气象保障团队组织紧急会议。预报员小刘走到触摸式汇报平台前，打开数值预报产品，在 8 月 1 日 8 时 500 百帕风场预报图上画了一条长长的槽线。这槽线代表的是降水和雷电。现在这条深棕色的槽线，东起四川盆地，西至孟加拉湾，像一把带血的弯刀，斜斜地压在发射场区上空，也压在所有预报员心头。

"现在需要确定的是，降水过程在 1 日 8 时前到，还是 8 时后到。"小刘一字一顿地说。

中心技术部气象室主任汪正林陷入沉思。十三年前的"亚太ⅡR"外星发射，是中国航天史上第一次因气象条件而提前的发射任务，当时的汪正林还只是个年轻的气象预报员。现在，身为气象室主任的他，又一次面临艰难的抉择。明哲保身的做法，是 8 月 1 日、2 日两个窗口都报小雨，任务按原计划执行，但这样就可能错过 1 日窗口的好天气。如果 1 日窗口不报降水，2 日窗口报小雨，领导可能会决定提前发射，这存在很大风险：万一降水过程提前，1 日窗口不能发射，低温燃料必须紧急泄出，发射将至少推迟五天，会对后续工作造成不可估量的影响。

究竟该怎么报？汪正林把目光投向高级工程师郭学文。

"1 日窗口的好天气有 60% ~ 80% 的把握，降水在 1 日 8 时后来临有 90% 的把握，而 2 日 90% 是个坏天气。"郭学文沉稳地说，并向汪正林点了点头，"主任，可以下决心！"

上午 11 时，汪正林拿起连接指挥部的电话，以非常自信的口吻报告："1 日 8 时前，降水概率很低！"

指挥部领导基于气象室结论，通过集体讨论，同意改变发射计划："准备将发射窗口提前一天，在 8 月 1 日发射。气象团队继续加强监测和分析，及时报告结论。"

11 时 30 分，气象团队再次做出预报结论：7 月 30 日至 31 日，多云间晴；8 月 1 日至 3 日，有一次中等强度的雷电降水过程。8 月 1 日窗口：多云，无雷电，无降水；8 月 2 日窗口：多云，小雨；8 月 3 日窗口：多云，小雨。

13 时，指挥部再次来电询问："气象系统，你们的结论有没有改变？"

郭学文自信地回答："没有。"

15 时 30 分，第二次指挥部会议如期举行，郭学文再次报告天气预报结论："7 月 31 日下午，场区有弱的局地对流，22 时以前结束。8 月 1 日窗口：多云，无雷电，无降水；8 月 2 日窗口：多云，小雨。"

指挥部综合各方面因素后，果断决策：发射窗口由 8 月 2 日 5 时 30 分，提前到 8 月 1 日 5 时 30 分。

正当大家紧锣密鼓地进入发射倒计时准备时，7 月 31 日 16 时，发射场上空突然响起隆隆雷声。人们不禁心头一紧，电话一个接一个打到气象室。气象团队紧急会商后得出结论:"这是局地对流,会在 22 时前结束。"果然,五个小时后,场区上空的雷声渐渐远去,云层越来越薄,发射窗口:多云,无雷电,无降水。

8 月 1 日 5 时 30 分,随着"点火!起飞!"的口令,"长三甲"运载火箭在山呼海啸的轰鸣声中,托举着我国第五颗北斗二号卫星直刺苍穹……

北斗二号第九星发射,在卫星组网工程中可谓意义重大。它标志着中国北斗区域卫星导航基本系统已建成,完成星地联调和测试评估后,将于 2011 年底,开始为中国及周边大部分地区初步提供连续无源定位、导航和授时以及短报文通信服务,满足交通运输、渔业、林业、气象、电信、水利、测绘等行业以及大众用户的需求。

北斗不是单颗卫星,而是需要发射几十颗卫星组成一个星座。星座的设计要求很高,要保证在地球上任何一点能同时看到四颗星,这样卫星与卫星之间不能靠得太近,要分散开,而且卫星间距必须是确定的,这就要求每次发射的卫星,不仅要准确入轨,还要保证什么时间进入轨道某一个点,若错过发射窗口,就定不了位、入不了轨。对于北斗星座使用的 MEO 和 IGSO 卫星来说,发射窗口非常稀少,珍贵得"一秒值千金"。

经测算,北斗二号第九星最佳发射窗口是 2011 年 7 月 27 日 5 时 44 分。

发射前两小时,发射准备工作全部就绪,现场人员准备撤离。可就在这时,发射场区上空仿佛突然罩下一口大黑锅,乌云滚滚,电闪雷鸣,大雨倾盆。

距离发射窗口只有半个多小时了,发射场区依然风狂雨骤,山呼海啸,雷电张牙舞爪,撕裂长空。

发射指挥部命令气象团队:"严密跟踪气象变化,每隔十分钟向任务指挥部报告一次场区未来十分钟的天气情况!"

5 时 10 分,气象团队报告:发射场区未来十分钟,雷电交加!

5时20分，气象团队报告：发射场区未来十分钟，雷电交加！！

5时30分，气象团队报告：发射场区未来十分钟，雷电交加！！！

这时已到发射窗口时间，指挥部命令气象团队：以最快速度，拿出5点35分至45分气象精准预报！

5时45分，是发射窗口最后边缘。若错过这个窗口，又要等待很长时间。

就在这千钧一发之际，气象团队终于觅得良机：5时43分至45分，发射场区周边八平方公里空域没有雷电，满足最低发射条件。

只有两分钟！仿佛白驹过隙，却要准确无误地下达一系列口令，完成一系列操作，这在世界航天史上堪称奇迹！

指挥部当机立断：机不可失，时不再来。发射！

5时44分28秒，伴随着指挥员"点火"的口令，操作手果断按下红色按钮，长征运载火箭托举着北斗二号第九星拔地而起。

火箭刚刚从一线狭窄的云缝穿过厚厚的云层，只见天空劈下一道闪电，重重砸在发射场旁的山坡上。

窗口预报分秒不差！好悬哪！

第九章
胜利者的经典微笑

北斗二号卫星组网发射收官之作圆满成功。北斗"总总师"孙家栋再次露出胜利的经典微笑。这位顶天立地的硬汉子，也有伤心落泪的时刻。

2012年12月27日清晨，中国向世界宣告：北斗二号正式向亚太地区开通运营服务；12月28日，党中央、国务院、中央军委发来贺电，国人为之振奋，世界媒体为之瞩目！

37　创造爱情神话的"总总师"

"一番番春秋冬夏，一场场酸甜苦辣。"北斗人在短短六年时间，将十几颗卫星送上蓝天，仅 2012 年一年就连续实施四次发射。

在密集发射中，每一次运载火箭升空，大家都会看到一个体魄魁梧、身板笔直、和蔼可亲的"老头儿"，或在西昌卫星发射中心肃静的指挥大厅，或在繁忙的测试现场，或在高高的发射塔上，和大家一起忙碌。

这个可爱的"老头儿"，就是被大家尊称为"总总师"的孙家栋院士。

北斗卫星导航系统下设卫星、运载火箭、发射场等分系统，各分系统都设有总设计师，而孙家栋是大工程总设计师，因此大家都说他是管总师的"总总师"。

在担任北斗"总总师"的岁月里，他很少待在家里，绝大部分时间不是参加各种会议，就是到下属单位调研，或者在去开会和调研的路上。其实，他和其他劳累了大半辈子的老人一样，身上也有不少小毛病：屡屡发作的陈旧性腰肌劳损，常常疼得他难以行走；大脑供血不足的老毛病，时常让他感到头晕目眩、天旋地转；皮肤瘙痒症，让他寝食难安，严重时需要注射激素控制病情，但护士刚刚拔掉输液针头，他起身又投入工作。每当大家劝他"悠着点"时，他总是说："北斗工程那么庞大复杂，我不往下边跑，心里就没数，这个总师就当得不踏实。"尤其是卫星发射，常常险象环生、突如其来，在这种关键时刻，更需要他待在现场临机处置。若是评选卫星发射场区年龄最大、亲临现场次数最多的航天工程总师，孙家栋绝对是"双料冠军"：仅到西昌指挥卫星发射，就有过一百多次。几乎每次北斗卫星发射，他都亲临现场，并屡屡使卫星发射化险为夷。

一次，卫星发射窗口就在春节前夕。大家都盼着运载火箭把卫星送入轨道，然后欢欢喜喜回家过大年。火箭升空二十四分钟时，西安卫星测控中心报告：星箭分离，卫星准确入轨。哪知，大家欢庆发射成功的掌声刚刚落下，测控中心又紧急报告：卫星太阳能帆板出现故障，失控的卫星消失在茫茫太空中！

孙家栋的神经一下子绷紧了。此时，卫星所处的太空环境温度在零下100℃左右，太阳能帆板不能工作，就没有电能，卫星内部加热设备就不能供热，卫星极有可能被冻坏。

情况危急，他立即召集科研人员分析情况、研究对策。

科研人员立刻对卫星飞行数据进行精密计算，推断大约十天后，地面有可能接收到卫星上发来的一些遥测数据，根据这些数据模拟卫星在轨状态，便能制定出卫星抢修方案。

孙家栋综合各方面数据后，做出最后决策："等待！"

北斗工程"两总"命令远望号测量船和地面测控系统严密监测。

所有测控人员都绷紧了神经，睁圆了眼睛，竖直了耳朵……每一天都过得那么漫长，仿佛一年、十年、百年……十几天后，奇迹如期出现，远望号测量船率先收到卫星传来的信号，然后有关测控站相继收到卫星遥测数据……失控的卫星，终于重新回到科研人员的掌控之中！

这一天，正是人们把酒言欢、喜气盈盈的除夕。孙家栋顾不上欢度佳节，立刻带领大家根据实测数据制定抢修方案，成功地使卫星避免了坠入大气层的危险，转入在轨长期管理。

2012年10月25日，北斗二号组网的收官之星——第十六颗导航卫星发射在即。这次发射，对提升系统服务性能、扩大服务区域非常关键。大家又看见孙家栋坐在醒目的指挥席上。这是这位八十三岁的航天老前辈，在九个月内第七次来到西昌卫星发射中心。

22 点 33 分，西昌卫星发射中心指挥控制大厅里传出了坚定有力的声音：“各号注意，一小时准备！”

孙家栋站起身来，一一查看系统工作状态，重新回到指挥位置。今天的“总总师”格外干练整洁，身穿紫红色鸡心领羊绒衫，外套黑色夹克，胸前挂着天蓝色“发射任务通行证”。他那深邃沉稳的目光，紧盯着正前方那三块大型电子显示屏幕，上边不断变换着各种数据和画面，为发射指挥决策者提供各类实时信息。

宁静的大厅里再次响起指挥员的号令：“五分钟准备！”

孙家栋挺了挺依然笔直的腰杆，正了正衣襟，然后习惯性地将胳膊肘支在面前的指挥桌上，双手交叉紧握在一起，敏锐的目光一动不动地盯着显示屏上跳动的数据。

“10、9、8……”指挥控制大厅开始响起倒计时的声音，冲击力随着数字的递减而愈发强劲，不断撞击着每一个北斗人的耳膜和心房。孙家栋交叉的双手松开又握紧，握紧又松开……虽然他已经历过数十次航天发射，但从未感到轻松过。

“3、2、1，点火！”

随着响彻指挥控制大厅的一声号令，发射场区传来震耳欲聋的轰鸣，火箭发动机吐着美丽的火焰，“长三丙”运载火箭拔地而起、冲天而上……

孙家栋屏住呼吸，睁大眼睛一眨不眨地望着火箭不断地上升，渐渐融入茫茫夜空。指挥大厅里响起令人欣慰的声音：“太阳能帆板顺利打开！此次发射圆满成功！”孙家栋这才轻轻松了一口气，慢慢松开了紧握的双手，与大家一道鼓掌庆贺，紧绷的脸庞随之松弛下来，挂满喜悦里不失淡定、淡定中饱含欣慰的微笑。

“孙院士，快来照相呀！”

孙家栋朝同事们招了招手，健步走到鲜红的祝捷字幕下与大家合影留念，脸上依然挂着微笑。

曾有人找来"总总师"每次发射成功后与大家的合影，大伙儿惊奇地发现，几乎每次卫星发射成功后的合影，孙家栋都是这种微笑。因此，大家都把他"喜悦里不失淡定、淡定中饱含欣慰"的微笑，称为"成功的微笑""总总师的经典微笑"。

大家心目中这位"总总师"，先后坐镇指挥数十颗卫星发射，只有一次不那么淡定。

那天是 2007 年的农历九月十四，是中国传统节气"霜降"。当天 18 时 5 分 4 秒，又一枚"长三甲"运载火箭从西昌卫星发射中心拔地而起，向着满天繁星飞去。当指挥控制大厅的扬声器传出发射成功的消息时，大家从座位上站立起来，欢呼雀跃，握手拥抱。这时，孙家栋却走到了一个僻静的角落，背过身子，掏出手绢偷偷地擦着眼泪。

此时此刻，他的老伴儿魏素萍正躺在病床上。他惦记她，想念她。

在与老伴儿相濡以沫的五十年里，孙家栋在创造中国航天神话的同时，也创造了爱的神话。

年轻时的孙家栋，五官端正，身材魁梧，腰杆挺得笔直，还长了一副喜兴脸，微笑总是挂在脸上。凭着帅气的长相，再加上随和的性情、刚直的人品、过人的才气，孙家栋迷倒了一大片女孩。不少姑娘主动向他暗送秋波，却没有一个能拨动他的心弦。直到有一天，一个朋友把一个女孩的照片递给他："家栋，你看这个姑娘怎么样？"照片上的姑娘脸庞圆润，目光清澈，微笑暖人，孙家栋眼睛为之一亮。这个姑娘就是魏素萍。

1959 年，他们携手走进婚姻殿堂，结为秦晋之好。也就在这一年，孙家栋开始走上研制火箭、卫星的人生道路。此后近五十年里，他参与研究或主持研制的火箭、卫星，型号一个接一个，在很长一段时间里，甚至同时担负着数个航天工程总师的重任，马不停蹄地从一个城市飞往另一个城市，有时一周要去三四个城市，坐飞机成了他的家常便饭。即便在北京的日子，他也常常是白天调研，晚上开会，深夜回家。夫妻俩聚少离多，俨然成了现代版"牛郎织女"。婚后的魏素萍，只知道丈夫很忙，却一直不知道他忙的是什么。

一个深冬的夜里，她突然被电话铃声惊醒，只见孙家栋衣服没披就跑到客厅接电话。魏素萍见状，拿着大衣跟过来给丈夫披上。正对着话筒说话的孙家栋条件反射般地急忙用手将话筒捂住，用眼睛示意她快点走开。她委屈地瞪了丈夫一眼，默默地回到了卧室。谁知孙家栋一边听着电话，一边还想把卧室门关上。但电话线不够长，他就斜着身子伸出脚尖把门勾上了。此时，中国的航天事业刚刚起步，保密政策是上不告父母，下不告妻儿。

1967 年 7 月，年仅三十八岁的孙家栋成为中国第一颗地球卫星——东方红一号技术负责人。同年，妻子也怀孕了。孙家栋日夜忙于卫星设计，就连晚上也抽不出时间回去看看怀孕的妻子。这年 12 月 8 日，魏素萍要临产，孙家栋竟忙得抽不开身。当阵痛袭来时，魏素萍渴望能握住丈夫的手，然而直到女儿出生的第二天晚上，孙家栋才出现在她身边。

虚弱的魏素萍幽怨地看了丈夫一眼："你到底是干什么的？什么工作能比老婆生孩子更重要？"

孙家栋轻轻握住妻子的手："素萍，两个都重要，可我……"

她知道丈夫对工作守口如瓶，自有理由，从此便不再问起。

1970 年 4 月 24 日，东方红一号发射成功。那天，魏素萍也和大家一起，举着国旗走上街头，加入了欢庆队伍，但她却不知道，我国第一颗卫星竟是丈夫带领大家完成的杰作。1985 年 10 月，中国有关部门宣布中国运载火箭要走向世界，进入国际市场。在一次向全世界直播长征三号运载火箭将国外的卫星送上太空时，魏素萍从电视屏幕上看到了丈夫的身影，她才知道丈夫是干什么的。

1994 年 9 月，魏素萍患上了胆结石。此时，中国第一颗大容量通信卫星发射在即，孙家栋要前往西昌卫星发射中心。临行前，魏素萍一边为丈夫收拾行装一边说："你出差了，我正好借这个机会到医院做手术。"

到了发射场后，孙家栋脑子里装的全是卫星发射前的准备工作，对老伴儿手术情况及她为什么一直没和他联系，压根儿没时间理会。一周后，卫星被成功送入太空，孙家栋放松下来，觉得身体像散了架似的疲乏无力。可是，他还要立即赶回北京主持与美国航天代表团的谈判。孙家栋强撑着疲惫的身体完成谈判，随即累倒了，被送到附近的海军总医院。躺在病床上的他，这才想起患病的妻子，一打听方知，一周前魏素萍在做胆结石手术时突发脑血栓，并落下了偏瘫的后遗症。孙家栋立刻请求将自己转到妻子所在的医院里，与妻子同住一个病房。

虽然自己也是病人，但孙家栋尽心尽力照顾重病的妻子，每天早晨搀扶着她在医院的林荫小道上散步，一边走一边和妻子说话。

魏素萍乐了："我是因祸得福呢。除了第一次见面时，你滔滔不绝地和我谈了多半天，以后再也没听你说过那么多话了。"

孙家栋感叹道："一眨眼，我们都是快七十岁的老头子、老太太了。这么多年，让你受累了！"

魏素萍眼里一热，感叹道："我等了你一辈子，就盼着什么时候能像别的女人一样，和丈夫守在一块儿。好不容易等到了，我却老了，连身体也残了。"

出院后，为了让魏素萍的四肢恢复正常，孙家栋一有空就搀扶着她到外面散步，每天给她做按摩，说笑话逗她开心，从百忙中挤出时间和她一起锻炼身体，还抽空查阅了大量关于脑血栓后遗症方面的资料。饮食上，为配合她治疗，孙家栋还为她列了一个特别食谱，让保姆照着去买菜，给她改善伙食。

魏素萍跟他开玩笑说："老头子，你哪里像个科学家，简直就是一个保姆了。"

孙家栋也笑着说："这么多年对你照顾得太少，正好借此机会好好陪陪你。你看，我还得感谢你呢，陪你锻炼身体，我自己都瘦了二十多斤，连脂肪肝都好了！"

一年后，魏素萍竟奇迹般地康复了，身边的人都惊讶不已。魏素萍跟他们开玩笑说："这是我们老孙用爱情创造的神话！"

2004年，七十五岁的孙家栋同时被任命为北斗二号、嫦娥一号总设计师后，比以前更忙了。哪知2006年12月，魏素萍又患重病做了大手术。术后，令人痛苦不堪的治疗，让魏素萍第一次感到恐惧，也第一次对丈夫如此依恋，生怕他的一次出差就成了夫妻间永远的遗憾。

尽管孙家栋尽量压缩在外的时间，然而2007年既是北斗二号首星发射之年，又是嫦娥一号奔月之年，是孙家栋最为繁忙的一年。这一年里，年近八十岁的孙家栋十次进入发射场，在发射现场指导了五次卫星发射任务，主持、参加了近百个与航天有关的会议，空中飞人似的飞了二十多个地方。魏素萍心疼地说："他总是天天跑，穿皮鞋太累，我每年光布鞋就要给他买四五双。"

一天，孙家栋就要前往西昌。眼看丈夫收拾行装，魏素萍心中不舍，强忍泪水说："有时间就快点回来，我在等你。"

孙家栋眼里泪水打转，向老伴儿点点头，把一只装满药品的袋子交到她手里。他生怕她看不清药瓶上的小字，特意在每个药瓶上重新贴上了标签，写明服药的时间和剂量。

当天晚上，中央电视台播出了北斗二号最后一颗组网卫星发射成功的消息。魏素萍又在家里电视屏幕上看到了自己的丈夫，禁不住擦着湿润的眼角喃喃道："老伴儿啊，这样的一辈子，值呢！"

孙家栋八十岁时，著名科学家钱学森专门给他写了贺信：

孙家栋院士：

　　您是我当年十分欣赏的一位年轻人，听说您今年都八十大寿了，我要向您表示衷心的祝贺！

　　您是在中国航天事业发展历程中成长起来的优秀科学家，也是中国航天事业的见证人。

　　自第一颗人造地球卫星首战告捷起，到绕月探测工程的圆满成功，您几十年来为中国航天的发展做出了突出贡献，共和国不会忘记，人民不会忘记。我为您取得的成就感到骄傲。

　　希望您今后要保重身体，健康生活，做一名百岁航天老人。

　　谨祝生日快乐！夫人面前代致问候！

钱学森

2009 年 3 月 5 日

　　2010 年，孙家栋荣获 2009 年度国家最高科学技术奖。

　　孙家栋院士把自己的一生都奉献给了中国的航天事业，他的业绩赢得了我国航天专家以及社会各界的尊重和赞誉。

　　2017 年，孙家栋当选为"感动中国 2016 年度人物"。颁奖词这样写道："少年勤学，青年担纲，你是国家的栋梁。导弹、卫星、嫦娥、北斗，满天星斗璀璨，写下你的传奇。年过古稀未伏枥，犹向苍穹寄深情。"

　　2018 年 12 月 18 日，党中央、国务院授予孙家栋"改革先锋"称号，颁授改革先锋奖章，称赞其为"航天科技事业创新发展的重要推动者"。

38　竞争对手与合作伙伴

2007 年 4 月 14 日，北斗二号组网首星成功发射，并于 17 日顺利开通，按照国际电信联盟"先登先占"的原则，中国已经拥有与伽利略重合频率的优先使用权。

而此时，由于欧盟各国之间意见不一致，伽利略导航卫星发射计划进展缓慢。尽管如此，中国北斗人秉承合作共赢的愿望，与欧盟伽利略携起手来，解决频率共享难题。

中国北斗、欧盟伽利略，既是竞争对手，更应该成为合作伙伴！

在中国即将发射第二颗北斗二号卫星的前夕，欧盟火速组成频率专家代表团来到北京，主动与我方协商频率问题。

欧盟代表说："我们伽利略频率体制理论，是注册了专利的。"

中国代表说："我们使用该频率不会影响伽利略。"

欧盟代表自信地说："我们的频率信号体制，你们永远绕不开。"

中国代表说："要相信人类的智慧。我们中国有句老话：办法总比困难多。"

"无法绕开的频率"，的确挡不住北斗人前进的步伐。经过深入研究、反复试验，北斗频率工作者终于摸索出一套新的信号体制理论，得到了绝大部分国际专家的认同。

在此期间，中国频率工作者一次次主动前往欧盟，与之协商频率合作问题，终于达成了双方共用这一频率的初步协议。对方提出中国要把频率计算结果交给他们。中国代表为表达合作诚意，同意了，同时也要求对方把频率计算结果交给我方。只是不知何故，对方迟迟没有提交计算结果。

欧盟代表团仔细研究北斗频率计算结果后，发现无懈可击。加之北斗卫星导航系统全球组网将很快展开，在此形势下，他们再次邀请中国频率工作代表团于 2015 年元月前往欧盟，继续协商频率问题。

双方围着谈判桌一坐下，欧盟代表团团长便就频率计算结果一直没有提交给中方一事表达歉意，并解释说："我们之所以没能把计算结果交给你们，是我们的卫星出问题了。"

中方代表们一笑而过。

欧盟代表团终于同意中国制定的频率使用规则，但附加了一个条件，伽利略系统组网卫星数量从二十四颗增加到三十五颗。中国代表团通过深入分析验证，认为欧盟这一要求不会给北斗系统带来实质性影响，原则上同意了。双方商定，协议文件由中方起草。

协议完成草稿，双方又经多次讨论、反复修改，正式形成协议文件。协议完全体现公平、公正、合理原则。欧盟代表团正式从法理上接受了中国提出的频率共用理念，同意在国际电联框架下完成卫星导航频率的协调工作。同时，经中国代表团提议，双方将就 S 频率使用问题继续展开洽谈与合作，并正式写入协议条款。

在商量协议签字地点时，中方代表团提出："过去协商，我们大多来欧洲谈，这次签字仪式，就请你们到中国做客吧。"

欧盟代表团欣然应邀："好，我们去中国北京，故地重游。"

双方代表团团长郑重地在协议上签上各自的名字，中欧卫星导航系统就 L 频率长达八年之久的协调工作圆满结束。

中国北斗、欧盟伽利略在频率问题上的密切合作，创造了"只能容下一个人的小房子容下了两个人"的科学奇迹，堪称世界重大科技工程领域合作共赢的典范！

39 "北斗，为你骄傲"

2012 年 12 月，完全可以称之为"北斗月"。

2012 年 12 月 27 日清晨，中国向世界宣告：北斗二号正式向亚太地区开通运营服务。千万个北斗人听到这个消息，欣慰地笑了："终于有自己的北斗了！"广大网友听到这个消息，更是激动不已，纷纷在网上留言："北斗，为你骄傲。"

2012 年 12 月 28 日，中共中央、国务院、中央军委对北斗二号卫星导航系统向亚太地区开通服务专门发来贺电：

北斗二号卫星导航系统研制建设，凝聚了广大工程技术人员的聪明才智，体现了自主创新、团结协作、攻坚克难、追求卓越的北斗精神。该系统建成并投入使用，是国家和军队信息化建设的重要里程碑，是对我国经济社会发展的重要贡献，标志着我国卫星导航发展"三步走"战略的第二步取得了全面胜利，标志着我国在建立自主可控的卫星导航系统进程中又迈出了一大步，意义重大，影响深远。

……

北斗二号卫星导航系统的确值得每一位中国人自豪。

它创造了四个第一：是国际上第一个将多功能融为一体的区域卫星导航系统；是我国第一个与国际先进系统同台竞技的航天系统，直面国际竞争，与美国 GPS、俄罗斯格罗纳斯等国外先进系统比性能、比服务；是我国第一个面向大众和国际用户服务的空间信息基础设施，需要经受数以亿计的各类用户长期连续稳定使用的严苛考验；是我国第一个复杂星座组网的航天系统，卫星与地面站星地一体组网运行！

它实现了十大创新：导航定位、短报文通信、差分增强三种服务融为一体；提供三频导航服务，提高了高精度定位成功率；采用 GEO＋IGSO＋MEO 混合星座；实现 GEO/IGSO 星座高精度定轨、时间同步、构型维持；首次采用 IGSO 卫星；实现大型复杂星座的构建和运行管理；采用东方红三号甲卫星平台；采用长征三号乙新构型运载火箭，一箭双星发射高轨卫星；实现卫星、火箭批量生产、密集发射，推动航天产品研制生产方式转型；建立面向公众服务的空间基础设施。

北斗二号虽然只覆盖了亚太地区，覆盖范围远远不及美国 GPS 全球系统，但在覆盖区域内的服务性能可以比肩 GPS：大众应用定位精度六米，精密授时精度达二十纳秒，而且具备 GPS 一代、二代所没有的短报文通信功能，一次可传送多达 120 个汉字的信息。

2012 年 12 月，中央电视台"中国经济年度人物奖"获奖名单揭晓。北斗卫星导航系统任务团队获得"2012 中国经济年度人物创新奖"。

本届中国经济年度人物评选的主题是"实业的使命"，旨在呼唤实业的回归与振兴，表彰在实体经济方面的优秀践行者和为实体经济发展做出重大贡献的群体。

中央电视台给出的北斗团队的获奖理由是：中国成为继美国、俄罗斯之后，全球第三个拥有精度在十米以内的卫星导航定位系统的国家。研发工作困难重重，但北斗团队也在一次次挫折中走向成熟。2012 年，北斗系统更实现了一箭双星的突破。2012 年 11 月，北斗第十六颗卫星成功发射。北斗卫星导航系统即将投入商用，将衍生出惊人的卫星导航定位产业。

北斗卫星导航系统任务团队是一支充满活力和战斗力的队伍，承担着北斗导航工程运载火箭和导航卫星两大核心系统的研制、组批生产、发射组网等任务。这支一百余人的团队，自 2004 年 9 月北斗二号系统立项以来，短短八年间，在工程"两总"领导下，牢记使命、攻坚克难，先后突破了宇航产品组批生产、多星多轨组网运行等十二项关键技术，突破了四十多项专业技术，填补了数十项技术空白，成功完成了十四枚运载火箭和十六颗卫星的研制和发射任务，为北斗卫星导航系统建设和今后的可持续发展奠定了坚实的技术基础，为我国后续航天工程及其他社会建设积累了丰富的宝贵经验。

北斗卫星导航系统任务团队入选"中国经济年度人物创新奖"，当之无愧、实至名归！

2017 年 1 月 5 日，2016 年度国家科技进步奖评选结果揭晓。北斗二号导航系统荣获国家科技进步特等奖。1 月 9 日，在人民大会堂隆重举行的颁奖大会上，北斗二号副总设计师李祖洪，北斗二号卫星系统总设计师、首席科学家谢军，北斗二号运控系统总设计师周建华，代表北斗导航团队领取了这一份沉甸甸的荣誉。

"北斗二号建设运行以来，我们团队付出了很多，这次能够获得国家科技进步特等奖，是国家对我们过去工作的一种肯定。"李祖洪说，"这个荣誉也会激励着北斗团队继续努力，把北斗三号建好，通过弯道超车，实现国际领先。"

2017 年 12 月 3 日，第四届世界互联网大会在中国浙江乌镇召开。本届大会以"发展数字经济、促进开放共享——携手共建网络空间命运共同体"为主题。经评委会严格评选，北斗卫星导航系统被第四届世界互联网大会授予领先科技成果，是本届大会唯一享此殊荣的卫星导航系统。

中国卫星导航管理办公室主任冉承其发表了获奖感言："卫星导航的诞生，彻底改变了这个世界。GPS，我们耳熟能详，现在我要告诉大家的是，在这个改变中，中国不是旁观者，而是践行者，更是创新者。2000 年北斗一号建成，2012 年北斗二号建成，就在上个月，新一代北斗三号全球系统部署拉开大幕，一个更高效、更精准的时空服务，正在由北斗给出中国方案！"

下 篇

极 目
寰 球

第十章
从亚太走向全球

　　飞得更高，俯瞰寰球，是北斗的理想。北斗卫星导航从区域向全球拓展，遇到了从未有过的一系列关键技术挑战。

　　为了战胜这些挑战，国家有关部门把北斗全球卫星导航系统列为重点专项，予以重锤锻造。

　　为了战胜这些挑战，北斗人设计了具有世界领先水平的新一代导航信号体制。

40　未雨绸缪

21 世纪初，为迎接新科技革命带来的机遇和挑战，党中央从全面建设小康社会、加快推进社会主义现代化建设的全局出发，要求制定国家科学和技术长远发展规划，国务院于 2006 年推出《国家中长期科学和技术发展规划纲要（2006—2020 年）》。

国家有关部门经过深入调研、反复论证，确定了北斗全球卫星导航系统、集成电路装备、移动宽带通信、数控机床、大型核电站等十六个项目，作为国家科技发展重大专项予以重点打造。为此，北斗人在奋力推进北斗二号区域系统建设之时，就已经开始了北斗三号全球系统关键核心技术的攻关。

对于北斗卫星导航建设面临的困难，北斗工程"两总"的领导们常用"三个挑战"来表述："在部署进度上，面临世界上其他三个导航系统尤其是伽利略的挑战；在系统性能上，面临其他三个导航系统尤其是 GPS 的挑战；在未来发展上，面临着一系列技术尤其是众多重大关键核心技术的挑战。"

北斗一号、北斗二号是这样，北斗三号更是如此。

让北斗走向世界，造福全人类，既是中国的大国责任与担当，也是广大北斗人的信念与追求。

2012 年秋，北斗二号组网的收官卫星发射成功。指挥大厅里爆发出雷鸣般的掌声，只是这天的掌声似乎比过去要更清脆、更热烈一些，这既是大家对北斗二号的祝福与祝贺，也是大家对北斗新时期、新时代的期待与致意。

"太阳能帆板顺利打开"的消息传来，北斗大系统总师孙家栋，副总师李祖洪、谭述森、杨长风等工程"两总"领导，和中国卫星导航系统管理办公室主任冉承其等人，走出发射指挥大厅，一块儿沿着山坡上的水泥大道前往下榻的宾馆。一路上，大家边走边讨论北斗工程建设问题，而中心议题就是如何快速推进北斗三号关键核心技术的预研与验证，如何尽快完成北斗全球卫星导航系统建设。

就在这时，他们发现前方发射试验队宿舍门前的操场上燃起了一堆篝火，试验队的队员们正围着火堆起舞庆贺，有人还唱起了汪峰的《飞得更高》：

> 生命就像一条大河
> 时而宁静时而疯狂
> 现实就像一把枷锁
> 把我困住无法挣脱
> 这谜样的生活锋利如刀
> 一次次将我重伤
> 我知道我要的那种幸福
> 就在那片更高的天空

歌声时而像一缕轻风，抚摸着草丛，摇曳着树梢；时而似一阵狂风，卷起千重巨浪，狂野地拍打着海岸；时而又似一个冲锋的战士，发出阵阵怒吼……试验队里的年轻人被歌声感染了，跟着他一起唱，于是一个人的清唱变成了众人的合唱，就像千条江河汇入大海，掀起滚滚波涛，歌声在发射场区的崇山峻岭间回荡……

> 我要飞得更高　飞得更高
> 狂风一样舞蹈　挣脱怀抱

我要飞得更高　飞得更高

翅膀卷起风暴　心生呼啸

飞得更高

一直在飞一直在找

可我发现无法找到

若真想要是一次解放

要先剪碎这诱惑的网

我要的一种生命更灿烂

我要的一片天空更蔚蓝

我知道我要的那种幸福

就在那片更高的天空

　　北斗人之所以喜欢《飞得更高》，那是因为"我要飞得更高"，唱出了北斗人共同的心声；"翅膀卷起风暴"，唱出了北斗人的磅礴气概；"我要的一种生命更灿烂""我要的一片天空更蔚蓝"，唱出了北斗人心底的愿望！

41 "中国坐标"

　　大多数动态载体都会出现不规则运动，且不能完全由动力学模型精确描述，观测过程中还可能出现异常。这一客观现象，给卫星导航精度提升带来极大影响，成为卫星导航领域亟待攻克的关键核心技术之一。

　　曾参加青藏高原测绘、经历过生死考验的杨元喜教授，决心为国家摘取卫星导航与测绘技术领域的"高山雪莲"。

　　杨元喜 1991 年博士毕业后，为拓展学术视野，进一步夯实科技底蕴，于 1994 年前往美国得州大学空间研究中心访学一年，1995 年又到德国波恩大学做洪堡学者。

　　1997 年初，在德国召开的一次导航学术会议上，加拿大、德国的两名导航专家先后登台陈述"动态载体不规则运动"这一卫星导航难题的破解之道。

　　杨元喜坐在台下静静聆听他们的报告，同时开动脑筋对他们的观点和思想进行比较分析。他发现，两位专家的报告内容竟大相径庭、南辕北辙，似乎都有道理，又似乎都没道理，甚至出现报告内容前后矛盾的现象。

　　杨元喜有些模糊的脑海里，突然闪现一线阳光：把这两位专家的观点和思想综合起来，取其精华，去其糟粕，会得出什么结果呢？当天中午进餐时，杨元喜便找到这两位专家，说出自己的想法，并初步进行了交流，得到国际同行的肯定。杨元喜立刻进行课题调研，着手可行性论证，提出了自适应动态导航定位设想。

　　杨元喜留学期满回到祖国后，其自适应动态导航定位理论与应用课题于 1998 年获得"国家杰出青年基金"资助。经过一番艰苦探索，在世界上首次成功构建了动态自适应滤波模型，并在此基础上，推导出四种自适应因子和相应最优自适应因子，使动态用户不需要任何经验，即可使用该理论和算法进行高精度导航。

　　众所周知，在图上标定某个物体的位置及其运动路线，需要一个坐标系作参照。同样，导航系统实现定位与导航，也需要一个大地控制网及相应坐标系统。甚至在某种意义上可以说，其精度直接决定着导航系统的导航定位水平。

　　21 世纪初，杨元喜运用自己建立的理论成果，主持完成了 2000 中国 GPS 大地控制网数据处理工程和全国天文大地网与空间网联合平差工程。

随着这两大工程的完成，我国坐标框架点精度分别由米级和数十米级，一下子提升到三厘米和三分米，创造了新的"中国精度"，使我国国家大地控制网及相应坐标系统一下子跃入国际先进行列。

有人把这些成果誉为"中国测绘与导航科学发展史上的标志性工程"。鉴于杨元喜对中国测绘与导航技术的贡献，2007 年，他成为中国科学院院士。

北斗卫星导航是杨元喜为之奋斗、献身的事业，是这般崇高、圣洁，容不下任何玷污与侵犯。

在一次俄罗斯圣彼得堡召开的国际卫星导航合作会议上，与会的既有联合国职能部门负责人，又有美国、俄罗斯、欧盟、中国、日本、印度的学者，还有众多正在使用或准备使用卫星导航系统的国家代表，可谓专家云集。

为体现学术自由平等，会场是开放的，前方台上没设主席台，只有一个讲台，上台演讲可以一个人，也可以两个人合作。会议开始不久，两名外国专家同时登台演讲。两人夸赞了一番欧盟的伽利略系统、日本的准天顶系统后，竟然开始一唱一和地对中国的北斗卫星导航系统品头论足。

坐在会场第三排的杨元喜不禁皱起了眉头：中国的北斗，你们外国专家了解多少啊，怎么能妄下结论？

哪知，台上的两名外国专家越说越狂妄。

一名专家说："中国的北斗对世界导航可以说毫无贡献。"

另一名专家变本加厉："北斗对世界导航不是贡献，而是干扰。"

这不是信口雌黄、胡说八道吗？中国北斗岂能容人乱泼脏水？杨元喜怒火中烧，但他极力压制着胸腔里的愤怒，微笑着向会议主持人举手请求："主持人先生，我能向台上的两位先生提两个问题吗？"

"可以。"主持人微笑着应允道，"您请。"

杨元喜起身走到讲台边，注视着其中一名专家："你是否假设世界上四大导航星座的卫星都是扎堆飞行呢？"

这个问题提得非常机智，可谓直击要害。因为这位专家的"中国北斗无贡献论"正是建立在这个假设之上，而这个假设根本不成立，这是众人皆知的常识问题。如果他回答"是"，无异于当众承认自己无知；如果他回答"不是"，则是在众目睽睽之下打了自己的脸。

果然，这名专家无言以对，只能沉默加脸红。

杨元喜说："你不能回答，说明你承认自己的假设是错误的，那又凭什么说中国北斗对世界导航毫无贡献呢？"

然后，杨元喜又把目光转向另一名外国专家："你是否假设北斗导航卫星与你们伽利略导航卫星是伴飞的呢？"

"这……"这位专家也闪烁其词。

杨元喜继续追问："你又是否认为，北斗卫星与其他导航系统卫星伴飞呢？"

这名专家哑口无言。每个导航系统都有自己的频率，每一颗卫星都按自己的轨道各行其道、各司其职，中国北斗卫星对其他导航卫星又哪来的干扰？

台上的两位外国专家尴尬至极。

杨元喜转身对大家说："等会儿我将上台发言，向大家报告中国北斗对世界导航的贡献。"

又有两名同行报告完毕后，杨元喜走上讲台，通过大量事实和数据，精准计算出中国北斗对世界导航贡献率为 24.6%，并补充说："这 24.6%，还仅仅是在其他导航系统完好无损、正常工作情况下的贡献率，如果哪个导航系统出现了故障，中国北斗的贡献率将达到 40%、50%，甚至 60%、70%！"

台下一名年轻的国外学者听了，兴高采烈地走上台来，紧紧握住杨元喜的手说："您讲得太好啦！我非常赞同您的观点！"

主持会议的美国专家也向杨元喜竖起了大拇指，并对发表"北斗无贡献论""北斗干扰论"的两名专家说："我建议你们两位回去后，再按中国杨先生的算法，把你们的报告结果重算一遍。"

让世界了解北斗、认同北斗、使用北斗，让中国的北斗成为世界的北斗，是杨元喜矢志不移的心愿、努力追求的目标。

美国导航学会为表彰杨元喜"在中国北斗卫星导航系统发展过程中的领导作用和技术贡献，以及在倡导卫星导航国际合作中做出的努力"，于2018年国际技术大会期间授予其"美国导航学会会士"称号。

这是该学会第一次将此奖项颁给中国科学家，体现了国际导航学术界对北斗杰出学者的卓著贡献与中国卫星导航学术水平的肯定，也体现了国际导航界对北斗系统建设与国际化发展成果的高度关注与认可。

美国导航学会举行颁奖仪式这一天，杨元喜依然在北斗技术实验室里与同事们一起就某一关键技术进行着紧张的验证交流，他请清华大学陆明泉教授代表他前去领奖，并宣读书面获奖感言："感谢在推动北斗发展和GNSS（全球导航卫星系统）国际合作的道路上与我同行的每一位同事，这个奖项不仅仅是对我个人的奖励，也是整个北斗团队的荣誉。我和我的团队将继续努力，进一步提升北斗的性能，加强GNSS国际交流与合作。"

42 "程咬金"的"三板斧"

导航信号是卫星导航系统的核心，直接决定着系统的整体性能，因而成为当今导航领域研究的重大热点。有人打了个形象的比喻：如果说卫星是泉水源头，通信频段是河床，那么导航信号就是从泉眼里涌出、在河床上流淌的泉水。泉水质量高，口味大众化，大家喜欢喝，饮用的人（导航用户）就会越来越多。

北斗三号服务范围要完成从区域到全球的拓展，实现跻身世界一流导航系统建设目标，必须要有一流的导航信号。对此，陆明泉担纲的清华大学北斗团队雄心勃勃、信心百倍。

清华大学北斗团队虽然在公众面前默默无闻，但在北斗工程"两总"眼里、在导航圈子中，却有一个响当当的名号——"程咬金团队"。该团队不像历史演义中的程咬金那样每次出场都要"哇哇"叫阵，而是每次攻关均默默上阵，破阵后悄悄退场，从不张扬，是"低调的程咬金"，但他们却为中国北斗卫星导航系统砍出了"三板斧"。

在北斗一号建设时期，清华大学虽然只有陆明泉教授等几个人干导航，但他们凭着敏锐的学术目光、锲而不舍的钻研精神，成功跻身于北斗攻关阵营，先后完成北斗一号系列用户设备和高动态仿真器研制，并实现了产业化，而且市场占有率名列前茅。

北斗二号工程启动后，抱着扩大战果、建设北斗强队的雄心壮志，清华团队通过深入调研、精心设计，及时推出首款北斗二号用户机，信心满满地参加了北斗二号卫星发射前的星地对接试验。连续一周，每天多次星地对接，参加试验的多家单位研制的接收机，均接收正常。组织试验的应用系统总师、总指挥向上级领导汇报试验情况后，上级领导高兴之余，表示要到现场观看。上级前来观看那天，为让试验成果得以完美展现，卫星和接收机提前进入工作状态。哪知领导来到现场后，对接试验一开始，陆明泉团队研制的接收机突然出现问题，而其他单位的接收机依然正常！

陆明泉这脸可丢大了。应用系统总师、总指挥双双瞪了他一眼，同时长叹一声。两位领导的目光那么犀利，陆明泉连续几个昼夜难以成眠。他努力寻找着自己产品存在的问题，可绞尽脑汁就是找不出，他进一步确认不是自己产品的问题。陆明泉组织团队对产品反复仿真模拟，结果都证明它确实没任何问题。他立刻向应用系统"两总"汇报这一情况。"两总"迅速赶来与他们会诊,结果也没有发现问题。

那么,为什么领导视察时,陆明泉团队的接收机出现问题,而其他单位的产品反而表现正常呢?应用系统"两总"立刻组织反向排查,经过一番艰苦细致的"顺藤摸瓜",终于找到了问题症结。原来,卫星和其他接收机都出现设计失误,都存在计数器溢出问题,从而导致错的卫星和同样错的接收机对接正常,而唯一没有问题的接收机却出现了异常现象。开始几天对接试验都没有出现问题,是因为对接时间短,计数器还未出现溢出。而领导视察那天,卫星和接收机计数器提前启动,工作时间较长,便出现了溢出。

问题查清了,大家禁不住倒吸一口凉气:"好险啊,要是那天清华大学的接收机没出问题,那卫星将有可能带着问题上天!"

就这样,清华大学北斗团队以"'唯一错误',唯一正确"的奇特方式,在中国卫星导航领域脱颖而出,从此声名鹊起。

随着北斗工程不断推进及其应用产业的迅速兴起,实力与名气兼具的清华大学北斗团队迎来了千载难逢的产品产业化、规模化机会。用一名清华大学教授的话说:"如果陆明泉团队当初抓住这个机会,也许清华大学会多一个像清华同方那样的企业。"

但陆明泉当时是这么想的:作为一所全国顶尖的教育机构,清华大学的目光不能只盯在经济上、产业上,而要盯在导航基础理论研究上,盯在高水平导航人才培养上,盯在为北斗工程建设提供核心技术支撑上。

出于这样的理念,他们放弃了所有投标及推动产业化的机会,心甘情愿地承担起北斗总体设计急需却有些"出力不讨好"的型谱规划、指标论证等基础研究。

北斗三号试验卫星搭载了大量的新信号、新技术,但卫星上天后,地面接收的信号中发现大量奇怪的、不能解释的问题。清华大学北斗团队得知这一情况后，主动靠上去，深入中国空间技术研究院、上海微小卫星工程中心、北斗运控系统等有关单位测试场地，参与测试方案制定、试验装置搭建、数据采集等工作，运用自己的导航信号技术优势，帮着分析问题、查找原因，为消除北斗信号各种疑难杂症做出重要贡献。

陆明泉带领的清华大学北斗团队，并不是北斗导航信号设计的"正规军"，只是个"编外团队"。但这支信号设计的"游击队"，却在十几年前就立志"要成为北斗全球系统高质量导航信号设计的主力军"。

因为是"编外"，所以难以立项，难以得到经费支持。陆明泉说："虽然咱们不富裕，但这钱还垫得起，也值得垫。"

其实，陆明泉心里的账算得妥妥的。要是这事搞成了，北斗导航、清华团队都成了。要是最后没搞成，也培养了人才，对于清华也是收获。

再说，陆明泉之所以敢"当掉衣裤"决一死战，是因为他对自己的团队有信心，团队的科研条件、技术积淀，在那些"正规团队"面前不仅丝毫不逊色，甚至要稍胜一筹！

当然，陆明泉也深知，清华大学北斗团队要背水一战、战无不胜，还需要出奇制胜。这个"奇"，就是前瞻的目光。为此，他们对北斗导航信号提出了"十二字"设计目标，即"站得实、立潮头、入主流、管长远"。

"站得实"，就是要立足未来用户使用场景搞设计，确保未来用户能用、好用。

"立潮头"，就是准确把握未来导航信号发展趋势，敢用、多用新技术。

"入主流"，就是主动融入国际 GNSS 大家庭，实现与其他 GNSS 互兼容、互操作。

"管长远"，就是着眼我国卫星导航产业未来可持续发展，为北斗产业实现弯道超车创造条件。

目标高远，意味着路途遥远、跋涉艰难。在大系统总师组的领导支持下，在兄弟团队的大力协助下，陆明泉带领清华北斗团队经过十年顽强进取、潜心钻研，取得了一系列具有世界先进水平的科研成果。当他们带着自己用心血凝成的成果，正式参加北斗三号 B1、B2 信号设计成果角逐时，仿佛"半道上杀出个程咬金"，几乎让所有人为之瞩目。

最终，他们作为主力军参与设计的新一代导航信号，以其设计方案上的创新性与先进性、兼容与互操作能力及其拥有的完全自主知识产权，不仅得到了国内导航专家的广泛认可，得到了大总体的采纳，而且赢得了外国专家的普遍尊重。

在 2018 年 2 月 1 日举行的美国导航学会颁奖大会上，该学会把一项年度大奖——"早期成就奖"，颁给了中国青年学者、清华大学北斗团队的姚铮博士。

"早期成就奖"，是美国导航学会为三十五岁以下青年学者颁发的国际导航领域的最高奖，以表彰在学术生涯早期对国际导航科学和技术做出突出贡献的青年学者，每年只有一名获奖者。美国导航学会把该奖颁给姚铮，旨在表彰"他在新一代 GNSS 信号结构和复用技术研究中的开创性工作，以及在新一代北斗卫星导航系统信号设计工作上做出的努力"。

它既是对姚铮创新成就的肯定，也是对新一代北斗信号体制水平的认同。

43　老路不通，勇辟新路

当初，中国北斗卫星导航系统建设"三步走"战略公布后，曾有一些国际友好人士为中国担心："北斗'三步走'，前两步好走，第三步很难走。"而那些喜欢看中国笑话的人则窃喜："北斗二号仅覆盖亚太地区，对于中国不是问题，可北斗三号要覆盖全球，看你中国怎么走！"

这一步，的确太难走！

作为全球卫星导航系统，不仅需要在太空布设数十颗卫星，同时要在地球上各个地区建设众多的地面站点。如美国的GPS，就在全球各地建了众多地面站。可中国难以在全球布设站点，建不成"地网"。这是北斗卫星导航由区域向全球拓展面临的首要亦是最大障碍。

不能在世界各地建设地面站点，北斗全球系统就不建了？北斗工程"两总"的回答是：全球卫星导航系统，中国不仅要建设，而且还要达到世界一流水平！

北斗工程"两总"大胆决策：既然不能像GPS那样建"地网"，那我们就构建星间链路，在星星之间、星地之间，织成一个"天罗地网"。

那么，星间链路又是一条什么路呢？

文艺范儿这样说：信息天路串并联，从此天堑变通途。

严谨范儿这样说：星间链路是航天器与航天器、航天器与地面站之间具有数据传输和测距功能的无线链路。

星间链路，是典型的中国特色、北斗绝技！

为确保建成这个"天罗地网"，跨过这道最大、最难的坎儿，2009年，北斗三号刚拉开基础研究序幕时，北斗工程"两总"就把星间链路系统作为北斗重大专项的重中之重，举全国之力，予以强力攻坚。

全国多家颇具实力的研究院（所），闻知北斗三号要上星间链路的消息，跃跃欲试、积极迎战，纷纷展开预先研究。但由于缺乏系统管理，一时间出现了各自为战的局面，致使研制热情高涨，但研究进展缓慢。

北斗工程"两总"认为，星间链路既是北斗三号全球导航系统建设的关键，也是世界卫星导航的奇迹，是太空通信的"世界第一网"，创新难度大、要求高，要确保信息通畅、安全可靠，必须首先进行总体设计，并把这一任务交给了北京跟踪与通信技术研究所。

在北斗工程"两总"领导下，北京跟踪与通信技术研究所联合中国空间技术研究院、上海微小卫星工程中心、清华大学、武汉大学等单位的技术力量，很快完成了星间链路信息传输协议设计。

在此基础上，北斗工程"两总"面向全国组织星间链路项目招标。经过一番竞争，中国空间技术研究院、高新科技研究院空间仪器工程团队等三家单位成功中标，成为星间链路主要研制单位。通过深入调研、反复论证，中国空间技术研究院提出了一种前瞻性强、实现难度较大的技术方案。与此同时，王教授、杨教授率领的空间仪器工程团队提出了一种技术相对成熟、保险系数较高的技术方案。

进入工程阶段后，北斗工程"两总"经过反复研究斟酌，基于当今技术条件，也考虑到工程时间紧迫，决定采用高新科技研究院的技术方案。

44　星间苦恋

高新科技研究院空间仪器工程团队，对星间链路技术攻关可谓期待已久。

早在 2008 年，他们在对北斗全球系统关键技术进行分析预研的基础上，成立了星间链路项目组，并在杨教授的带领下，自告奋勇、自筹经费，开始展开星间链路基础技术探索。

星间链路工程实现难度非常大：不仅测量距离、信息传输量增加了一个数量级，而且卫星以每秒七八公里的速度运行，要相互对准难度本来就很大，相隔几万公里的卫星之间要实现厘米级距离测量，更是难上加难。

虽然在此之前美国 GPS 等卫星导航系统也曾尝试星间链路技术，但打个比方说，那充其量是乡间小路，甚至是羊肠小道。而北斗的星间链路，需要的是三车道、四车道高速公路，甚至是"太空高铁"，是中国航天的伟大创举！

为给北斗啃下这块硬骨头，王教授、杨教授给大家做了个既别开生面又令人刻骨铭心的动员。

"星间链路好比一块坚硬的石头，成功的美玉就在石头中心，只有把石头捏碎了，才能看到美玉。"说罢，王教授真的从兜里摸出一块石头，咚的一声放在面前的桌子上，"现在这块石头就摆在我们面前，我们有两种选择：要么不去碰它，要么把它捏碎在手里。如果大家不愿碰它，现在还来得及。"

大家说："为国家大工程做贡献的机会难得啊，怎么能放弃呢？"

王教授一把抓住桌上的石头说："既然要把它捏在手心里，那我们就捏牢它，我们宁可把手腕捏裂，也要把它捏碎。"

就这样，他们带着"宁可腕裂，力求石碎"的决胜信念、决绝勇气和决然毅力，对星间链路发起了强烈攻势！

此后两年时间里，项目负责人杨教授带领大家死死捏住星间链路这块石头不放，硬把它捏开了一条缝——提出了全球领先、测量与通信兼容的星间链路方案，并经过多轮竞争性评选，终于从众多竞标团队中脱颖而出，成为三家星间链路承研单位之一，获得卫星导航重大专项支持。

杨教授带领项目组攻克星间链路系列核心技术，实现了有关技术性能的一系列跨越：主要技术指标提升了十到三十倍；测距精度相当于能看到两千公里外的一根头发丝；温度控制性能比原计划提高一倍！

这些优异的技术性能里凝聚了多少心血与汗水，从郭工程师的故事里可见一斑。

小郭从 1999 年读本科到 2010 年博士毕业，是名副其实的十一年苦读：在硕士和博士研究生期间，他就参与了多个重大工程项目攻关，忙得年近三十了，连与苦恋了三四年的未婚妻操办婚事的时间都没有。

博士毕业时，小郭想，该与她结束苦恋，成家立业了。哪知，他刚参加毕业典礼回来，导师王教授、杨教授就把他叫到办公室。

"小郭，请坐。"两位导师笑眯眯地望着面前这个年轻的科研老兵说，"我国北斗卫星导航系统要想服务全球，建成世界一流导航系统，就必须攻克星间链路系统这一瓶颈，'两总'把这个光荣而艰巨的任务交给我们，我们一定要打赢这场攻坚战。你的师兄们已经在冲锋陷阵，在方案设计论证上取得了创新性突破，今天找你来就是要你即刻投入这场战斗。"

2011 年春天，郭工程师风尘仆仆地前往成都中电集团某研究所，开始投身星间链路攻坚战。

郭工程师知道自己肩上的担子有多重。星间链路技术路线是中国独创，是中国北斗系统迈向全球的唯一出路，是一座"独木桥"，是建成世界一流导航系统的关键。

星间链路技术路线也为工程实现之路增添了重重关卡，把"手拉手的串行"，变为"面对面的并行"模式，相对关系由静止变为每秒变化七八公里，测量与信息传输距离增加数倍甚至数十倍，给对准、测量和通信带来极大的困难。

如何破解距离、速度和精度的矛盾？

空间仪器工程团队创造性地提出了崭新的星间链路技术体制，在天上架设了"高速公路"。这一技术体制，在世界航天领域是别人没碰过也不敢碰的超难技术。因此，科研设备、试验数据……都是零，需要研制各种设备，需要进行大量的试验，需要收集海量数据，需要从中寻找出各种规律及各种信息处理的方法……这些工作，量有多大、难度有多高，可想而知。

攻关难度超常，而完成任务还不能超时。北斗工程建设就像一列高速运行的列车，每一个站点都有严格的时间节点，车上无论哪个系统、哪个环节出了问题，都会导致列车受阻，影响工程建设进程。

郭工程师埋头追赶着北斗工程建设的"高速列车"。他给自己定下了一个雷打不动的工作制：每周工作七天，每天十六个小时；攻关遇到问题，不解决不下班；工作时间手机关机。而实际情况是，几乎每天都会遇到难题，几乎每月要熬十个通宵。每天最大的享受，就是打开手机给未婚妻打个电话，听听她的声音，听她聊聊工作中的酸甜苦辣，也听听她的爱恋与埋怨。

一天，未婚妻对他说："亲爱的，你再忙，也得挤时间把咱们的婚事办了。咱们从你读博时开始恋爱，都三四年了，算是标准的马拉松了，再不办婚事，咱们都成剩女剩男不说，别人都会以为咱们感情出问题了。"

是啊，他爱事业，也同样爱她，为什么不"鱼和熊掌兼得"呢？于是，他给自己加码，腾出两天时间，在 2011 年 7 月 26 日上午飞回单位，在机场与她会合，手挽手走进婚姻登记所，领了红彤彤的结婚证，并在这年国庆节回东北老家举办了婚礼。

郭工程师的项目攻关走完一个阶段后，上级前来联合检查。有关部门对这次检查很重视，北斗工程总师、副总师都来了。看了他们的星间链路模拟演示后，孙家栋总师说："你们要继续加强攻关，把一个个未知难题搞清楚，并进行充分验证，确保在工程建设中好用、管用。"

孙家栋总师对他们前期工作的充分肯定和鼓励，让这个三十出头的小伙子感到万分激动和信心十足。

2012 年春节过后，郭工程师返回成都。不久，妻子传来喜讯："咱们的小宝宝要来了。"可没多久，妻子又传来消息，她出现流产征兆，医生让她必须卧床休息一个月。

百忙中，思妻心切的郭工程师想尽办法挤出时间回来探望妻子，轻轻地对她说："我给你洗个头吧。"他上锅炉房打来热水，轻轻托起妻子的头，浇上温水，和上洗发液，慢慢地搓洗，轻轻地梳理……洗完头，他又马上返回成都，一头扎进了实验室。

有关部门组织的星间链路设备比测开始了。参加比测的几家单位，都拿出自己精心生产调试的设备进行对抗式演示。让郭工程师没想到的是，第一场比测，他们竟然输了，而且输得很惨！

怎么会这样？郭工程师连续一周失眠，大脑细胞高速运转，仔细梳理系统设计方案，检测每个设备的技术状态，终于找到问题的症结所在。至于如何解决问题，他面临两种选择：一是在原方案上打补丁，堵住漏洞，提升设备性能；二是推翻原有方案，另起炉灶，设计新的算法。前者实现容易，但性能提升空间有限；后者前景广阔，但推倒重来需要耗时半年，而距离下一场比测又只有一个月时间！

郭工程师毫不犹豫地选择了后者，用一个月干完了原来加班加点半年才完成的任务。

第二场比测，小郭的设备研制团队反败为胜，而且设备性能指标大幅跃升，使其他单位大为惊讶。

那天，郭工程师走到镜子前一看，险些把自己吓住了：镜子里的自己，头发又乱又长，脸庞又黑又瘦，眼窝深陷，让他都快认不出自己了。

但郭工程师没有松劲，带领团队继续加班加点深入挖潜，继续完善改进设备，在第三场比测中，他们以绝对优势稳占鳌头。

第十一章

"竞争"撬动北斗

北斗全球卫星导航系统建设情况更复杂，任务更艰巨。有关部门果断建立竞争机制，激活了科研活力，凝聚了创新力量。

在竞争中脱颖而出的上海微小卫星工程中心，在北斗卫星研制中实现了一系列颠覆性创新，成为北斗工程建设的重要团队。

45　北斗的"支点"

北斗三号工程管理比北斗二号更加复杂，技术创新难度更大，系统质量要求更高，自主可控更加紧迫，建设速度更难保证，工程风险更难控制……这一系列难题如何破解？北斗工程"两总"肩头的压力极大，就像北斗三号即将覆盖的整个地球都压到了他们身上。

阿基米德说，给我一个支点，我能撬动整个地球。此时此刻，北斗三号工程建设就需要这样一个支点，来撬起北斗全球系统。

这个能撬起"地球"的支点在哪儿呢？

那段日子里，北斗工程"两总"及总体部的领导们，上班时思考，上下班的路上思考，晚上站在阳台上仰望着满天星斗还在思考，甚至梦境里也围着它打转转……

经过一番深思熟虑，"两总"和总体部领导们的思维都锁定在"竞争"二字上。

竞争，是凝聚力量的黏合剂，是创新潜力的挖掘机，是工程提速的助推器、工程质量的凝固剂、工程价格的活杠杆。竞争机制、竞争管理，作为工程管理者手中的魔力棒，已成为当今世界大科研、大工程管理的趋势，就连航天工程这样的以"单打独斗"为特色和传统的国家工程，也开始引入竞争机制，培育竞争土壤，建立竞争体系。

如美国宇航局，自从1958年7月由美国总统艾森豪威尔签署命令创建后，一直是美国联邦政府制定、实施太空计划，开展太空科学研究的唯一国家行政性科研机构，在美国航空航天领域具有"一家独大"的垄断地位。美国宇航局创建以来，创造了一系列人类航天壮举，为美国打下了"世界头号航天强国"的地位。但与此同时，其一家独大的种种弊端也逐渐显露出来，并开始对其继续做大做强产生反作用。

美国著名的特斯拉公司把汽车产业作为其立身之本和发展主业，虽也涉足航天产业，但一直未能形成大气候。21 世纪初，美国政府为打破国家航天局"一家独大"、发展乏力的局面，为培育竞争对手，激活航天科技创新，决定扶持马斯克创建的太空探索技术公司（SpaceX），政策激励、经费资助双管齐下。

在美国政府支持鼓励下，马斯克对公司航天产业精心布局，带领科技人员大胆创新，公司航天科技迅猛发展。2018 年，该公司研制的猎鹰重型运载火箭，在三百多名航天科技人员的见证下，成功地把一辆特斯拉轿车送上太空。在不久之后的另一次发射中，又成功回收三枚一级火箭，成为近年来人类航天科技发展史上的一大亮点和标志性事件，引起世人广泛关注，并为美国航天科技创新注入了强劲活力。

再如美国的 GPS，也成功运用了竞争杠杆，让波音公司、休斯公司等数家实力雄厚的航天公司同时研制 GPS 卫星，形成了竞争态势，确保了卫星研制进度，提升了系统性能，并有效地控制了研制价格。

中国北斗三号全球系统建设，也需要"竞争"这个支点的撬动、激活和保证！

当北斗总体领导向"两总"汇报这一设想时，"两总"领导表示，北斗卫星导航系统尤其是卫星系统实行竞争管理，用竞争机制促进工程创新、推进工程速度、保证工程质量、降低卫星研制价格，刻不容缓！

建立竞争机制，首要任务是发现和扶植新的卫星研制团队，形成卫星研制多头竞争格局。经过深入调研，总体部把目光瞄准了上海微小卫星工程中心。

上海微小卫星工程中心是一颗刚从航天地平线上升起的"新星"。

在 20 世纪，人造地球卫星按其重量可分为大卫星（一千千克以上）、小卫星（一千千克以下）。2000 年，中国科学院副院长兼上海技术物理研究所所长严义埙前往欧洲考察时发现，英国已经开始研制微小卫星（一百千克以下），意识到中国若不及时展开该领域研究，在这一新兴领域将落后于人。回国后，严义埙立刻让技术物理研究所副所长沈学民组建微小卫星研制队伍，开展基础研究，并建议中国科学院牵头开拓这一崭新学科方向。

严义埙的建议，有人赞同，也有人反对。赞同的人认为，这是一个具有前瞻性也非常有前途的学科方向，中国科学院应该把它作为新的学科增长点，及早建设，早出成果。反对的人则感到，航天工程涉及系统太多、面太宽，协调难、出成果难。但中国科学院上海分院的领导非常支持这一新生事物。

为建立起用先进技术引领空间技术发展的开放式机制，中国科学院上海分院在微系统研究所组建了微小卫星工程部。沈学民带领技术物理所微小卫星团队的二十多名科技人员加入其中，成为微小卫星工程部的主要班底。2003 年，中国科学院整合全院航天技术力量，组建了上海微小卫星工程中心，沈学民担任首任中心主任。中心成立不久，便接到创新一号通信卫星研制任务，为我国成功研制出第一颗仅有四十四千克重的微小卫星。紧接着，中心又推出我国第一颗仅有二十二千克重的空间飞行器，作为神舟七号飞船的伴星，完成了对我国航天员首次出舱的实时直播，成功地为我国航天领域开辟了一个崭新的方向。通过这些航天工程任务，上海微小卫星工程中心增强了学术底蕴，积淀了工程经验，壮大了技术力量，成功地在航天领域开辟了"根据地"，站稳了脚跟。

2006 年底的一天，沈学民在北京开会时，中国科学院光电研究院研究员吴海涛找到他说："北斗全球导航系统建设已获批国家专项，中国卫星导航工程中心想与你们合作。"

当晚，吴海涛和中国卫星导航工程中心副研究员、专项报告主要起草人之一的杨强文，一起邀请沈学民在北京一家小酒店的包厢里见面。

杨强文一坐下，便直率地对沈学民说："我今天不是代表个人来，而是受我们中心冉承其主任的委托，来和你们中心谈合作的。"

沈学民听了，感到有些突然："和你们北斗合作？我们这刚刚起步的航天新兵哪有这个实力？"

杨强文认真地说："我这可不是开玩笑，而是十分真诚地邀请你们加入北斗行列。"

沈学民也十分冷静："我说的也不是客套话。我们团队做小卫星可以，做大卫星太难了，我们想都不敢想。"

杨强文说："我们邀请你们加入，是对你们今天的实力、未来的发展进行了认真论证、评估才决定下来的。北斗'两总'、北斗总体部相信你们能做好，你们大胆去做。我们冉主任说了，你们搞成了，功劳算你们中心的、算中国科学院的；若出了差错，我们北斗总体和你们一道承担责任。"

沈学民被北斗总体部领导的真诚所感动。他轻轻地向杨强文点了点头："好吧，我们先试试。"

杨强文说："不是试试，而是一定要扑下身子搞。跟您说实话吧，我们北斗总体部从来没有主动邀请过哪个单位加入进来，你们中心是第一家。北斗工程建设急需把竞争机制建立起来，尤其是卫星系统，特别需要你们这支新兴力量的加入。您回上海后，尽快写个方案上来，我们把它编到专项实施方案中，先报到上面去。"

此后连续几天，沈学民都是胸口嘣嘣跳，眼前"一片黑"。自从担任微小卫星工程中心主任以来，他一直在苦苦寻找单位建设发展新的突破口，没想到研制北斗卫星这样的大好机遇，竟然像"天上掉馅饼"一般掉在他们跟前，他能不激动得心里嘣嘣跳？可微小卫星工程中心成立刚几年，型号任务也经手不多，突然要搞北斗卫星，对这样一块"大馅饼"如何吃，他眼前"一片黑"，不知从哪里下口。但眼前的黑夜，终究挡不住前行的渴望，沈学民决定带领大家啃掉这块"大馅饼"。

经过艰苦摸索、反复论证、精确计算，上海微小卫星工程中心提出了新技术含量大幅提升、研制价格大幅下降的北斗卫星研制方案。

2007年，中国卫星导航系统管理办公室成立，首任主任杨长风、副主任冉承其等领导决定加快卫星系统竞争机制建设。这年5月，冉承其风尘仆仆地来到上海微小卫星工程中心，与中心主任沈学民进行了一次推心置腹的谈话。

冉承其说："今天我要掏心窝子问您个问题。"

沈学民说："那我也一定掏心窝子回答您。"

冉承其说："那您今天给我一句话：您干北斗，是准备湿鞋，还是准备湿身？"

沈学民说："好，我给您一句掏心窝子的话。请放心，我绝不会只在北斗工程这片大海边漫步一圈，湿湿鞋就溜。要么不干，要干就跃入大海，潜到海底，让自己全身湿透！"

冉承其说："有您这句话，我们就敢大胆地把任务交给你们，也一定会尽最大努力支持你们。"

为了加强中心科研力量，沈学民前往北京找到中科院光电研究院院长相里斌，商议把林宝军带领的卫星研制团队增强到上海微小卫星工程中心，得到了相里斌的积极回应。

这时，沈学民已年满六十光荣退休。但为了那句"全身湿透"的承诺，他拒绝了多家单位的高薪返聘，继续留在微小卫星工程中心担任北斗型号副总设计师，一干就是十年。他不仅积极出谋划策，协助总师做好技术设计，而且始终和年轻科技人员一起战斗在第一线，几乎每次卫星发射都主动请战，担任最后一个撤离发射塔架的"敢死队员"。

2009年，中国卫星导航系统管理办公室首任主任杨长风被任命为北斗二号副总设计师，冉承其接任办公室主任。当年，中国卫星导航管理办公室鼓励上海微小卫星工程中心参与北斗卫星研制，中心开始自筹资金，全面铺开卫星研制。

2011 年，中国空间技术研究院与上海微小卫星工程中心同时承担北斗三号试验卫星研制任务，标志着卫星系统竞争机制完全确立，北斗卫星设计随之呈现出轻量化、集成化、智能化新趋势。上海微小卫星工程中心北斗团队建设从此驶上快车道，经过短短几年奋斗，便在国家卫星研究领域奠定"三分天下有其一"的重要地位，成为北斗三号卫星系统的一支重要的竞争力量。

在北斗工程"两总"坚强领导、大力支持下，冉承其率领大家通过广泛调研、深入研究、反复论证、精心布局，建立健全了北斗项目招投标制度，每一个产品、每一项技术都面向全国招标，而且研制生产单位达到三家以上，实行公开竞争、择优使用、滚动发展，确保了北斗工程进度按节点推进、关键核心技术不断突破、系统整体性能稳步提升。

46　高飞的雏鹰

2009 年，相里斌带领光电研究院卫星团队南下上海，与上海微小卫星工程中心北斗团队胜利会师，组建了相里斌任总指挥、林宝军任总设计师的北斗卫星团队。

会师后，团队急需解决两个问题：一是如何统一思想、凝心聚力；二是如何统一技术路线、明确攻坚方向。

型号"两总"经过深思熟虑，向团队成员提出了建设世界一流导航系统的鲜明口号。高远的理想、明确的目标，凝聚了团队意志，点燃了创新激情。

的确，在世界卫星导航领域，在 GPS 研制团队、伽利略导航卫星研制团队等实力雄厚的同行面前，刚刚组建的上海微小卫星工程中心充其量是只开始学习飞翔的"雏鹰"，然而这只"雏鹰"却有着高飞的梦想，而且还练就了一双有力的翅膀，那就是打破常规、大胆改革、勇于创新！

航天工程经费的使用与管理，按惯例是先拨经费再启动研制。2011 年有关部门与微小卫星工程中心签订第一批项目合同时，只下拨了两颗 MEO 卫星的经费。但五年后北斗工程需要他们拿出六七颗正式型号卫星，如果按"一笔经费一个型号"的老套路，根本无法完成研制任务，势必影响北斗工程进度。针对这一矛盾，总指挥相里斌打破惯例，不等不靠，通过自筹资金，几乎在首星开始研制的同时，及时启动了数颗型号卫星的研制任务，确保在一代卫星研制周期里完成两代型号卫星研制任务。

现任总指挥李国通，虽然在团队组建之初是名北斗新兵，却有着丰富的航天工程历练。李国通干过"创新"系列型号卫星，历任设计师、主任设计师、部门负责人。2003 年，欧盟伽利略全球导航系统邀请中国加盟后，上海市组建了伽利略公司。李国通作为上海地区代表，与伽利略开展合作。虽然中欧伽利略合作之路坎坷不平，让李国通深感遗憾，但他也从中学到了很多的项目管理经验。

在李国通的建议下，型号"两总"决定参照欧洲航天局标准，结合国内航天经验，组织力量撰写导航卫星《管理卷》《质量卷》《工程卷》《软件卷》，形成了统一、系统的导航卫星工程实施细则和标准，成功地改变了"决策快、实施慢"的状况，各种会议削减三分之二以上，工作效率提高了近两倍！

我国科研机构的设置，通常按"院（所）—机关—研究室—项目组—主任设计师—设计员"设计，层级细致繁多，上级意图逐级下传，下级意见逐级上呈，耗时费力，还极易出现相互推诿现象。

针对这一"多层塔式"管理弊端，他们大胆推进"扁平化管理"：打破行政、技术领导之间的壁垒，中心领导兼任型号"两总"，实现了单位领导、型号领导"合二为一"；设立专司型号任务管理的型号办，去除中心机关对型号任务的领导职能（只负责支撑保障型号办工作）；简化上传下达方式，重大决策写报告，一般问题口头请示；疏通上下交流渠道，底层设计员有重要创意可直接找总师、总指挥交流，总师、总指挥紧急情况下可直接与基层设计人员沟通。

通过这些改革，成功地实现了"塔式管理扁平化"，免去了层层报告、层层签字、层层批复等繁文缛节，工作效率随之大幅提高，大大激发了广大科研人员的工作积极性、创造性，团队里出现了竞相使用新技术、竞相提出新创意的浓厚氛围。

2015 年，他们带着首星来到西昌卫星发射中心，仅用一个月便完成星箭结合、综合测试，不仅比国内同类测试时间缩短近三分之二，而且比国外同行效率提高近一倍！

47 会"思考"的新一代卫星

战场上的轻骑兵，队伍精干，战术灵活，从不循规蹈矩，甚至反其道而行之，常有意想不到的战果。上海微小卫星工程中心就是这样一支北斗轻骑部队，而中心副主任、研究员，新一代北斗导航卫星总设计师林宝军则是这样一名"轻骑战将"。

林宝军虽是"60 后"，却是一名航天老将，大学毕业就开始干航天，还曾担任载人航天工程应用系统副总设计师，参与了从神舟一号到神舟三号的全部论证工作，学科底蕴深厚，实践经验丰富。但他并没有囿于已有的知识经验，而是随着事物的变化不断求新，认识事物另辟蹊径，科技创新别具一格，为人处事独树一帜……无论做什么，他都力避按"常规出牌"，喜欢特立独行，追求"和别人有些不一样"。为此，他的团队成员给他取了一个褒义满满的雅号——"另类总师"。

2017 年 5 月，林宝军荣获首届全国"创新争先奖"。媒体记者得知消息，前来采访林宝军，让他谈谈自己的创新经历、创新成果以及获奖体会。林宝军却与记者谈起了哲学与艺术："哲学作为对世界万事万物的高度概括与总结，以及对其发展变化的规律性认识，是我们了解世界、打开世界奥秘之门的金钥匙，也是我们所从事的科研创新工作的方法论。""人是有灵魂的，人有了灵魂，才有思想；世间万事万物也有灵魂，有了灵魂，它们才与众不同、脱颖而出，比如艺术品，只有赋予其灵魂，才有灵性，才是真正上档次的艺术品。同样，卫星也应该有灵魂，有灵魂的卫星，才能称得上是精品卫星。因此，要像创作艺术品那样去做卫星，用饱满的创新激情赋予卫星灵魂，让北斗成为一件艺术品。"

林宝军的这些观点在媒体发表后，团队成员又送给他另一个褒义满满的雅号——"灵魂总师"。

为让新一代北斗卫星"有灵魂""会思考"，林宝军在国内第一次给卫星设计了一项看家本领——在轨赋能：让天上的卫星"有错能改""有病自治""功能刷新"。哪知历尽坎坷才完成的卫星在轨赋能设备，到与卫星载荷生产单位联系生产时，却遇到了强大阻力。人家说他的在轨赋能太有想象力了，简直是异想天开，根本不可能实现，说什么也不愿跟他一块儿瞎折腾。没办法，林宝军只有坚持不懈地给大家"洗脑"，连着几天从早上 9 点一直"洗"到晚上 12 点，整整"洗"了三天，"洗"得口干舌燥、嗓子眼冒烟，才说服大家同意与他一道完成这次航天"首创"。

卫星研制是"高、精、新"的技术活，不仅需要创新技术，也需要工艺积累、个人经验。因此，那些参加工作多年、有着丰富经验，用起来"顺手"、干起来"对口"的"老卫星"便成了"抢手货"。但林宝军却偏爱年轻人，用他的话说："年轻人，经验少甚至没经验，给人印象是这不会做那也做不好，但他们观念新、脑子活、张力大、可塑性强、接受新生事物快，正好契合了新北斗的新要求。经验可以通过传授和积累来弥补，但观念和思维方式一旦固化，就一时半会儿改不了。"

林宝军还喜欢给年轻人压担子。当年，他担任神舟系列飞船副总设计师时，设计团队里的主任设计师多是一些所长、主任，甚至由院士担任。但在新一代北斗导航卫星团队里，主任设计师、主管设计师基本上是"80后"，而且绝大多数没担任过行政职务。

有一个博士刚参加工作不久，林宝军就让他担任一个重要系统的技术负责人。年轻博士既欣喜又惶恐："林总，我恐怕不行啊。"

"你还没干，怎么就知道不行？"林宝军鼓励说，"我就认为你行，大胆去干吧！"

年轻博士还真行，很快就使项目取得较大进展。林宝军闻知，立刻来到现场，对年轻博士大加赞赏："你看，我说你行，你果真就行。我看你不仅能干成这个项目，以后还能干成很多大项目。"

哪知几天后，由于经验不足，年轻博士就遭遇了挫折，导致了一些经济损失。年轻博士满怀愧疚地来到林宝军办公室，深深地埋着头说："林总，这个错误我犯得太不应该了，您骂我吧。"

没想到林宝军却搬过一张椅子，拍拍年轻博士的肩膀请他坐下，然后笑着说："你这个项目干了不久就有进展，势头不错啊！虽然这次走了段弯路，但你敢于尝试的精神还是值得肯定的。"

犯了错，还受表扬，连年轻博士自己都诧异："林总，您怎么不批评我呀？"

林宝军依然一副笑脸:"看你刚才进门那样子,垂头丧气,都不知道在心里骂过自己多少回了吧,还用得着我再批评吗?这时候,我该给你提气、鼓劲儿才是。"

林宝军没看错,年轻博士果然很争气,项目完成得非常出色,参加工作两三年就成为主任设计师。

林宝军曾这样概括自己的管理艺术:"我们中国人一讲到严格要求,就是要多讲不足、多批评指正,而事实上,催人成才主要靠表扬。孩子喜欢听人夸,长大了也一样,好孩子都是夸出来的。"因此,他对自己的团队实行"辩证管理":既然要给年轻人压重担,就要允许年轻人跌跟头、犯错误;既要对技术瑕疵零容忍,又要对人才容错;既要让年轻人受得了重压,又要让他们看得到前途和希望。

前些年,中心任务陡增,急需引进一批高端优秀人才。哪知招聘通知公布后,前来应聘者寥寥无几。人力资源部的同志大念苦经:"到我们中心工作,加班加点,工作辛苦,可经济待遇又不高,不说高学历人才,连大专生都看不上。"

林宝军仔细看过人力资源部门的招聘广告后,一针见血地指出:"你们的招聘出问题了,而且是方向性错误。你们太不了解青年知识分子了,虽然他们的经济意识比过去的年轻人更明显,但也并不是一心扎进钱眼里。他们有使命理想,也很看重事业成就,要是让他们知道,来我们中心干几年就能干上主任设计师,你看他们来不来?"

果然,人力资源部照林宝军的意思修改招聘广告,公布出来后,马上就有不少硕士、博士研究生前来应聘。

2011年11月,新一代北斗导航卫星研制任务得到批准,正式启动实施。这时,按照北斗卫星导航系统建设时间节点,他们既要突破多个关键技术攻关难题,还要按流程走完研制方案、初样、正样三个阶段,但时限却不到四年。产品研制的速度要求,只相当于国际同类卫星研制周期的一半。

时间如此紧迫，他们需要全程"百米冲刺"，而冲到最前面的就是总师林宝军。

从北京来到上海，他的家乡北京就成了"异乡"，而异乡上海却成了"家乡"，若非工作原因，他基本不回去，经常两三个月难得回家一次。曾有记者问他："你想家里的亲人吗？"他说："想，很想，过节时更想。"记者说："那你就经常回去看看他们呀。"他说："上海这边事情多，没做完做好，回去也待不住。"记者说："那一个人在上海孤单吗？"他说："不孤单，中心也是我的家，北斗导航卫星是我的孩子，所有团队成员都是我的家人。"

为了尽快确定导航卫星有效载荷状态，林宝军带着结构设计师、热控设计师等十余人赶到位于成都的合作单位，连续熬了三个通宵，向大家实地分析讲解，解决关键技术。三天三夜里，为给自己醒脑提神，他几乎喝光了一箱红牛。因为过度劳累，身体透支太大，问题解决后，他整整一周说不出话来。

总设计师奋不顾身，其他人跟着向前扑。整个团队齐心协力，硬是在三年三个月里，拿下中国首颗新一代北斗导航卫星，创造了卫星研制速度"中国之最"。

在林宝军身上，不仅有航天人坚忍、求实的品格，更有航天人无所畏惧的冲天豪气。

2015 年，新一代北斗导航卫星发射成功后，记者让他谈谈北斗的未来，他满脸笑容地说："未来，我对北斗卫星有三个期待。第一就是皮实、好用，不断改善用户体验，也许不远的将来，我们可以直接向卫星提要求，需要什么数据直接向卫星要；第二是不断改善卫星自主管理和在轨赋能能力，尽量简化地面管理；第三，各项指标要全面提升，真正服务于民生，甚至能产生改变世界的力量！"

听到这里，记者脸上不禁滑过一丝惊讶："产生改变世界的力量？"

"是的。"林宝军自信地点点头,"总会有一天,人们像现在把苹果手机换成华为一样,喜欢北斗胜过 GPS。到那时,北斗将会像网络技术迎来网络时代一样,开创一个北斗时代!"

48　颠覆式创新

平时,林宝军对团队成员说得最多的话是"要让卫星艺术化""要赋予卫星灵魂"。

如何让卫星艺术化,又如何赋予卫星灵魂?

林宝军说:"就是我们在研制卫星时,要像艺术家创作艺术品那样,要有创意、有思想、有个性,并通过精雕细刻,把自己的个性、创意和思想完美地交给卫星。这样研制出来的卫星,才是艺术化的卫星、有灵魂的卫星。"

林宝军这一卫星设计思想,在新一代北斗导航卫星研制中得到了充分体现。

新一代北斗导航卫星,要求重量大幅减少,达到一千千克以下小卫星标准,而且性能还要大幅提升,导航定位精度更高、工作寿命更长、可靠性更强,并且完全自主可控。这相当于房子越建越小,但房子要越来越牢固,容纳的人要越来越多。

虽然在航天领域摸爬滚打几十年,但研制难度这么大、任务要求这么高、研制时间这么短的任务,林宝军还是头一遭遇到,在小卫星研制史上也前所未有。

过去研制航天器,大到太空舱、载人飞船,小到微小卫星、纳星,一般都是首先把国外的数据找来，反反复复分析研究，如果美国都没有做过的，一般都不碰。林宝军清醒地意识到，如果按此思路，照"猫"画"虎"，很难画出"虎"，即便勉强画出来，也绝对不是"真虎"，而顶多是只"猫"，还有可能是"病猫"。要想画出属于自己的"真虎"，就必须改变观念，打破框框，闯别人不敢闯的"禁区"，上别人没有上的新技术，用别人尚未用过的元器件。

以往国内做卫星，都是走先分系统再组合的研制模式，即把卫星分为结构、热控、姿控、星务、测控和能源等众多分系统，每个分系统由一个任务组来主持，从设计、制造到卫星上天，一路负责到底，最后再拼装成整星。这种"拼图"式组合，同一学科功能在分系统中重复出现，每个系统需要两三台计算机，整颗星计算机多达二十几台，带来了星载大、故障多、能耗高等一系列弊端。

能不能打破传统的分系统模式，走"功能链"设计，合并各分系统中的学科功能"同类项"？

顺着这一崭新的思路，林宝军带领团队大胆地将整星研制分为有效载荷、结构热、电子学和姿轨控等四条功能链，砍掉了六个分系统，把过去的二十四台计算机，变魔术般浓缩为一台，星载计算机的重量、故障率、能耗等，几乎呈几何级减少。

按研制卫星的惯例，卫星外形都选用正方体，飞行姿态采用"竖着飞"。如果照这个老思路设计新一代北斗导航卫星，散热问题就非常棘手，甚至可能是死胡同：因为新一代北斗卫星是一千千克以下的小卫星，而功能要求非常高，功率也水涨船高，达两千多瓦，采用面面相同的正方体外形，根本无法解决散热问题。

难道"正方体外形""竖着飞"方案就是最优吗？能不能另辟蹊径，找到更富有创意的设计方案？林宝军向年轻科研人员提出这两个问题。

经过几番"头脑风暴"，林宝军带领团队将卫星正方体外形改为长方体设计，把"竖着飞"变成"横着飞"。这样一来，卫星几个面表面积有所不同，让较小的面对着太阳，较大的面作为散热面，有效减少热辐射并提高散热速度；"横着飞"则把表面积最大的面作为对地面，使卫星装载更多导航天线，以提高卫星信号发送、接收效率。

这可不是一般的创新，简直是 100% 的颠覆，难免引来不少疑问。

"这种卫星造型，几代航天科学家都没碰过，虽然勇气可嘉，但是不是也轻率了一些？"

"这种形状的卫星，最不稳定了，如何保证卫星的刚度？"

……

对这些疑问，林宝军心里早有了答案。当他把一系列验证、仿真数据送到专家们手中时，各种疑问很快消失了。

新一代北斗导航卫星，终于以崭新的面貌呈现在大家面前。见过它的人，无一不被它的"美丽"所吸引："卫星居然还能做得这么漂亮啊，简直就是一位身段苗条的飞天仙子！"

航天事业投资大、风险高，为确保卫星上天后安全无虞，在进行方案讨论时，通常与会专家心里都有一个尺度，那就是卫星上的设备器件技术要有 70% 是经过上天验证的。这样一来，卫星安全有了保障，但却给技术创新套上了一个"紧箍"，甚至令其陷入"死循环"：越是创新越难以上天。尤其像新一代北斗导航卫星这种采用"颠覆式"创新技术的卫星，是难以领到"通行证"的。

"必须打开这个'紧箍'，突破这个'死循环'！"林宝军对团队成员说，"创新技术来不及上天验证，就把地面验证做实、做够！"

为此，导航总体主任设计师蒋桂忠带领研发团队创造性地提出了更为严苛的"四到四不到"原则：任何一项卫星技术，都必须在地面测试到；

如果测试不到，必须验证到；若验证不到，必须计算机仿真到；如果计算机仿真不到，必须人员保证到。也就是说，所有星上技术，必须在地面反复验证、反复做仿真试验，保证万无一失。

2012年上半年，蒋桂忠和他的同事们一直守在真空环境实验室，从事原子钟单舱热平衡、整星热平衡等试验，过了半年没日没夜的生活。试验结果出来了，卫星良好的热控设计可以保证星载原子钟时刻处在一个舒适的环境——每二十四小时温度变化都不超过一摄氏度，为卫星频率基准保持在更精准的水平提供了技术基础。

方案讨论时，虽然有不少专家说："没有上星走一遭，怎么证明它没有问题？"可当他们拿出充分的验证仿真数据，耐心地讲出自己的依据时，面对海量计算结果，老专家们心悦诚服、频频点头，一致同意给新一代北斗导航卫星发放"通行证"。

由于种种原因，我国航天元器件水平长期低于西方发达国家。长此以往，在卫星研制领域便形成了"用进口元器件保险"的观念，能进口尽量进口，尤其是关键元器件，非进口不可。可林宝军却不这么认为，他说："如果大家都用进口元器件，不用国产元器件，那国产元器件产业如何发展？再说，用进口元器件做出的卫星，再先进也是一只被别人握住套绳的'老虎'，别人不高兴了，把套绳一勒，'老虎'就得听别人摆布了。"为使"老虎"完全自主可控，林宝军带领团队在新一代北斗导航卫星上，大胆采用国产元器件。

林宝军经常说，越是重要的器件，例如中央处理器、大规模存储器，越是不能被人卡脖子。因此，新一代北斗导航卫星首发星上大胆使用了中国科学院计算所研制的"龙芯1E"抗辐照中央处理器（简称LS 1E）和"龙芯1F"抗辐照处理器（简称LS 1F）。为了这个新生事物，林宝军可没少下功夫，他要求项目办不管型号主线工作多忙，都要定期召开一次龙芯的专题调度会，确定接口、管脚定义，协调流片进度，制定验证方案，组织测试试验，终于使国产"龙芯"抗辐照芯片从纸面上的设计理念到成功流片，继而装上卫星，实现了飞天梦！

林宝军带领团队完成的创新之举还有很多，诸如原子钟无缝切换技术的应用，实现了北斗系统工作非计划中断零纪录；高效固放技术，使北斗导航信号质量发生了质的飞跃；氢原子钟的应用，开创了卫星导航原子钟技术新纪元；直发转发信号体制，实现了卫星信号由固定不变到随意改变的飞跃；单独星敏感器定姿技术，使定姿控制精度提升了二十倍……他们在只有通常卫星一半的研发周期里，实现了 165 项技术创新或应用。

这一系列"颠覆性"创新，使北斗导航卫星的新技术含量从 30% 跃升为 70%！导航卫星平均"体重"从两三千千克一下子"瘦身"到不足一千千克，技术性能有增无减，而且核心元器件全部国产化，完全自主可控！它刚一问世，便跻身世界一流！

为了建设世界一流的北斗卫星导航，"创新"这两个字就像血液一样，始终流淌在林宝军的血脉里。2018 年 2 月 15 日，林宝军以北斗精神"自主创新，团结协作，攻坚克难，追求卓越"为藏头，写了一首顺口溜——

自主奋进新愿景，

创新驱动方向明。

团结矢志建北斗，

协作聚力一八梦。

攻坚战鼓催人醒，

克难比肩砥砺行。

追求不懈牧群星，

卓越天网助国盛。

第十二章
握紧手中的"登山绳"

北斗导航是国家战略重器，自主可控是关键。北斗人坚持"用自己的米做自己的饭""用中国技术研制中国北斗"，紧紧握住了"自主可控"这根事关国家前途、民族命运的"登山绳"。

49 做中国卫星，用中国产品

北斗三号系统服务区域要覆盖全球，导航卫星数量比北斗二号增加一倍多，达到三十多颗，工作量空前巨大，而且技术性能标准更高，面临的竞争更为严峻。因此，航天科技集团公司和中国空间技术研究院决定对北斗三号导航卫星研制提前布局，于 2009 年组建了北斗三号导航卫星研制队伍，并任命迟军为型号总指挥，陈忠贵、王平为总设计师。

这是个工程经验丰富且团结协作的型号领导班子。总指挥迟军，此前是研究院总体部党委书记，并兼任两种型号任务总指挥。总设计师陈忠贵曾任总体部研究室主任、北斗二号副总设计师。王平则是一位敢于创新的青年专家，在参与北斗二号导航卫星研制时，他作为北京控制工程研究所导航室主任，带领八个年轻人肩负起导航卫星控制推进分系统研制重任。控制推进系统是国际国内同行公认最容易出故障的系统。王平率领团队敢于创新、敢于担当，给系统上了长寿命陀螺、地球敏感器等一系列最新技术，研制出一体化计算机等新设备，而且还确保了系统在轨工作稳定可靠，受到专家的赞赏与肯定。

北斗三号卫星系统研制队伍成立暨誓师大会结束后，北斗工程"两总"和研究院领导，在小会议室与迟军、陈忠贵、王平集体谈话。"两总"领导意味深长地对他们说："北斗二号正紧锣密鼓发射组网，别的型号任务也非常紧张。在此情况下，'两总'决定布局北斗三号，把你们三个抽出来，不做别的事，专做这件事。为什么要提前布局？因为它的研制难度太大，而且我们还希望要有新突破，要上新台阶，尤其在自主可控方面，要带个好头！"

谈话结束，迟军、陈忠贵、王平三人来到研究院后边的柳林里，沿着林中小道边漫步边探讨交流。这是一个晚春的中午，是大地开始葱茏的季节，也是一天中阳光最灿烂的时分。他们的耳旁都回响着"两总"领导嘱咐的那句话："尤其在自主可控方面，要带个好头！"

他们都有过与外国公司谈判进口器件的经历。此时此刻，他们的脑海里都浮现出谈判桌上对方对商品价格一抬再抬、对产品性能一压再压的情景。

迟军说："中国卫星自主可控问题，是到了非解决不可的时候了，否则它就像个悬在我们头上的不定时炸弹。"

陈忠贵说："是啊，花大价钱买不到货真价实的产品，还时刻面临着断货的危机，这种局面不能再继续下去了。"

王平说："要是供货商再动点歪心思，产品出现瑕疵，麻烦还会更大。"

迟军说："卫星导航既是当今信息技术领域的前沿阵地，更是国家战略平台，如果不能自主可控，我们这些建设者是有责任的，愧对国家啊。"

陈忠贵说："北斗导航工程时间紧迫，性能水平要世界领先，如果不能自主可控，就难以保证建成一流的导航系统。"

王平说："正如老领导说的那样，建设北斗导航就像攀登珠穆朗玛峰，自主可控就是那根登山绳，绝对不能交到别人手里，必须牢牢握在自己手中，不然别人哪天不乐意了，把手一松，后果将不堪设想。"

实现自主可控目标，首先要有一个先进的总体方案做保证。为此，他们在总体设计时，着眼未来可持续发展，大胆应用国产元器件，在技术上勇于突破，实现了一百多项关键技术创新，其中多项关键核心技术充分体现了前瞻性。

型号"两总"带领团队，通过多年科学周密布局，坚持不懈探索，艰苦努力推进，不仅成功地研制出世界一流的新一代导航卫星，完成了繁重的生产任务，而且在中国导航卫星研制史上首次实现知识产权自主可控！

北斗星载芯片，如 DSP 芯片、FPGA（现场可编程门阵列）芯片，是北斗导航卫星关键核心元件，过去完全依赖进口，价格远远高出市场价。卫星隐患绝大部分来自空间辐射，因此卫星载荷尤其像芯片这些高精密、高敏感元件，必须使用具备抗辐照功能的宇航级产品，否则极易导致卫星故障，大大折损卫星寿命。而对抗辐照宇航级芯片，航天大国一律对发展中国家禁运，我们只能进口一些工业级芯片，通过人工反复筛选，"矬子里面拔将军"，再用到卫星上，并通过备份来确保卫星寿命。这也是众所周知的北斗"芯"痛。北斗三号"两总"决心医治这块"心病"。他们丢掉进口的幻想，迈开自主创新的步子，与北京微电子技术研究所、上海复旦微电子集团等单位联手合作，成功研制出与国外水平相当的宇航级 DSP 芯片、FPGA 芯片。这些国产芯片不用筛选，直接上星，性能非常稳定，不仅满足了国家航天需求，而且还对外出口。

星载行波管是北斗三号导航工程的关键核心器件，过去也是依赖进口。起初，外国厂家答应得很痛快，双方顺利地签订了购货合同，虽然对方供货有时不太及时，但还一直履行合同。可到了 2012 年，对方发现这些行波管用于导航卫星时，立刻通知我方说："行波管我们不卖了！"

型号"两总"感到很突然："这是为什么？"

对方公司代表摊摊双手，歪歪脑袋，做无奈状："你们去问输出管理规定吧。"

但对方没想到，我方代表竟是一副无所谓的样子："你们不卖就不卖呗。"

他们怎么会知道，早在 2009 年，型号"两总"就意识到对方可能会有此变化，从那时起就把行波管作为重点项目，开始布局国产化攻关。到了 2012 年，国产行波管的性能质量已经与进口产品相当。

对方公司总裁得知这一情况后，急慌慌飞到中国，请求中方继续购买他们的产品。我方考虑到既然双方签订了合同，同意继续履行合同，把对方厂家已经生产的行波管全部买下。

大功率、全调节母线电源控制器的进口，也同样经历了从"别人不愿卖"到"别人求着买"的戏剧性逆转。起初，外国厂家以"产量有限"为由，一年只同意向中国出口六台，分配到北斗导航的份额每年顶多一台，有时一台也没有。这对于北斗导航卫星研制来说，连塞牙缝都不够。

基于上述情况，北斗三号卫星系统"两总"及早部署技术攻关，通过数年奋斗，终于研制出自己的大功率、全调节母线电源控制器，并且装备了数十颗卫星，上天后的性能表现都很好。

外国厂家得知这一情况，也多次派人来到中国，希望双方可以继续进行产品贸易。

宇航级产品代表着产品质量的最高端，是"精品"的代名词，需要先进的生产工艺和细致的打磨。但由于种种原因，中国国产元器件尤其是航天元器件质量极少能达到宇航级水平。在此情况下，北斗三号导航卫星关键元器件如果国产化，如何确保卫星上天后万无一失？

型号"两总"经过周密思考，决定"引入竞争、提高门槛"，同一产品安排数家单位研制生产，择优选用；验证出台比考核进口元器件更为严格的测试考核标准。

基础薄弱，但标准更高。如何破解这对近乎不可调和的矛盾呢？

型号"两总"扑下身子，深入生产厂家，提要求、出指标，明确努力方向；帮助他们搞培训，提高员工科技素养、生产技能；鼓励企业拨出专项资金，进行现代化技术改造，改进提升生产条件；围绕关键技术指标，与有关单位联手攻关，提升产品质量……

尽管这样，在起步阶段，生产企业依然困难重重，尤其是资金短缺，常让企业面临巨大压力。由于北斗建设专项经费有限，向国内厂家收购产品的价格严格限制在同类进口产品价格内，而前期产品研发、基础设施改造投入巨大，加之产品迟迟难以达标，导致资金入不敷出，有的厂家为此负债累累。行波管研制单位之一——南京三乐集团，就在前期攻关阶段垫付资金两亿多元。然而，哪怕困难再大，公司决策层依然不改初衷："北斗是国家重器，垫付再多的钱也要干下去！"

承担 FPGA 芯片攻关的北京微电子技术研究所、上海复旦微电子集团也曾经垫付巨额资金。他们也是这句话："北斗需要，哪怕赔钱也要去做！"

其他关键核心技术设备研制厂家，包括一些民营企业也都有过类似情况。他们也都是那句话："北斗需要，亏本买卖也值得做！"

他们与北斗事业携手走过黑夜、闯过风雨，也与北斗一起迎来了阳光与彩虹——随着北斗三号高密度组网序幕的开启，这些元器件研发企业也拉开了滚雪球般快速发展的序幕——北京微电子技术研究所在北斗产品支撑下，年生产总值从当初的两千万元飙升到五亿多元；上海复旦微电子集团的卫星导航产品成为其主要盈利点，生产总值增长了数倍；贵州航天电器股份有限公司，仅北斗卫星高密度接插件一项就实现产值逾千万元……

这就是高标准、高难度创新带来的高效益！

在型号"两总"及其团队共同努力下，北斗三号导航卫星元器件国产化率，单机产品 100%，核心器件 100%，元件 95%（其他 5% 均为国际市场无流通限制的大路货）。而每一个过去主要依赖进口的关键技术设备，几乎都上演了从"别人不愿卖"到"别人求着买"的戏剧性故事，进口元器件价格随之一路狂跌！

这种近乎滑稽的戏剧性变化向世界宣告：中国导航卫星元器件被别人卡脖子的时代，一去不复返了！

50 新一代导航，新一代技术

打造自主可控、世界一流的卫星导航系统，既需要元器件国产化，更需要设备技术现代化、特色化。通俗地说，就是别人没有的，你得有；别人有的，你得优。基于这样的认识，在工程"两总"领导下，导航卫星"两总"敢于创新、勇于担当，带领团队开展前沿技术攻坚，实现了星间链路、星载原子钟、北斗卫星平台等一系列重大技术跨越。

星载原子钟是卫星导航核心设备。北斗二号星载铷钟实现了国产化，性能达到高精度水平。北斗三号星载铷钟再上新台阶，达到甚高精度水平。与此同时，性能更稳定、漂移更小的星载氢钟也于2015年9月跟随第二十颗北斗卫星飞上了太空，成功地进行了一系列验证试验。

北斗三号更加密集的组网发射，对"远征"上面级、一箭双星发射模式，提出了更为迫切的需求，导航卫星也随之需要进行颠覆性改进，尤其卫星小型化，更是迫在眉睫。

卫星平台是卫星构成的主要部件，也是实现小型化的关键部件。从北斗一号到北斗二号，北斗卫星的专用平台均采用东方红三号平台。在北斗三号工程启动之初，工程"两总"领导把北斗卫星专用平台列为工程建设关键核心技术。型号"两总"带领团队通过一番艰辛探索，成功突破桁架式结构技术，研制完成"马驹"体量、"大象"驮量的北斗卫星专用平台，变魔术般把过去庞大的卫星平台缩小，重量减轻到只有一百千克，而承载量却达到一千千克以上，完全适应上面级、一箭双星发射模式！

集成度是卫星研制的关键指标，也是造星人不断追求的目标。新一代导航卫星研制团队，绞尽脑汁、千方百计刷新星载设备集成度，将过去分管控制、星务、管理、热控等众多系统的三十多台单机，奇迹般地合为五台，创造了北斗建设史上卫星载荷集成度的新纪录；他们大胆采用高效集中管理电源、锂离子电池、高效太阳能电池等一系列新兴元器件，实现了载荷大大降低、功率大幅跃升的研制目标……星载设备的大幅瘦身，为增强搜救功能、短报文等系统腾出了足够的空间。

卫星轨道精度和卫星时间精度是决定卫星导航精度的两个关键要素。由于北斗三号全球系统不能在国外建站，所有地面站点均在国内，MEO导航卫星大部分时间在地面站点"视线"之外运行，不能通过地面测控定轨，给卫星轨道精度带来极大影响。型号"两总"通过艰苦探索、深入论证，创造性地研制出基于星间链路的星地联合精密定轨和时间同步系统，实现了卫星自我测距、自我定轨，北斗导航卫星轨道精度达到了世界一流水平。

MEO导航卫星在境外运行，还大大增加了卫星管理难度，卫星一旦出现故障，地面站点鞭长莫及。针对这一情况，北斗人巧妙地给北斗三号导航卫星设计了自主管理系统。通过该系统，导航卫星不仅能进行日常自主管理，而且卫星一旦出现故障，还能自主诊断、自主恢复，确保卫星在离开地面控制六十天内，能自主管控，实现稳定可靠运行。

……

北斗三号卫星系统"两总"带领大伙儿完成的百余项关键技术创新，使新一代导航卫星重量从过去的两三千千克减轻到1000千克左右，最小的一颗只有960千克，而功率增加三分之一，服务能力大幅提升！

51　一纳秒也不能放过

北斗人对自己的工作，强调最多的是"细致、细心"，感受最深、最强烈的是"如履薄冰""航天无小事，细节定成败，螺钉支乾坤"，时刻想到"颗颗螺钉连着航天事业，小小按钮维系民族尊严"，不断提醒自己时时事事"严肃认真、周到细致"。

这些并不是空头口号，更不是危言耸听，只要翻开人类航天灾难史，"小小螺钉捅破天"的事还真屡见不鲜、教训深刻！

一纳秒是十亿分之一秒，短到用"瞬间""刹那"都难以形容。在人们的日常生活中，它压根就是个不存在的概念，甚至对绝大部分高精尖设备而言，都是可以忽略不计的技术指标。

然而，当一个纳秒问题摆到中国空间技术研究院主任设计师刘家兴面前时，却让他如临大敌。他紧锁眉头，揉着太阳穴，死死地盯着测试人员送来的那份报告——北斗三号某单机测试数据报告显示，在整机测试阶段，该单机伪码相位一致性指标超出了不到一纳秒！

该单机验收测试时数据结果是很好的呀，怎么会突然出现误差？刘家兴盯了半晌，把两边太阳穴都揉红了，也没找到这一纳秒误差的根子到底在哪儿。

刘家兴找到设计生产企业。他们说："可能是整星阶段与单机阶段数据采集设备不同的原因吧。"言外之意，这是测试设备的问题，不是产品的问题。

　　虽然误差只有一纳秒，但对于航天来说，就是不容轻视的"大敌"。卫星是要上天的，在地上不是事的事，到了天上就是大事，都得一一找出原因，全部归零。这是卫星研制的"第一军规"。

　　当然，要让企业接受整改意见，首先得找出证据，让别人心服口服。刘家兴给自己的团队下了死命令：问题再小、藏得再深，也得把它找出来！他要求，该产品在各个阶段、各种测试设备获得的数据，一个不漏，都要拿到；厂家验证件、正样件的测试数据，一个不漏，都要拿到。

　　这纵向、横向的数据汇集起来，就像九头牦牛又密又长、蓬松杂乱的毛发，而那导致一纳秒误差的原因，就像一只小小的虱子，不知附在哪根毛发上。

　　刘家兴带领团队，一根毛发一根毛发，仔仔细细地拨拉，却始终没找到那只可恶的"虱子"。

　　还继续查吗？眼下，卫星发射的"后墙"正一天天逼近，批量研制任务无比繁重。再往下查，且不说工作量成倍增加，最后还不一定能查出来。

　　"重新查，一定要找到问题根源！"刘家兴决心如铁，"如果不查出来，让它上了天，谁知道能捅出什么娄子？"

　　团队成员像用篦子梳头那样，继续一遍一遍地梳理对照那堆"浓密蓬松"的测试数据。与此同时，他们利用北斗三号第九、第十颗卫星星地对接的契机，与厂家一道进行矩阵式排查。经过不知多少轮的数据核定、分析，刘家兴终于发现了那只"虱子"的小脑袋："单机验收数据没问题，两类测试设备也没问题，问题就出在单机设计了！"

　　团队成员都非常支持刘家兴的判断，立刻开始接龙攻关。

　　主管设计师李振东全面细致对比单机研制和整星测试的环境、设备及处理方法等众多方面的差异，终于发现在这两个阶段数据处理中存在些微不足。

综合测试人员尹卿按照李振东提出的方案，调整了整星测试设备工作状态，消除了后续数据测试处理瓶颈问题。

接过最后一棒的总体副主任设计师崔小准，完善了整星数据处理方法，对信号处理分析软件进行了升级。

至此，导致不到一纳秒误差的那只"虱子"终于原形毕露，并从设计源头被彻底清除，而且还"拔出萝卜带出泥"，发现有两路信号相位差存在异常正弦波动。

单机生产厂家不仅对他们查出的问题心服口服，而且非常赞赏他们严谨细致的科研作风："北斗三号导航卫星元器件基本实现国产化后，卫星在天上工作，性能比过去进口元器件做的卫星还稳定可靠，还真多亏了你们这些'眼里容不下半粒沙子'的科研人员。"

第十三章
开启北斗新时代

　　2014 年底，北斗二号副总设计师杨长风被任命为北斗三号总设计师，杨元喜、谢军、冉承其被任命为副总设计师。北斗三号"两总"不负众望，继往开来，带领北斗团队创造了中国北斗导航技术新高度、卫星组网新配速。

52 "总总师"的胸怀

2014 年，北斗二号区域系统已正式向亚太地区开通服务两年，运行状态良好，北斗三号全球系统核心技术攻关也先后突破星间链路、导航卫星平台、新型卫星信号体制等八个制约北斗全球系统建设的关键技术，开始进入正样产品研制，即将迎来组网发射新阶段。

这一年，北斗工程"总总师"孙家栋也已八十五岁高龄了。经过反复思考，他诚恳地向上级领导提出辞去北斗总设计师，退出工作一线，让年轻同志更好地承担此项工作的请求。

上级党委和领导经慎重考虑，批准了孙家栋辞去北斗导航总设计师的请求，改任高级顾问。那么，谁来接任北斗导航总设计师一职呢？

经过审慎研究、深入考察，北斗二号副总设计师杨长风被任命为北斗三号系统总设计师，杨元喜、谢军、冉承其被任命为副总设计师。

记者在北斗二号组网发射时采访了孙家栋总师。孙总见到记者的第一句话就说："我只是北斗队伍中的一员，工作都是大家干的，你们应该多去采访他们。"

记者说："您是总设计师，也是大家公认的'中国卫星之父'。"

孙家栋说："我要纠正一下，你后面这个提法有误。这个之父、那个之父，只有钱学森担当得起，钱老作为中国航天事业开创时期的特殊代表，对于这个称号当之无愧，其他人不行。我们这些人都是在钱老的带领和培养下成长起来的。"

记者问："中国在天上的卫星，三分之一以上是您担任总设计师期间研制的，尤其是 1994 年后，中国载人、探月、导航三大航天工程，您担任了其中探月、导航两大工程的总师。从目前来看，这两个航天工程建设都进展有序。请问孙总，您组织大航天工程建设有什么诀窍吗？"

孙家栋说："应该说，无论是嫦娥探月还是北斗导航，都是大系统工程，组织大系统工程，需要系统方法、系统思想。而这些，也是首先向钱老学习，然后在长期航天工作实践中巩固形成的。"

记者问："作为总设计师，组织北斗系统建设，您认为最关键、最根本的问题是什么？"

孙家栋说："我经常给大家讲一句话：北斗建设坚持'好用''用好'。"

见记者一时没有领悟，孙家栋补充道："就是建设时要以未来好用这个目标去统揽、去决策；以后建成了，要用好北斗系统，下气力抓好应用推广，实现北斗系统应用效益最大化。"

这名记者也在发射场区采访了北斗三号总设计师杨长风，结果杨长风的头一句就是："北斗队伍很能干，如果说北斗三号工程目前进展顺利，都是大家努力的结果，大家齐心协力谱写了北斗奇迹，创造了北斗精神，记者们应该多写写战斗在工程第一线的同志。我个人没什么好写的。"

记者问："北斗三号系统那么复杂，建设周期那么漫长，参建单位数百家、人员数以万计，工程组织可谓千头万绪，您作为总设计师，是如何组织决策、有序推进的？"

杨长风说："组织航天工程听起来很复杂，其实不复杂。因为我们的老前辈钱学森已经为我们提供了一套现成的办法，就是他开创的系统工程思想。无论什么航天工程，都是依据钱老的系统工程方法来管理的。"

记者说："作为一名全程参加北斗工程建设的北斗老兵，您认为北斗系统建设相对于别的航天工程，有什么特点？"

杨长风说："北斗系统建设，是组织千军万马、克服千难万险、吃尽千辛万苦、走进千家万户、造福千秋万代的航天工程。"

相似的问题，回答如出一辙。一位总师用"好用""用好"形象地道出了北斗建设的关键和目标，一位总师用五个"千"字、五个"万"字，准确地概括了北斗工程的鲜明特色；都首先想着群众，心里装着大家，贡献归于团队，始终感恩先辈。这就是两代北斗总师的胸怀与传承。

大海，因有无边胸怀，所以能容纳百川，成就辽阔。高山，因有高远之志，所以能壁立千仞，自成伟岸。

接过北斗总师重任与使命的杨长风，带领北斗团队继续向着"比肩、超越世界先进导航系统"的雄伟目标，继往开来，创新前行。

杨长风和总师组以开放的姿态、增量发展的理念，大力支持带有方向性、影响深远的技术创新，先后在北斗系统中增加了国际搜救、氢原子钟、全球短报文通信等新技术、新功能，使北斗系统整体性能大幅跃升，系统国际竞争力迅速增强。

杨长风带领总师组，立足现实，面向未来，通过深入调研论证，提出了建设我国"未来时空走廊"的宏伟计划——国家综合 PNT 体系建设。北斗团队已开始着手实施体系论证，开展深空、水下、室内等领域导航定位授时关键技术及多项新技术在轨试验，获得了多项初步研究成果。

按计划，2035 年前我国将建成综合 PNT 体系。到那时，北斗系统将成为导航、通信一体化的天基信息传输骨干网，实现无缝覆盖，用户使用更加安全、高效、便捷，服务维度更加多样、更加精准。

2019 年 4 月 24 日，"中国航天日"主场活动启动仪式暨中国航天大会开幕式在湖南长沙隆重举行。开幕式上公布了中国航天基金奖获奖项目和人员。北斗卫星导航系统总设计师杨长风的名字赫然出现在"钱学森杰出贡献奖"名单中，他成为该奖项获得者之一。

53　技术新高度

北斗三号为确保赶超世界一流目标，推出了一系列关键核心新技术、新产品。这些新技术、新产品，虽然地面测试均达到世界先进或领先水平，但上天后它们的性能还能正常发挥吗？为确保北斗三号组网万无一失、稳妥可靠，工程"两总"决定让这些新技术、新产品先到天上遛几圈。

这天，搭载着这些新技术、新产品的第二十一颗北斗卫星，搭乘"长三丙"运载火箭，从西昌卫星发射中心发射升空，对新技术、新产品性能进行深度验证。

验证结果表明，这些新技术、新产品在太空工作正常。尤其是北斗三号星间链路系统，不仅打通了北斗系统星与星之间的联系，还能与遥感、通信等众多其他类型卫星相关联，实现众多卫星联网，构建天基综合信息网，大大提升了航天器应用效益。

欧洲卫星导航领域知名专家海因教授，在预测未来导航卫星星间链路技术时，列出了一系列技术特征，这些特征在中国北斗三号星间链路系统中全部实现了。

北斗三号星间链路创造了世界导航技术新高度！

北斗三号新技术、新产品验证成功的消息传到发射场的那个晚上，负责其中某项关键技术攻关的两名科研人员，揣着特意从单位带来的酒，来到发射场旁边的山坡上，举杯邀星庆祝成功。

他们的故事很感人，让人听了会不由自主地想到裴多菲的诗："生命诚可贵，爱情价更高；若为自由故，两者皆可抛。"他们讲述自己的故事时，也时常流露出惋惜与无奈，并在讲完故事后不约而同地说："为不给朋友的生活带来不便，文章中就不要出现我们的真名了。"用心无私，必须尊重，就将他们化名刘教授、李高工吧。

刘教授、李高工年龄相差近二十岁，上学时却先后就读于同一所大学同一个专业，而且读硕士、博士研究生时，还同在一个导师门下，并先后来到同一个科研团队，是不折不扣的师兄弟，现在又同是北斗三号某关键核心技术攻关带头人。

俩人坐在发射场区一个斜坡的草地上，双双把酒杯满上。刘教授说："这第一杯，要庆祝卫星发射成功！"俩人杯子一碰，干了！

李高工说："这第二杯，要庆祝咱们那个'阴阳颠倒'的工作制可以结束了！"俩人脖子一仰，喝了！

刘教授举起第三杯说："这杯酒，我要预祝小师弟你早日升级当爹！"

李高工也举起杯子说："我也预祝你这个老师兄，再给我找一个好嫂子！"

两只杯子一声脆响，俩人眼含热泪："来，为我们又可以过正常日子干杯！"

······

当年，李高工到北京参加学术会议时，得知北斗卫星导航系统要上某关键核心技术，返回单位后立刻向团队领头人刘教授报告了这一信息。俩人一合计，发现团队学科优势与北斗这一关键核心技术攻关需求十分吻合，俩人兴奋得像打了鸡血，连连击掌相庆。

刘教授感慨地说："咱们读了十几年书，做了近二十年技术研究，图的啥？不就是为了有朝一日，让这些知识和技术派上大用场嘛。现在我们终于等来为国家做大贡献的时候了！"

　　李高工满怀信心地说："凭我们团队的实力，把这个关键核心技术项目拿回来，应该没问题！"

　　半年后，他们团队果然在有关部门组织的招标中，以明显的技术优势一举中标。可真正把这个关键技术项目揽入怀中后，刘教授、李高工反而兴奋不起来了，他们不约而同地喃喃说着："这可是北斗的关键核心技术啊！"

　　什么是"关键核心技术"？

　　"关键核心技术"，象征着荣誉，也象征着高度和难度！

　　"关键核心技术"，意味着信任，也意味着诚信与忠诚！

　　"关键核心技术"，代表着地位与价值，也代表着它与北斗的兴衰成败紧密相连！

　　"关键核心技术"，是一种使命，是一副沉重的担子，是一道没有任何条件可讲、必须不折不扣执行的"生死命令"！

　　"关键核心技术"，要求他们必须抛弃一切杂念，不留任何退路，破釜沉舟、背水一战！

　　当时，刘教授在单位上担任着行政职务，是专家型领导，难免事务缠身，他觉得难以全神贯注地干科研。

　　刘教授认真地对李高工说："我想把这个行政职务辞掉不干了！"

　　李高工一听，也认真起来："这……你可得慎重。"

　　当天晚饭后，很久没与妻子一起散步的刘教授突然对妻子说："咱们出去走走？"

　　刘教授边与妻子踏着余晖漫步，边向她掏出自己心里的想法："我想辞去单位的行政职务。"

　　妻子似乎没听清，止步望着他："你刚才说什么？"

　　刘教授重复道："我想辞掉行政职务。"

　　妻子睁大眼睛说："你怎么会有这种念头？怎么想到要辞职呢？"

刘教授说:"我要集中精力干北斗项目。"

妻子说:"你把北斗项目干成又如何?"

刘教授说:"干成了,我不知道能得到什么,也许什么好处都没有。但我知道,若不按时干出来,那可是要耽误国家大事的!"

说完,他沉默。她叹了口气,也不再说话。

次日,刘教授向组织上递交了辞去行政领导职务的申请。半个月后,组织上批准了他的辞呈。

辞去了领导职务,刘教授可以集中精力干项目。但大家白天上班时,依然面临这样那样的干扰,项目进度跟不上北斗卫星导航系统建设进程。

怎么办?刘教授、李高工坐在一块儿想招儿。

"白天各种干扰因素太多了!"李高工叹着气说,"上班八小时,还顶不上晚上加班两小时的效率。"

"咱们可不可以这样……"刘教授灵机一动,"晚上工作,白天休息?"

李高工说:"那效率肯定很高。"

刘教授说:"现在怎么对完成北斗关键核心项目有利,我们就怎么来。"

"我们俩可以这样,但对整个团队……"李高工还是有些顾虑,"我们怎么跟大家说呢?"

"对团队其他同志是不能做硬性规定。"刘教授思索了片刻说,"但我是项目总设计师,你是副总设计师,我们俩带头这样做了,就是无声的规定和要求,相信大家会跟上的。"

师兄弟又响亮地击了一下掌:"那就这么定了!"

于是,刘教授、李高工开始了白天关手机睡觉、晚上开手机上班的"夜猫子"生活。

"黑白颠倒"的工作制,确保了团队心无旁骛干科研,项目进度随之大幅提升。可团队成员,尤其是刘教授、李高工的家庭生活也随之乱套了,与妻子成了"同一居室里的牛郎织女",一天说不上一句话,几天见不着一次面，成为夫妻生活的常态。

刘教授与妻子好不容易见了面时，妻子开始是埋怨，随后是叹息，再后来就像在路上碰到熟人一般，客气地笑笑，打一声招呼："吃了没？"他回一声："吃了，实验室叫的外卖。"

一年后，妻子就对他说："咱们两个谈谈吧。"

刘教授说："咱们俩是很久没好好说说话了。"

两人来到一家咖啡店，店里有悠扬的音乐，有个小姑娘在弹钢琴，空气里弥漫着淡淡的香气。他们已经好几年没来过这种浪漫场所了。

妻子用小匙搅着杯里的咖啡，低头小声说："我想问你个问题，你要认真地回答我。"

他说："很严肃吗？"

"很严肃。"她抬头认真地看着他，"这样的工作，你们什么时候能结束？"

他如实回答："不知道，也许是两年，也许三年……还有很多关键技术没突破。"

她说："你能放手吗？"

他说："我不能。"

她说："为什么？"

他说："因为国家不能放手。"

"那你就对我放手吧。"她显得出奇地平静，仿佛已经过深思熟虑，"我想过几天我想要的生活。"

他说："你问过孩子吗？"

她说："问过了。女儿说，我们早该分开了。"

他冷静地点了点头，对今天也似乎早有预料。他必须点头，他若不点这个头，那就有些自私了。

浪漫的妻子，生活中除了柴米油盐，还需要"俩人撑着一把小花伞到雨中走走"。两人恋爱阶段和婚后头几年，陪她喝咖啡、听音乐会、逛街，是刘教授生活中很重要的一部分，也是他必须完成的"工作内容"之一。有了孩子后，他的任务也开始饱和，甚至超负荷，那些"俩人撑着一把小花伞到雨中走走"的事就渐渐少了，直至完全从生活中抹掉了。前两年，孩子高中毕业后到外地上大学去了，她不再那么忙碌，就想找回一些从前的感觉，可她每次向他发出邀请，工作繁忙得恨不能一个人掰成两个人用的他，总是支吾敷衍。渐渐地，她就不再邀请，两人的生活开始像两根平行的铁轨，默默地向前延伸⋯⋯

刘教授向服务生招招手。服务生过来礼貌地问："先生，您需要什么服务吗？"

刘教授说："能不能换一支曲子？"

服务生说："您想听什么曲子？"

刘教授说："我想听阿杜的《放手》。"

服务生说："好的，先生。"

> 收音机一直在播
>
> 我们从前爱听的歌
>
> 时间它却悄悄说
>
> 现在我们爱听的已经不同了
>
> 你说你有话不能说
>
> 眼眶有泪光闪烁
>
> ⋯⋯

他眼睛里有泪光闪烁，她也泪眼婆娑⋯⋯回到家里，他拉着那个装着生活必需品、平时准备着随时出差用的旅行箱，住进了实验室。

刘教授的小师弟李高工，进入"黑白颠倒"工作状态不久，他的妻子怀孕了，而且妊娠反应很大，一见荤腥，胃里就翻江倒海，甚至一闻到油烟气就头晕目眩。此时此刻，她多么需要他的陪伴啊。

这天傍晚，他又要去实验室上夜班时，她紧紧拉着他的胳膊："今晚陪陪我好吗？"

他说："不行啊，项目研究正火烧眉毛呢。"

她央求说："就陪我一晚，行不？"见他犹豫，又赌气说，"今晚你要是不陪我，我就跳楼！"

他终于点点头："好吧。"

那晚，她心里感到从未有过的踏实，睡下不一会儿就沉入甜美的梦乡。哪知一个美梦醒来，她摸摸身边，他不知啥时又走了。

其实，上夜班的李高工一直牵挂着妻子，上班几个小时后，特意骑着自行车狂奔回家看她。哪知他开门摸进卧室，借着窗外透进的月光一看，床上的妻子不见了！

"她不会做傻事吧？"李高工赶紧奔到楼下，前前后后仔细看过，没发现异常情况才稍稍放下心来。

李高工骑着自行车来到岳父家，给他开门的正是妻子："算你有点良心，还知道来找人。"

李高工长出了一口气说："你没事就好。"

"放心，我不会为你去跳楼的。"她竟然莞尔一笑说，"以后我就住娘家了，你安心上你的夜班吧。"

李高工听了感动得不行，放心踏实地干了一周，又去岳父家探望妻子时，发现妻子有些不对劲儿……

她也从他眼神里看到了什么，轻轻抚着自己的腹部说："你是想问我的肚子怎么没变大反而变小了吧？告诉你吧，我把孩子做掉了。"

这确实让他有些意外："你怎么……"

"他不该来的，就让他从哪儿来还回哪儿去吧。要是把他生下来，你又整日不着家，还不把我折腾成一个年轻的老太婆？"她说，"这段时间你安心搞科研吧，几个月不回来我都没意见。至于孩子嘛，就等你哪天能过正常人的日子再说吧。"

李高工叹息着说："好吧，那这段时间就与老师兄刘教授做个伴，也住实验室去。"

刘教授、李高工和团队终于赢得了巨大成功——北斗关键核心技术整体水平世界领先！

54　组网新配速

2015 年，北斗三号"两总"率领着浩浩荡荡的北斗军团，拉开了向服务全球目标进军的序幕。

2015 年 3 月 30 日 21 时 52 分，西昌卫星发射中心发射场区，"长三丙"运载火箭又完成了一次漂亮的飞行。这次发射很不一般，它首次在运载火箭上增加了一级独立飞行器——远征一号上面级。这个被大家称为"太空摆渡车"的飞行器，可在太空将一个或多个航天器直接送入不同的轨道。这是我国首次采用这项技术执行中高轨航天器发射。

随之升空的第十七颗北斗卫星更是非同寻常，卫星入轨工作后，将肩负起为全球系统卫星组网提供关键数据的重任，被大家誉为北斗三号工程建设的"先驱"。它的成功发射，标志着北斗卫星导航系统建设拉开了由区域服务向全球服务拓展的新时代！

2015 年 7 月 25 日，中国在西昌卫星发射中心用"长三乙"运载火箭和远征一号上面级成功发射两颗新一代北斗导航卫星。这两颗卫星均为地球中圆轨道卫星，也是我国发射的第十八、十九颗导航卫星，入轨后，与先期发射的第十七颗导航卫星共同开展新技术、新设备试验验证工作，并适时入网提供服务。

2015年9月30日，中国在西昌卫星发射中心用"长三乙"运载火箭，成功将第四颗新一代导航卫星，也是第二十颗北斗导航卫星送入工作轨道。星上首次搭载氢原子钟。卫星入轨后，开展了一系列核心载荷试验验证工作，并适时入网提供服务。

2016年2月1日，中国在西昌卫星发射中心用"长三丙"运载火箭成功将第五颗新一代北斗导航卫星（共同开展星间链路、新型导航信号体制等试验验证工作的最后一颗卫星）送入工作轨道。

2016年3月30日和6月12日，中国在西昌卫星发射中心又成功发射了第二十二颗和第二十三颗北斗导航卫星。它们是两颗备份星，进一步增强了系统星座稳定，强化系统服务能力，为系统服务从区域向全球拓展奠定了坚实基础。

2017年11月5日，是北斗卫星导航系统建设史上一个具有里程碑意义的日子。这是北斗三号第一、二颗组网卫星发射。

这天，北斗三号导航系统总设计师杨长风向世界宣告：从今天开始，中国迎来新一轮北斗组网卫星高密度发射期，到2018年底，将发射十八颗北斗三号组网卫星，覆盖"一带一路"沿线国家；到2020年，完成三十多颗组网卫星发射，实现全球服务能力；2035年前，建成一个以北斗系统为核心、空天地海无缝覆盖、多种手段融合、高精度安全可靠、万物互联万物智能的国家综合定位导航授时体系（PNT）。

届时，北斗将渗透到我们生活的每一个角落，无处不在，无时不在！

这天夜晚，群山环抱的西昌卫星发射场区，高高竖立在发射架旁的"长三乙"运载火箭（含远征一号上面级）在皎洁的月光下、通明的灯火里，显得那般庄重、神奇。19时45分，随着指挥员一声"点火"命令，

"长三乙"运载火箭瞬间羽化为一只火凤凰，展开绚烂的尾翼，拍打着坚强的翅膀，牵手两颗北斗导航卫星扶摇直上，将它们准确送入工作轨道。

它们的成功升空，标志着北斗卫星导航系统全球组网之战正式打响！

2018 年 1 月 12 日，第二十六、二十七颗北斗导航卫星，直刺苍穹。

2018 年 2 月 12 日，第二十八、二十九颗北斗导航卫星，成功入轨。

2018 年 3 月 30 日，第三十、三十一颗北斗导航卫星，成功发射。

……

2018 年 11 月 19 日，"长三甲"系列运载火箭，将第四十二、四十三颗北斗导航卫星送入太空，这已是"长三甲"系列运载火箭（包括上面级）第三十五次牵手北斗振翅高飞，而且每次都飞得近乎完美——将北斗卫星准确送入预定轨道！这次发射，标志着中国成功完成了北斗三号全球导航系统基本系统星座的部署！

2019 年 4 月 20 日，第四十四颗北斗导航卫星成功发射。这是北斗三号首次发射倾斜地球轨道（IGSO）卫星，将提升北斗卫星导航系统在亚太地区抗遮挡能力等性能，让北斗卫星导航系统在亚太地区服务精度更高。它是"长三甲"系列运载火箭第一百次飞行，使其成为我国首个发射次数突破百次的单一运载火箭；它通过三十六次发射，成功将四颗北斗导航试验卫星与四十四颗北斗导航卫星送入预定轨道；这也是 2019 年发射的首颗北斗导航卫星，拉开了北斗导航新一轮高密度组网的序幕。此后八个月内，又发射了九颗北斗三号组网卫星，完善星座布局，使系统能力更强、精度更高、功能更丰富。

到 2020 年 6 月 23 日，在短短的两年多时间里，西昌卫星发射中心先后将三十二颗北斗导航卫星送上蓝天，在组网最密集阶段，平均半个月发射一颗卫星，而且多采用一箭双星发射模式，发射成功率 100%，创造了世界航天的"中国速度"。

第十四章
"长征"牵手"北斗"

　　航天专家形象地说："'长三甲'系列运载火箭与北斗卫星是情投意合、天设地造的一对。"

　　为适应北斗卫星发射要求,北斗运载火箭系统"两总"带领团队对"长三甲"系列运载火箭进行了一系列性能提升。"长征"一次次牵手"北斗"奔向太空,创造了"一年十八星"的航天新纪录,飞出了让"北斗再飞一会儿"的新姿态、新风采。

55 "航天男神"与"飞天女神"

卫星有劲舞蓝天的梦想，却没有登天的翅膀，需要运载火箭把它高高举在头顶，穿过大气层，送入预定轨道。

北斗三号高密度发射、一箭双星发射等卫星组网的新任务、新特点，给运载火箭系统提出了更高要求、更大挑战，让北斗运载火箭系统感到了巨大的压力。

北斗卫星导航系统的卫星系统全部都是中高轨卫星，是世界上组网最复杂的星座，在航天界有着"飞天女神"的美誉。

巧合的是，被喻为"航天男神"的"长三甲"系列运载火箭，是我国目前唯一的中高轨道运载火箭，也是唯一既能完成传统的地球同步转移轨道（GTO）、太阳同步轨道（SSO）有效载荷任务，又能执行倾斜地球同步轨道（IGSO）、中地球轨道（MEO）有效载荷发射，还能执行地月转移轨道（LTO）有效载荷发射任务及深空探测任务的火箭。换句话说，"牵手""飞天女神"——北斗卫星飞向太空，非"航天男神"——"长三甲"系列运载火箭莫属。

航天专家形象地说："'长三甲'与北斗，是情投意合、天设地造的一对。"

用"航天男神"来赞美"长三甲"系列运载火箭，可谓恰如其分。

目前，包括"长三甲""长三乙""长三丙"三型液体运载火箭在内的"长三甲"系列运载火箭，是我国现役中型高轨运载火箭中运载能力最大、技术最复杂、适应性最强、发射次数最多、发射密度最高的运载火箭群体。其最大地球同步转移轨道运载能力达到 5500 千克，并且形成了从 2600 千克到 3900 千克再到 5500 千克的合理能力梯度。"长三甲"系列运载火箭具备大型卫星的双星发射能力，末级长时间滑行能力，窄窗口、多窗口甚至零窗口发射能力，低温推进剂加注后推迟二十四小时不泄出再次发射的能力。这些技术保证了"长三甲"系列运载火箭能够满足绝大多数有效载荷的发射任务需求，而且入轨精度与当今世界主流运载火箭相当，能够满足我国当前各种中高轨道有效载荷以及当今世界上绝大多数地球同步转移轨道有效载荷的发射任务，也是参与国际卫星发射服务市场竞争的主力。

"长三甲"从 1994 年 2 月 8 日首飞成功至 2019 年 4 月 20 日，共完成了一百次发射，在我国通信卫星工程、探月工程、风云气象卫星工程等重大工程以及国际商业卫星发射服务中发挥了关键作用。与此同时，"长三甲"系列运载火箭成功拓展海外业务，积极争取国际商业发射服务市场，截至 2018 年 2 月，共承担了十七次国际商业发射任务，为多个国家和地区发射了卫星。基于其出色的发射纪录，"长三甲"系列运载火箭在商业卫星发射服务中的保险费率已经处于国际最低水平。在发射数量上，"长三甲"系列运载火箭不仅在国内遥遥领先，而且在国际上处于先进行列，年均发射量保持在十次左右；在发射密度方面，2015 年"长三甲"系列运载火箭创造了一百余天实施七次发射全部取得圆满成功的中国航天新纪录，平均十七天发射一枚运载火箭的任务周期，也与当今世界的主流运载火箭发射水平相当。"长三甲"系列运载火箭完成的发射任务，占长征系列运载火箭发射任务的三分之一。持续不断的技术创新和高可靠性工程应用，使"长三甲"系列运载火箭的发射成功率、适应性、可靠性、入轨精度在世界主流运载火箭中达到了领先水平！

更有意思的是，在北斗卫星导航系统运载火箭系统团队里，也有一位

"飞天女神"和一位"航天男神"。

这"飞天女神",就是北斗卫星导航系统运载火箭系统总设计师、"长三甲"系列运载火箭总设计师、中国科学院院士姜杰。

姜杰,看上去还真有几分"女神"范儿,沉稳、从容、温婉、阳光,脸上总是挂着天使般的微笑,有如一抹拂过湖面的春风,唤起涟漪荡漾,波光粼粼。

姜杰1983年本科毕业,工作两年后又考上硕士研究生,攻读火箭姿态控制专业,开始结缘"长三甲"系列运载火箭。1988年,姜杰硕士毕业后,领导便把她作为科技骨干加强到"长三甲"任务团队中。对此,姜杰觉得非常幸运:"一开始工作就完全介入'长三甲'系列研制,并有幸得到了龙乐豪、邵崇武等前辈的指导,让我站在巨人的肩膀上看世界。"

此后,随着姜杰和同事们放飞一枚枚火箭,攻克一项项航天关键技术,"长三甲"系列运载火箭不断走向完美:首次具备小倾角发射卫星和大姿态调姿的能力,技术达到国内领先、国际先进水平;首次攻克被列为"长三甲"运载火箭"生命工程"项目的控制系统冗余关键技术;首次研制成功激光惯组、三冗余箭机、三冗余程序配电器等新状态控制单机;首次应用"激光惯组+平台主从冗余控制"方案……

姜杰作为火箭飞行控制、可靠性技术专家,通过潜心研究、不断创新,开拓了火箭直接入轨发射深空探测器、中高轨卫星的新领域,在"长三甲"系列运载火箭发展史上实现了一系列突破和跨越:突破了火箭三维大姿态飞行控制技术,实现了火箭从固定轨道面到三维空间各种轨道发射的跨越;突破了发射高轨卫星直接入轨的火箭上面级技术,实现了从发射转移轨道到直接进入工作轨道的跨越;突破了火箭直接地月转移轨道发射技术,实现了火箭从地球轨道到星际轨道发射的跨越;突破了火箭控制系统高可靠性设计技术,促进了火箭从航天工程试验到高可靠发射的跨越。

喜欢挑战、爱啃硬骨头,这就是姜杰的品格。

嫦娥三号月球探测器的奔月之旅，好比坐"电梯"——一步到位。肩负运载任务的"长三甲"，要直接把"嫦娥"送入近地点高度二百公里、远地点高度三十八万公里的地月转移轨道，对火箭发射精度提出了严峻挑战。用姜杰的话说："如果把火箭发射比做'打靶'，以往的发射任务，允许我们打三环，但这次必须打十环。"

巨大的挑战，激发了姜杰冲天的创新力量。姜杰带领科研人员敢为人先，首次采用"双激光惯组＋卫星导航修正"的复合制导技术。这就像给火箭安了两只"眼睛"：一只"眼睛"让火箭按照设计好的轨道飞行，另一只"眼睛"精确计算最佳途径，随时修正。

2013 年 12 月 2 日，"长三乙"运载火箭托举着嫦娥三号奔向遥远的月球，直击几十万里之外的"靶心"，"金牌火箭"发射精度也随之跃升了一个几何级。

随着"长三甲"日臻成熟、完美，姜杰的人生也不断得到升华：设计员、副主任设计师、主任设计师、型号副总设计师、型号总设计师。2015 年，姜杰当选中国科学院院士——中国航天领域首位女院士，成为人们心目中光华绚丽的"飞天女神"！

然而，姜杰也曾经历和品尝过发射失败的剧痛。

那是 1996 年，也是在西昌卫星发射中心，"长三乙"执行首飞任务。结果，运载火箭刚刚点火升空就出现了事故，随着一声天崩地裂的巨响，附近的山头化为一片火海。这声巨响，一下子把姜杰以及所有在场的"长征人"都震蒙了，现场一片痛哭、一片泪雨。这片火海，把价值数十亿元的运载火箭和一颗外国的通信卫星瞬间化为乌有……

这是"长三甲"系列运载火箭迄今为止唯一的一次失败，却让姜杰想起了千万次，铭记了一辈子。它每天都在告诫她，一定要以如履薄冰的谨慎对待每一项科研，以精益求精的心态对待每一次发射任务。

从此，她对每一项创新成果，哪怕只是小小的技术改进，都要经过充分论证、仔细测算和大量试验验证，确保火箭上天万无一失。

从此，每次火箭发射，她都要提前一个月来到发射中心，每天工作十六七个小时，整天泡在火箭厂房和发射场区。十二层楼高的发射塔架，她每天要爬上爬下好几趟，组织大家模拟火箭发射时可能出现的各种问题，逐个系统排查隐患，逐个问题"归零"，确保火箭数万个零部件运转正常。

从此，每次火箭发射成功后，不管是深夜还是凌晨，也不管身体多么疲倦，姜杰都要坚持留在指挥大厅，继续工作几个小时，仔细分析火箭飞行数据，总结得失，找出利弊，最后一个离开。用她的话说，每一次成功，都是蜕变；每一次成功，都是新的开始。

……

2010年，北斗导航卫星进入密集发射期，探月工程、通信卫星、气象卫星等重大发射任务也随之压上，"长三甲"在六七年内竟要发射近五十次，每年八至十次，最多的一年近二十次。如此高密度发射，在国内从未有过，在国际上也十分罕见。

作为火箭总师，应对高密度发射需要坚韧与细致，更需要果断与沉着、自信与担当。因为发射密度加大，发射风险也随之增高，问题与隐患就像幽灵，不知啥时就冷不丁冒出来。

如那年春天的一次发射，首次采用了系统级冗余技术，虽然这是个新兴技术，但在发射场先后测试了三次，连续运行近一个月，技术性能非常稳定。哪知就在发射前三天，即倒计时七十二小时，进行第四次测试时，程序配电器软件突然冒出问题，而且大家眼前一片"迷雾"，不知"幽灵"藏身何处。在此情况下，为保险起见，有人建议推迟发射。

"发射窗口已经确定，这一推迟就得等一个月。高密度发射每次任务都有时间节点，我们绝不能影响全局。"姜杰坚持说，"咱们一定要在七十二小时内找到并排除故障。"

有人还是担心："那万一找不到怎么办？"

　　姜杰说："我们要相信自己，相信一定能找到！"

　　姜杰的自信来自对朝夕相处的团队和"长三甲"的了解。她顶着天大的身心压力，组织发射试验队员迅速定位问题，两次往返北京，组织专家评审，开展软件修改和试验验证，七十二小时没合眼，终于赶在发射窗口前将问题"归零"。

　　然而，一些同志依然心里没底，依然建议推迟发射。

　　姜杰还是那句话："我们要相信自己！"

　　发射窗口如期开启。当银白色的火箭以美丽的姿态冉冉升起，潇洒地在苍穹上画出一道漂亮的弧线，渐渐没入远方的星空时，姜杰冷峻的脸庞上终于又露出天使般的微笑。这时，细心的人发现，这位困难时期能咬牙、严峻时刻能拍板、关键时候善于决断的女总师，欣慰的目光里依稀闪动着泪光。

　　大家心目中的"航天男神"，则是北斗卫星导航系统运载火箭系统、"长三甲"系列运载火箭研制总指挥岑拯。

　　"'长三甲'系列火箭有一位孪生兄弟。"在中国运载火箭技术研究院听到这句话时，千万不要以为这位"孪生兄弟"是"长三乙"或者"长三丙"，它说的其实是岑拯。大伙儿之所以说岑拯是"长三甲"的"孪生兄弟"，是因为岑拯的成长进步与"长三甲"系列运载火箭的成熟发展几乎同频共振。

　　让时光回溯到 1989 年春的一天上午，即将作为北京航空航天大学硕士研究生毕业的岑拯，兴高采烈地走进中国运载火箭技术研究院参加面试。他刚坐下，坐在评委席上的一名领导就开口问他："你能一直在这里干下去吗？"

　　岑拯以坚定的语气回答："能！我一定能！"

　　领导说："现在社会上有一种说法，'搞科研的不如卖茶叶蛋的'，我们这儿可是正儿八经搞科研的。"

岑拯说："我就是奔着科研来的。"

领导说："现在是市场经济时代呀！金钱的诱惑实在太大，不少科技人员经不住诱惑，放弃了清苦的技术研究，纷纷下海经商，做起了商海的弄潮儿。对此，你是怎么想的？"

"下海经商、搞尖端研究，都需要有人做。谁干什么，人各有志。"岑拯说，"对我来说，能学以致用，用所学为自己开创一个事业新天地，为祖国航天事业做出自己的贡献，是一件非常幸福而且倍感骄傲、自豪的事情。我早就梦想着成为一名航天人、长征人。"

研究火箭飞行中的气动特性，理论性很强，整天埋头于海量数据分析中，非常枯燥。加之"长三甲"立项的头几年，受当时社会环境等多种因素影响，做得有些不温不火，与如火如荼进行中的"长二捆"运载火箭研制相比，显得非常冷清。但岑拯却一心一意地坚守在这个非常寂寞的角落里，认真做好每项工作、每件事情，把气动设计这个冷门工作做得热火朝天，做出了新意，而且做完自己分管的工作后，还主动帮助同事完成别的任务。

1994年初，大伙儿精心孕育的"长三甲"运载火箭，终于带着大家多年的希望和梦想，迎着刺骨的寒风，向着远方的发射场进发了。

为了保证"长三甲"运载火箭首发成功，研制团队分成"前方""后方"两个分队，前方分队跟随火箭前往发射场进行发射前组装检测，后方分队留守北京，继续进行产品可靠性试验。岑拯是后方分队成员之一。虽然身居后方，但大家并没有丝毫松懈，火箭是个非常庞大复杂的系统，谁也不敢担保"百密"没有"一疏"。果然，在发射前二十天，岑拯和大家做发动机试车试验时，竟然发现发动机伺服机构"罢工"了！

事出突然，影响巨大，时间紧迫。有关领导亲自督阵，大家的意志坚定如铁："一定要查出症结，绝不能让'长三甲'火箭带着隐患上天！"

岑拯和大家循着隐患的蛛丝马迹追根溯源，终于发现是伺服机构的油管被冻住了，问题很快迎刃而解。

这件事给岑拯上了一堂极其深刻的航天课：航天领域无小事啊！再小的疏忽都有可能整出天大的事来。

1994 年 2 月 8 日，"长三甲"一箭冲天，并在一年内再发成功，把中国火箭技术水平提升到一个新高度！

随着"长三甲"一鸣惊人，"纵浪大化中，不喜亦不惧"的岑拯，虽然"俏也不争春，只把春来报"，但领导和大家依然看在眼里、赞在心中。"长三甲"发射成功不久，岑拯被调到研究院总体室，不久又担任了总体组组长。由于他勤奋好学，业务水平精进，各项任务完成出色，很快又成为"长三甲"系列运载火箭副总指挥。

2000 年 1 月，"长三甲"第四次发射时，型号"两总"对技术状态做了一些调整，导致发射前加注二级氧化剂时出现加注液位差错，发生了溢出事件，直接影响了次日的火箭发射。

作为副总指挥，岑拯深感责任如山、心急如焚。他顾不上吃晚饭，就一头钻进资料室，仔细查阅设计文件，分析事故原因。突然，一道亮光闪过脑海："长三乙"1998 年最后一次发射时，不是留下了加注容积和液位记录吗？用它做参考，不就可以推算出"长三甲"二级氧化剂第二液位以上的补加量吗？此方案一提出，立刻得到大家响应，"长三甲"运载火箭二级氧化剂加注难题顺利解决，岑拯也开始显露出解决突发事故的能力。

2004 年，刚满四十岁的岑拯出任"长三甲"系列运载火箭总指挥。让他没想到的是，他刚刚走马上任，便迎来了一次重大考验。

当时，正值"长三甲"运载火箭第九次升空，也是第一次气象卫星发射。为提高火箭可靠性，型号"两总"决定在"长三甲"运载火箭上率先采用增加主从冗余的"激光惯性测量组合"新技术，同时为增强火箭燃料加注可靠性、安全性，第一次使用一百立方液氢运输加注车。哪知，在实验场进行地面平台测试的第三天，平台突然发生了倒台！

平台倒台，将使火箭失去判明方向的参照物。这是一项非常重大的事故！1996 年，"长三乙"运载火箭首飞出现事故，"罪魁祸首"便是平台倒台！

覆辙绝不能重蹈。正在参加协调会的岑拯第一时间赶到现场，与型号总师一道紧锣密鼓地组织事故原因排查。从系统设计到操作过程，一项一项地过，一个一个地查，不漏掉一个旮旯，不放过任何蛛丝马迹。白天没查出，晚上接着查，到天亮还没查出，白天继续……大家白天黑夜两班倒，横下一条心，不查出问题不罢休，终于发现是地面设备老化致使电路该闭合的没有闭合、该通的没通，引起指令错误，导致平台倒台。

病症找准，对症下药，药到病除。"长三甲"第九次飞行成功，将卫星准确送入预定轨道。

如今，岑拯已先后一百多次目送"长征"系列运载火箭拖着惊艳的尾焰、伴随着惊天的巨响冲上蓝天，谱写人类飞天的惊世壮举。但大家发现，无论过去还是现在，每次发射成功后，他都会悄悄地离开指挥大厅。

总指挥岑拯，还是当年那个设计员岑拯——"待到山花烂漫时，她在丛中笑"。

56 "长征"为"北斗"而"容"

随着北斗二号卫星导航系统建设拉开序幕，"长三甲"系列运载火箭开始进入高密度发射期，起初是每年三至四发，然后每年六到七发，再是一年十几发。从 2017 年底到 2020 年，也就是北斗三号组网发射期间，

"长三甲"要完成四十次发射任务，发射密度比过去增加了好几倍。

为适应北斗导航高质量发射要求、高密度发射节奏，总设计师姜杰、总指挥岑拯带领北斗运载火箭系统团队，对"长三甲"系列运载火箭进行了一揽子管理改革和一系列技术创新。

北斗要"频繁出行"，而长期处于"定制化""手工作坊"模式的"长三甲"那"慢悠悠"的步子，显然难以"合拍"。"长三甲"要跟上北斗的出行节奏，就必须学会"健步如飞"——批量化生产。

姜杰、岑拯带领大家努力探索"流水化""批量化"生产管理新方法、新模式。早在 21 世纪初，他们就未雨绸缪，深入各单位、各系统展开细致调研，对火箭批量生产能力、资源配置、设备设施配置，以及人、财、物的现状进行摸底，找出影响火箭批量生产的三十七个关键点、大难题，逐一分析研究，提出整改措施，最后形成了四十多页的调研报告——《"长征三号甲"系列火箭 2006—2010 年任务研制短板及对策分析报告》和《"长三甲"系列型号研制进展情况报告》。

在此基础上，他们通过不断摸索，进行了覆盖火箭研制生产全系统、全领域、全过程的一系列改革，大大推进了"长三甲"系列运载火箭"产品化"进程，逐渐形成"流水线"生产总装模式。

北斗不仅"出门"次数多，而且说好啥时走就必须啥时走，提前或推迟一秒，都会产生重大影响（满足"零窗口"发射：火箭发射时间和预定点火时间偏差不超过一秒）。因此，"长三甲"不仅要随时准备着，而且还得具备"风里来，雨里走"的真本事。为此，"长三甲"系列运载火箭突破了多项关键技术，使"长三乙"具备了一箭双星（高轨道）发射能力，填补了我国火箭技术重大空白，大大减少了发射成本，大幅提升了"长三甲"系列运载火箭发射能力、发射效率。

"长三乙/远征一号"运载火箭在执行北斗三号组网工程中，还使用了兼容北斗卫星导航系统的三模接收机，即北斗、GPS、格罗纳斯导航模式，实现了三种模式取长补短，提高了火箭飞行入轨精度，并降低了远征一号上面级和卫星组合体推进剂的消耗。

火箭批量生产、高密度发射，对可靠性技术提出了更高要求。俗话说："不怕走得慢，就怕一磕绊。"在密集发射条件下，"长三甲"既怕"走得慢"，更怕"一磕绊"。

为了强化"长三甲"系列的可靠性，确保万无一失，姜杰、岑拯带领大家攻坚克难，给"长三甲"加了一道道"保险锁"，满足了组批生产可靠性要求……经过性能提升，"长三甲"系列火箭飞行可靠度达到世界一流水平。

北斗在世界导航卫星家族中，堪称"舞者女王"，"舞姿"丰富多彩——采用"GEO+IGSO+MEO"三种卫星混合结构，而且还要确保地球上任何地点、任何时间能同时看到四颗北斗卫星。

为了合上北斗的节拍，成为其称职的"舞伴"，"长三甲"系列运载火箭攻克了发射 GEO／IGSO／MEO 轨道设计技术，使"长三甲"系列运载火箭具备了既能发射高轨卫星又能发射中轨卫星，既能向东发射又能向南发射的能力。

2007 年以来，"长三甲"系列运载火箭针对北斗组网发射需求，共进行了四百多项技术改进，其中一枚火箭技术改进多达四十余项！

随着一颗颗北斗卫星飞奔蓝天，"长三甲"系列运载火箭也一次次实现了自我蜕变。

2008 年 4 月，"长三甲"系列运载火箭中的"长三乙"运载火箭首飞成功，成为中国首个非全对称火箭，标志着中国突破了非全对称火箭设计技术。

2011 年 12 月，"长三乙"运载火箭完成了发射双星卫星整流罩、整体吊仪器舱、双星支撑分离机构及相关地面支持设备的研制工作。

2012 年 4 月，"长三乙"运载火箭首次应用串联双星构型发射两颗北斗导航卫星，开创了我国一箭双星发射高轨道卫星的先例，大大缩短了北斗二号工程建设进度并大大降低了工程建设成本。

2015年3月、7月，"长三丙"运载火箭上面级构型、"长三乙"运载火箭上面级构型等两种新构型火箭分别完成首飞，获得圆满成功，国内首次实现将卫星直接送入中地球轨道、地球同步轨道的能力。"四箭五星"的发射圆满成功，为建设全球卫星导航系统做出了突出贡献。

2017年11月，"长三乙"运载火箭成功发射北斗三号双星，也是北斗全球组网的首次发射。研制人员采用多项技术改进和可靠性增长措施，再次在此次任务中成功实现集中应用，再一次用精确发射、精准入轨印证了"金牌火箭"的成色。

……

"长三甲"系列牵手"北斗"，就像"才子"联姻"美女"，它们郎才女貌、相互仰慕，在十余年的"婚姻生活"中，相互磨合、相互适应、相互靠拢，不断实现新的升华，不断走向新的自我。"长三甲"成就了北斗，北斗也让"长三甲"不断走向完美。

57 携手北斗再飞一会儿

卫星寿命是衡量航天科技水平的"核心指标"，而卫星在太空工作的年限很大程度上取决于卫星燃料载荷多少和能耗大小。也就是说，它的燃料耗尽了，这颗卫星也就寿终正寝了。

自从人类开创航天事业以来，都是首先用运载火箭把卫星送入预定转移轨道后星箭分离，然后卫星通过长时间自主飞行，不断调整自身轨道，到达工作轨道，这个过程要消耗大量燃料。也就是说，卫星还没开始工作，寿命就已经大大折损。

为把卫星自动调轨的能耗节省下来，转换成卫星的工作寿命，世界航天科学家们开始探索在三级火箭的上面再增加相对独立的一级（简称"上面级"），直接将卫星送到工作轨道。因为它类似机场把乘客送上飞机的摆渡车，人们又把它称为"太空摆渡车"。

在上面级技术领域，又是美、苏两个航天大国捷足先登。早在20世纪50年代，他们就开始探索"太空摆渡车"技术，陆续研发出数十种型号的"太空摆渡车"，如美国的"半人马座"，俄罗斯的"微风""护卫舰"，都是著名的"太空摆渡车"。我国在20世纪80年代，也开始酝酿研制"太空摆渡车"，并先后产生多种运载器。但它们均为满足某单一任务的运载器，基本不具备通用性能，并不是真正意义上的"太空摆渡车"。

随着21世纪的来临，尤其是北斗工程正式立项，中国迎来前所未有的航天发射密集期。为适应高密度航天发射需求，国家正式启动"太空摆渡车"工程。中国航天推进技术研究院在北京宇航系统工程研究所抽调专业人员，组建了中国"太空摆渡车"研制团队。

如果说航天是高危行业，那么"太空摆渡车"就是危险地带的"地雷区"。世界航天强国俄罗斯，有一年出现六次重大失败，其中五次是"太空摆渡车"惹的祸，足以说明它的研制难度有多大。比如，恶劣环境的挑战。"太空摆渡车"在外层空间飞行数小时甚至数天，不仅要受得住真空、冷黑空间背景及太阳直接辐射、地球反照辐射、地球红外辐射等恶劣环境考验，还要经受住太阳不时爆发的"粗暴脾气"——太阳风暴的摧残。

太阳每天东升西落，为我们带来光明和热量。然而它并不像我们看到的那么平静，它的内部进行着剧烈的核聚变反应，氢弹就是利用这个原理制成的。有时太阳活动会很剧烈，从内部发出大量的电磁辐射、高能带电粒子以及高速的等离子云。科学家们将其形象地称为太阳风暴。

太阳风暴的危害很大，地球由于有磁场和大气层保护，受到的影响并不严重。但是，冲出大气层的"太空摆渡车"和卫星就不行了，通信中断、元器件损毁、数据丢失都有可能发生。

为确保能扛住太阳风暴，以叶成敏为带头人的科研团队对"太空摆渡车"采用了一系列保护措施，给它设计了"冷暖衣"，穿上"屏蔽防护壳"，尤其是给它加了一个"智慧大脑"。有了这个"智慧大脑"，哪怕"太空摆渡车"与运载火箭"交接棒"时，没有"跑到站"或者已经"跑过站"，"太空摆渡车"都能容忍，自己重新规划飞行路线，将"乘客"准确送达目的地。

北斗高密度发射组网，要求远征一号"太空摆渡车"一次搭载数个"乘客"，有效载荷大大增加。对于机场摆渡车，别说增加几百千克，就是增加一千千克，那都不是事儿；但对于"太空摆渡车"来说，增加几十千克都是天大的难事。

火箭运载能力是既定的，只能在"太空摆渡车"的车身上做文章，也就是想办法让"太空摆渡车"在确保摆渡能力不变的前提下，"减肥"一百千克。

如何给"太空摆渡车"减肥？叶成敏和团队经过反复讨论，觉得通过优化内部结构技术途径（结构减重）"瘦身"，既稳妥可靠，又最有希望，但也是个最笨的办法。大家用尽气力，结果却令人沮丧：只减掉四十千克，与一百千克的目标还相差很远！"减肥"工程近乎陷入停滞。

那些日子，叶成敏像丢了魂儿似的，日不思茶饭夜不思眠，整天围着办公楼低头打转转。结构减重效果为什么这么差？就在百思不得其解时，他突然想到了某个分系统参数。这些参数，每次太空飞行都要采集，都要消耗大量燃料。现在这些数据，在多次飞行后已经相对固化，研制团队对它们已经了如指掌，还有必要重复采集吗？假如把这些数据采集消耗的燃料省下来……

按照这一思路，将参数测量传感器的数量从一百多个减少到二十多个，燃料消耗居然减少了一百多千克。中国"太空摆渡车"运载能力又一次实现跨越式提升！

思路小调整，解决大难题。这就是思路与方向的魅力。叶成敏每次遇到问题，从不被事件本身所囿，而是大胆跳出过程，立足整体，着眼结果，从根本上认识问题。

在研制团队艰难而又坚定的推进中，"太空摆渡车"终于一步步走进发射场。哪知，在发射窗口计算时，又出现火箭弹道和风补偿弹道两个参数难以对应的问题，而且经设计人员反复计算，也没得到理想的结果。

面对突然跳出的问题，叶成敏首先想到的是整个发射任务、发射窗口的确定，需要考虑各个系统，而不是只考虑"太空摆渡车"一个系统的事。他又仔细分析了数百条窗口数据，认为火箭弹道和风补偿弹道参数不完全重合，从本质上不会影响"太空摆渡车"完成任务。通过沟通与协调，设计人员接受了他的观点，发射指挥部也采纳了他的建议。

发射结果证明了他的推测，"太空摆渡车"出色地完成了"摆渡任务"。

通过中国航天人的艰辛努力、不懈追求，中国"太空摆渡车"已经形成能适应各种发射任务、比较完整的上面级型谱：

远征一号上面级，发动机实现两次启动，能在外太空连续工作数小时。

远征一号甲上面级，在远征一号上面级的基础上，实现了全方位性能升级：发动机起动次数达到数十次，在外太空工作时间提升为数天。

远征一号乙上面级，对远征一号上面级功能进行简化和适应性改进，使用成本低，是商业化版本，主要面向国际商业发射的中低轨道有效载荷。

远征二号上面级，主要应用于长征五号新一代大推力运载火箭的上面级，可将数吨的卫星直接送达36000公里高度的地球同步轨道。

……

中国"太空摆渡车"整体水平，已经与航天强国美国、俄罗斯旗鼓相当！

第十五章
九天牧星

如果说发射卫星是"嫁女"，那么测控系统则是"新娘的随行保健医生"。

他们勇于创新，设计了具有中国特色的测控信号体制，实现了该领域的自主可控。

他们根据北斗卫星新的发射方向，进行了一系列技术改革，创造了卫星测控新局面、新气象。

他们了解卫星如同了解自己的孩子，能读懂测控屏幕上的每一条曲线、每一串数据、每一个字符……

58 给信号穿上铠甲

人类头顶上的天空，无边无际、无遮无挡，而人类放飞的各种卫星，却能按照人类的意愿，在航天专家设计的轨道上，不偏不倚、不紧不慢地翱翔。这是被人们誉为"太空追星族"的航天测控系统的科学家们创造的奇迹。

航天测控是关系卫星生死的大事。卫星发射后一旦失去控制，就会消失得无影无踪，这类事情在人类航天史上并不罕见。因此，测控系统的科技工作者都说，自己"干的是不允许犯错误的事"。

北斗星座有数十颗卫星，测控难度空前增加，北斗测控团队面临着有史以来最严峻的挑战，尤其是确保航天测控信息得到安全有效的保护，更是当务之急。

美国、苏联等航天强国起步较早，在测控体制设计上先行一步，一直处于世界领先地位。而我国航天事业由于起步较晚，测控技术始终落后于人，数十年来的航天测控一直使用外国已经比较成熟的相干扩频测控体制，开始是使用苏联的，后来又使用欧美的。这种外来的测控信号体制，不仅给北斗信息带来了严重的安全隐患，而且用它来完成庞大北斗星座的组网发射测控和日常管理测控，已捉襟见肘、难以胜任。

用别人的体制来测控自己的卫星，用测控专家们的话来说："就像一名深入危险地带的战士，却没有穿护身的铠甲。"

那么，什么样的测控信号体制才能给北斗、给中国航天测控信号"穿上铠甲"，并与北斗多轨道、多卫星星座测控"合身合体"呢？

早在 21 世纪初，北京跟踪与通信技术研究所汪研究员，就已经开始眺望中国特色航天测控体制这座尚未被征服的山峰，并不时在这座山峰下的崎岖小路上低头摸索。

汪研究员感到，中国征服这座高峰已经刻不容缓，因为 21 世纪的中国航天测控精度急需大幅提升，在太空中"涉险"了几十年的中国航天测控信号体制再也不能"不穿铠甲"，尤其是已拉开序幕的北斗卫星导航系统急需一种崭新的卫星测控体制给予强力支撑……

汪研究员坚信自己能找到一条登上这座高峰的中国道路。他在大学期间，学习了多门无线电扩频技术课程，打下了比较扎实的学科专业底子。参加工作后，他干过多年的设备研制。读研期间，他又系统研究了 GPS 导航测控技术及其国际标准。尤其是参加工作以来，他多次服从单位需要调整工作，做过项目设计，干过总体设计，带过课题组。有人说，频繁更换工作，难以出成绩。而汪研究员却认为，服从命令不仅是航天人的天职，也是拓宽知识面、锻炼提升素质的好机会。

丰富的学习、工作经历，为汪研究员在测控体制领域培植新苗准备了一方丰厚的沃土。这时，一种新的信号传输技术在卫星测控领域悄然兴起，它就像冰封的湖面上吹起一缕春风，冰层迅速消融，湖面又有微波荡漾，一朵莲花之蕾，自然而然地从水下的沃土里钻出，突然以惊艳的姿态浮出水面。

在此之前，全世界航天测控都是用相干扩频测控体制，汪研究员提出的新测控体制与之大相径庭。2004 年 5 月，汪研究员刚提出这一设想时，也曾怀疑自己能否走得通这条前人从未走过的路。但他经过深入论证后，发现这条路虽然有很多弯弯绕绕，却一定能通向一片崭新的天地，为中国卫星测控展现出一片广阔的远景。

汪研究员将自己的想法向时任研究室主任董光亮做了汇报。这种新的测控体制确实有些匪夷所思，汪研究员费了九牛二虎之力，也没把原理讲透彻，但却得到了董光亮的坚定支持。"虽然我没完全听懂你的想法，心里还有疑问，但咱们同事这么多年，你的作风和品行我还不了解吗？我相信你的想法是对的，相信你一定能弄出来。"董光亮拍拍他的肩头，"你也要相信我，只要你去弄，我一定全力以赴支持你；只要你弄出来，我一定全力以赴把它推广出去！"

由于原理深奥，一时难以被大家认同，加之没有初期成果，新测控体制课题难以立项，因此起步时没有任何经费。但汪研究员觉得，这事没钱也值得干。现在有了领导的支持，他的意志更加坚定、热情更加高涨，几个月便完成了全部设计。

接下来要进行原理验证，汪研究员对此充满信心。参加工作后，他与设备研制单位打了十几年交道，彼此建立了友好信任的工作关系。2004年12月，汪研究员首先联系了某研究所有关部门。虽然对方对这种新测控体制那弯来绕去的原理不甚理解，但出于对他的信任，爽快地答应在别的项目产品上做试验。

试验结果，新测控体制原理成立！

2005年春天，信心倍增的汪研究员踏上了向专家请教推介之路。起初，当汪研究员说出自己的设想时，他所接触的近十名专家都投来疑惑的目光。他提出的新测控体制颠覆传统，而且原理晦涩，有些难以理解，专家们确实有足够的理由提出各种疑惑。但汪研究员坚持耐心地解释原理、答疑解惑，加之专家们也深知，有些科学问题并不因为人们对其原理不甚理解，就意味着不是客观真理，最后有近十名专家表示支持他的创新之举。

汪研究员的这一创新成果，在自己单位里却是"墙内开花墙外香"。所里的有关专家对这一创新测控体制始终难以认同，甚至出现一边倒的反对声音，导致该测控体制迟迟不能立项，严重影响了这一创新成果向生产力转化。

　　为消除疑义，统一认识，形成合力，共同推进新测控体制应用，在研究室主任董光亮建议下，研究所召集所里有关专家，再邀请一批外单位专家，集中听取汪研究员解答有关原理。新测控体制原理连汪研究员自己都觉得"心里想得透彻，嘴上难说明白"，加之专家们都习惯于从自己的专业角度理解问题，就更是难以厘清头绪。因此，汪研究员绞尽脑汁解释了一个下午，讲得口干舌燥、嗓子眼儿冒烟，专家们也只觉得他说得"有些道理"，至于"道理在哪儿""为什么有道理"，大家依然没有悟到。

　　最后，董光亮站起来说道："其实我和大家一样，对汪研究员的新测控体制也没有彻底弄明白。但我为什么支持他呢？因为我相信他。他的为人品格、科研作风，大家和我一样了解。噱头、忽悠那些事，他压根儿就不会做、做不来，他坚持的事情，绝对是有理由的！"

　　与会专家们都不约而同地轻轻点头。对新测控体制的异议，从此销声匿迹。

　　随着大家对新测控体制的逐渐认同，国内地面测控设备研制生产单位蜂拥而至，竞相提出技术合作意向。仅 2005 年上半年，就有多家研究所表达了研制生产有关设备的愿望。

　　新测控体制"上天"之路，也并非一帆风顺。董光亮亲自带着汪研究员和第二研究室主任张国亭，到中国空间技术研究院总体部推介。双方深入交流后，中国空间技术研究院的专家既被他们的真诚感动，也被新测控体制所吸引，很快达成合作意向。紧接着，董光亮又带队前往中国空间技术研究院西安分院，与设备研制人员交流洽谈，促成中国空间技术研究院西安分院成为新测控体制首家星上用户。

　　打开了"上天"的突破口，新测控体制应用开始驶上快车道。短短几个月间，他们与上海微小卫星工程中心达成上星协议，与北京理工大学等众多单位签订新测控体制应答机研制协议。

　　2005 年 12 月，北京跟踪与通信技术研究所在石家庄某研究所组织星上应答机研制单位、地面设备研制单位、卫星总体等十二家涉及卫星测控业务单位，成功举行新测控体制大规模技术试验，为该创新成果的全面应用开了绿灯。

2006 年，新测控体制开始型号设备研制生产。

2007 年，上海微小卫星工程中心创新一号卫星，在全国率先携带新测控体制设备，圆了飞天梦。

张国亭下大气力推荐新测控体制进型号上卫星，成果应用之花在航天测控领域竞相绽放，包括北斗三号导航卫星在内的全国所有卫星测控，均已运用具有完全自主知识产权、达到世界先进水平的新测控体制。

新测控体制成功地迈出了中国航天测控体制自主创新的第一步。它实现了一站多星、多站一星和多站多星同时测量，大幅提升了高精度时差测量指标，并以自己的方式向世界宣告：中国航天测控信号体制的新时代来临了！

59　北斗东南飞

2007 年 4 月初，北斗二号区域系统首星发射在即。这天晚上，从四面八方赶来的航天迷们，早早聚在发射场东边山坡的观礼台上，聚精会神地凝视着高高竖在发射塔旁的银箭，期待着那惊天动地的壮观时刻。

终于等来了激动人心的倒计时："10、9、8、7……"大家异口同声应和着："6、5、4、3……"随着大伙儿兴高采烈的一声"送"，瞬间幻化为美丽火凤凰的银箭冉冉升起，向东南方向的夜空飞去。

这时，观礼台上有人发出了疑问："咦，今天火箭怎么向东南飞？""是啊，过去发射的火箭都是向东飞的呀？""北斗卫星发射怎么与别的卫星不一样？"

北斗东南飞，是北斗导航卫星特色轨道决定的特殊射向！也是我国航天史上从未有过的新射向！

新射向，呼唤卫星测控的新模式、新方法。测控系统副总设计师陈高工，在总设计师吴斌领导下，毅然挑起了新射向卫星测控方案总体设计重任。他们把新射向当作创新科技、施展才华的新平台，把创新路上的一个个高坎深涧，当作推动国家卫星测控技术跨越式发展的新机遇。

新射向提出的第一个难题是海外测控点的选取与布置。它涉及两国外交、交通、海事等众多政府部门，协调难度大、过程复杂，难以自主可控，几个月甚至数年的努力，常常因为一个偶然因素而付诸东流。

比如，北斗的新射向需要在某海域布置一个远望测量船测控点，而该海域所属国家，是个希望在航天领域有所作为的发展中国家。中国抱着最大的合作诚意，带着最大的谈判耐心，同对方进行艰苦协商，双方终于签订了合作协议。

哪知，我国代表团费尽周折才得来的这一纸协议，也只维持了两颗北斗卫星的发射测控，就发生了意想不到的事情。那天，又一颗北斗卫星发射进入倒计时。按计划，远望号测量船需要紧急进驻该海域测控点。不料这天是该国传统节日，连续数天全国统一放假，全民狂欢，负责办理远望号测量船进驻手续的政府官员全都放假了，我国工作人员想方设法才联系上他们几个人，对方的口气竟然惊人一致："我们正放假休息呢，怎么办理手续啊！等上班再说吧。"幸亏北斗测控专家在制定测控方案时，在附近公海为远望号预留了一个勉强可用的临时测量点，才如期完成北斗二号组网卫星发射。

这件事对大家触动很大，它再一次警醒中国测控专家：工作主动权必须牢牢握在自己手中！为此，北斗测控系统"两总"经过深思熟虑，果断启动数年前筹划的上面级中继卫星测控技术项目——用天上的卫星测控替代地面、海面测控。

过去，在北斗"密集组网"期间，我国几艘海上测量船平均每艘每年出海近三百天，有时连续出海工作半年以上。随着上面级中继卫星测控技术的应用，紧张的卫星测控尤其是海上测量形势得到大大缓解。当远望号上的科技工作者在海上漂泊得太久、太累时，就可以让他们回到港湾，睡个好觉，好好歇歇。

北斗东南射向的轨道下方，大部分为人口密集区，城镇星罗棋布，重要设施众多。测控系统不仅要确保火箭助推器、一级火箭、二级火箭、整流罩分离后的降落地点必须绕开上述区域和设施，避免人员伤亡、财产损失，而且要在发射出现异常时及时引爆火箭，避免造成更大损失。

陈高工带领团队经过缜密计算，找到了火箭助推器、一级火箭、二级火箭、整流罩最佳分离时机和方案，完成了安全管道、告警管道和炸毁管道设计，为北斗东南飞筑起多重"安全围栏"。

北斗发射"一箭双星"，比过去"一箭一星"星箭分离难度大增。如北斗二号"双星"采用"串联"方式与火箭对接，星箭分离时两颗卫星极易碰撞，而且其中一颗卫星"半隐身"于箭体中，不能收到分离信号。针对这一情况，陈高工带领大家巧妙地为"姐妹星"设计了"两次分离"方案，即首次发出星箭分离信号，让"姐姐"脱离"妹妹"，然后把火箭调整到"妹妹"能收到测控信号的轨道上，再发出让"妹妹"脱离火箭的信号，让"姐妹星"先后顺利脱离火箭，并相互拉开距离。

北斗三号的一箭双星，"姐妹星"改为"并联"方式与运载火箭对接，到了需要星箭分离时，地面遥控火箭快速旋转，卫星利用离心力脱离箭体，并彼此拉开距离，防止相互碰撞。如此"一次分离"，虽然程序简单便捷了，但新的难题又接踵而至：如果火箭旋转的速度太快，卫星可能收不到分离信号；而旋转太慢，"姐妹俩"又拉不开距离，可能发生对撞。

陈高工带领团队经过艰苦细致的模拟计算，终于设计出让火箭旋转速度恰到好处的测控方案。

60　北斗的"保健医生"

卫星系统、运载火箭系统都说卫星发射是"嫁女"，而测控系统则说自己是"新娘的随行保健医生"。

作为"保健医生"，卫星发射前四小时，就要开始监护"新娘"的健康状况，看她思绪是否清晰、心理是否紧张、心跳是否正常、血液流动是否通畅……是否具备"出嫁"的身心素质。

运载火箭点火升空后，"保健医生"要引导火箭按照事先选好的方向和路径奔向太空，若她耍点小性子，没走在路中间而跑到路边上，就要拉拉她的衣袖，让她回到路中间；若她太过任性，偏离原定路线太远，就要根据她所处的具体位置，重新为她设计一条路线，把她引向远离地面重要设施和人口密集区域，到无人区或人口稀疏的地方"自个儿任性去"（引爆）。

火箭冲出大气层，打开整流罩后，"保健医生"就要开始用指令排掉"新娘"肚里的空气，否则会影响她在真空环境里的工作。接下来，"保健医生"就要发射一连串指令，进行星箭分离，确定她下一步飞行的大致方向，打开太阳能帆板，告诉"新娘"此后要开始独立工作、生活了。然后，"保健医生"开始进行精细调整，引导她准确嫁到"夫家"——设计轨道上。让她稍作歇息后，"保健医生"还要对"新娘"进行一次全面体检，确认她是否具备独立工作的心理和身体素质。

　　至此，"保健医生"基本完成了第一步——发射测控。但更加漫长的连续十年甚至十几年的第二步"保健工作"——正常管理，才刚刚开始。

　　太空力学环境非常复杂，地球引力与离心力处于胶着状态，对"新娘"尤其是高轨上的"新娘"，影响很大，导致她时不时"离家出走"——偏离轨道，让导航精度随之下降。"保健医生"就要随时把她看好，让她时刻坚守在自己的岗位上。

　　地球有阴面和阳面，当"新娘"进入地球阳面，处于太阳照射状态下时，卫星表面温度高达一百多摄氏度；而当她进入地球阴面，没有阳光照射时，卫星表面会骤然下降到零下一百多摄氏度，可谓冰火两重天。温度太高或太低，都会对"新娘"的五脏六腑带来不利影响，甚至是破坏性影响。因此，在她从阳面进入阴面或从阴面进入阳面之前，都要对她进行能源管理，使"新娘"身体时刻保持"正常体温"——航天测控专家把这称为"地影管理"。

　　太空环境甚至还有些"诡异"，有着诸多莫名其妙的现象。受此影响，卫星会不时出现各种情况。"保健医生"要一年到头对她实时监控，一有情况，立刻"对症下药"，将各种病症消灭在萌芽状态。

　　一颗卫星在完成使命任务，到了实在难以胜任工作时，"保健医生"要送她最后一程，为她设计一个测控程序，让她把工作岗位让给后人，到一个安静的地方"颐养天年"——航天测控专家称之为卫星钝化。

　　卫星钝化是个十分复杂的航天难题，"保健医生"需要有高超的诊断能力。卫星工作寿命虽然理论上是八年，但是以稳妥立世的中国航天专家，在研制卫星时通常要留出一些性能余量，因此中国卫星寿命通常在十年以上，甚至达到十二三年。在此情况下，若对卫星过早钝化，就会浪费国家卫星资源；若卫星钝化滞后，则会影响导航系统正常、稳定运行。因此，"保健医生"必须时刻关注她的各种健康信息，依据卫星给出的各种数据，结合近十年"望、闻、问、切"的海量信息，进行综合分析处理，给她找到一个再不能继续工作又不影响系统运行的最佳"退休时机"。

卫星的"保健医生"不好当，因为卫星结构太复杂，工作环境太恶劣，不知啥时就会出现紧急情况，把"保健医生"弄个措手不及。

如 2010 年发射的一颗卫星，前面几个小时还飞得好好的，一级火箭分离、二级火箭分离、打开整流罩、星箭分离，都顺顺当当，可到变轨环节时，第一次变轨就开始出现问题，出现"星上发动机推力异常"。现场坐镇指挥的北斗工程"两总"，当即下令"暂停变轨"，火速召集专家会诊，费了九牛二虎之力，才查出氧路管道出了问题，而且还是个运用地面测控难以修复的物理问题。好在"魔高一尺，道高一丈"，通过测控专家精细计算、巧妙测控，卫星最终变轨成功，为国家挽回了巨额的经济损失。

还有前些年的一次发射，一级火箭分离时发射场测控系统显示"正常分离"，可到了二级、三级火箭分离时，发射场测控设备没有任何显示，也就是说可能分离了，也可能没有分离，若是后者麻烦可就大了。所有在场人员都惊出一身冷汗。测控专家赶紧电话询问外测人员，得到遥测参数显示正常分离的报告，大家才放下心来。测控系统专家立刻对发射场区测控系统进行排查，发现是软件出现了微小漏洞。大家连续奋战两昼夜，彻底排除了隐患。

对于航天测控专家来说，这样的事故可谓见怪不怪，说不定啥时候就遇到。

"在医院里，都说急救室医生压力最大，神经整天都绷得紧紧的。"测控专家们说，"在卫星发射时，搞测控的比那些急救医生压力还大，神经比他们绷得还紧！"

为当好北斗的"保健医生"，测控团队成员们时刻睁大两只眼睛盯着那些卫星，比盯自己的独生子盯得还紧。

超常的成就，注定了要有超出常人的付出与奉献。

北京跟踪与通信技术研究所技术员曹高工和丈夫是同事，而且都特别喜欢孩子，都是那种看见熟人的孩子就想上去抱抱，听见别人的孩子叫爸妈就心痒的年轻人。2002 年，俩人结婚时就默默许下心愿，祈求他们的爱情结晶早日来临。

都说孩子和父母是讲缘分的。婚后第一年，曹高工还在大学读研，丈夫已大学毕业分配到机关工作，出差频率特别高，经常说走就走，夫妻聚少离多，与孩子的缘分一直未至。

2003 年她硕士毕业，分配到北京跟踪与通信技术研究所工作后，比丈夫出差频率还高，今天这个发射场，明天那个测控中心，整天不是在飞机、火车上，就是在兄弟单位的机房里。她就像只陀螺，被一个接一个的紧急测控任务鞭策着，压根儿停不下来，包括家里有紧急情况时也依然如此。

她母亲身体一直不好，她们姐妹几个又全在外地工作，十几年来都是父亲一个人照料母亲。她很想多回几次家，在老人身边多待些日子，多尽儿女之孝。但她能做到的，就是每年休假时回去一次，看父母一眼。哪知天有不测风云，父亲在这年春天突然走了。而她得知噩耗时，正值一次型号发射刚刚进入两小时倒计时，作为这次发射测控指挥员之一的她，已经进入发射测控大厅。当时，她的第一反应是回不了家了，此时离开无异于临阵脱逃。作为一名发射测控指挥员，她只有一种选择，就是强压心中的悲痛，继续坚守岗位，争取出色地完成任务。

待她和队友们一起把卫星送上预定轨道时，已经是父亲仙逝的第三天……

夫妻二人都忙于出差，孩子自然一次次与他们擦肩而过，结婚五年了，爱情的结晶依然没有走进他们的生活。

2007 年，北斗二号首星发射在即。曹高工受命前往西安卫星测控中心执行发射测控任务。此次发射，肩负着抢占通信频率的特殊使命，任务紧急、时间紧迫，参与任务的所有人员连续一个多月昼夜奋战，历经种种艰难险阻，终于把卫星送上了预定轨道。

就在曹高工和同事成功收到卫星发回的信号，宣告北斗导航优先使用珍贵频率时，她突然感到腹部一阵绞痛，脑袋嗡的一声，险些跌倒在地……

队友们把她紧急送往医院。医生经过一番细致检查，惋惜地告诉她："你流产了。"

她似乎没听懂，又似乎意识到什么："大夫，我怎么了？"

医生摇了摇头："你自己不知道？你怀孕了，可现在保不住了。"

一道晴天霹雳，瞬间把她的世界击得粉碎。她哇的一声掩面痛哭起来……

好在皇天不负诚心人，就在北斗二号正式向亚太地区开放服务的2012年，他们的爱情结晶终于带着一声清脆的啼哭，走进了他们的生活。队友们都和她开玩笑说："你和北斗有缘，没想到你的孩子和北斗更有缘，早不来，晚不来，偏偏在北斗二号宣告建成时来了，名字就干脆叫'北斗'吧！"

第十六章
突出重围

　　时下，在人们心目中，卫星导航就是 GPS，GPS 是卫星导航的代名词。后起之秀北斗导航的推广应用，一开始便"身陷重围"。但北斗人自信地说："欢迎世界人民货比三家！""北斗导航一定要也一定会突出重围！"

　　带着这种冲天豪情，他们漫漫求索，成功开启北斗大众服务第一门，让"中国芯"不再痛，使北斗应用的"星星之火"渐成燎原之势……

61　打开北斗大众服务第一门

GPS 作为人类卫星导航的"先驱",其推广应用占尽先机、势如破竹,迅速渗透到世界每一个角落、每一个领域。当今世界大多数国家都在使用 GPS,GPS 已经形成一家独大的态势,牢牢占据着世界卫星导航定位应用领域龙头老大的位置。在人们心目中,卫星导航就是 GPS,GPS 就是卫星导航,GPS 已成为卫星导航的代名词。

这也就意味着,作为后起之秀的中国北斗,在推广应用的道路上,一开始就"身陷重围"。

中国北斗的应用能从 GPS 的夹缝中突出重围吗?对此,北斗人充满豪情:"北斗应用一定要突出重围,也一定能赶超世界先进水平!"

这份自信,首先来自北斗导航比肩并决心超越世界先进导航系统的优异性能。有了这座靠山,北斗人就有底气说:"不怕不识货,就怕货比货。欢迎世界人民货比三家!"

这份自信,也来自中国有一批有理想、有胆识、有智慧的致力于卫星导航应用技术开发的企业家。

2000 年 10 月 31 日,已是凌晨时分,周儒欣依然没有丝毫睡意,坐在书房里静静地等待着西昌卫星发射场老朋友的来电。

书桌上的"全球通"终于嗡嗡响了。周儒欣一把拿过手机:"喂!怎么样?"手机里传来激动的声音:"发射成功了!成功了!!"

北斗一号首颗卫星发射成功,让周儒欣兴奋得彻夜未眠。这一天,他已经期待了近十年!

1979 年考上南开大学，周儒欣对卫星导航应用产生了浓厚兴趣。

1994 年，北斗一号"双星定位系统"正式立项。不久，周儒欣带头创办了中国第一家从事卫星导航应用的企业。他自任总经理，带领几名员工开始开拓国内卫星导航应用市场。

1997 年初，美国高通公司派人来到北京，寻找推广运输车船跟踪业务的中国代理商，并与周儒欣的公司取得联系。周儒欣意识到这是开拓国内卫星导航业务的绝好机会。于是，他找了几个好朋友，组建了运输车船跟踪业务中国运营小团队，并决定先到美国去考察，看看人家的卫星导航公司是如何运营的。

1997 年 10 月，周儒欣一行四人飞往太平洋彼岸，把美国 GPS 公司看了个遍，然后才走进位于加州圣迭戈的高通公司参观运输车船跟踪业务运营中心。他们发现，管理中心采用双星定位技术，用两颗同步轨道卫星实现定位功能，对六百多辆（艘）卡车（船）的长途运输实现了远程监管跟踪，对它们行驶在什么地方，车上的油量有多少，重力甚至温度等数据，都一目了然，国内几十个人难以完成的工作，在这里只需两三个人就可以胜任。这样的效率让周儒欣非常惊讶。

虽然这时周儒欣对北斗的具体应用领域还有些不确定，但他还是看到了北斗一号系统未来应用的广阔天空。假如北斗一号应用是只"螃蟹"，那它绝对是只"大肥蟹"——能够吃出一个大产业的"阳澄湖大闸蟹"！

从美国考察回来，周儒欣开始为北斗一号的应用投石问路，给航天主管部门的领导写了一份报告，不仅阐述了企业未来的经营思路，而且提出建立北斗一号应用推广中心。

2000 年，周儒欣与朋友李建辉一起凑了六十万元，一边申请注册北斗星通公司，一边向航天主管部门领导汇报自己的构想，争取早日立项。

主管部门领导听了，认为这事非常有意义，表示一定支持。可正当周儒欣满脸欣喜时，却见主管领导脸上露出了难色："这个课题立项肯定没问题，但最后项目能否交给你们北斗星通，却很难说。"

周儒欣没问为什么，他心里清楚原因。北斗是个封闭的系统，参与北斗一号建设和推广的单位，基本上都是"国"字号研究院所，他这样的民营小企业很难参与进去。再说，当时北斗一号还不具备运营服务的技术条件，更为关键的是，那时北斗系统开放服务问题依然是个未知数。因此，周儒欣能否第一个吃这只"大肥蟹"，取决于他能否打开北斗大众服务的政策之门。

沉默片刻，几位主管部门领导异口同声地说："卫星导航惠及民众，虽然是北斗建设的初衷，但这毕竟是开启新篇章的大事，必须跟更高层的领导汇报，我们愿意帮忙协调。"

过了一段时间，就在周儒欣准备出国考察之际，有关部门突然来了电话："我们跟主管的领导说过了，他要听你汇报，你赶紧跟他联系。"

"太谢谢你们了，但是我周一要出国。"

"那你现在就先打个电话跟他汇报一下。"

周儒欣斗胆拨通了北斗主管领导的电话。他们整整谈了四十分钟，周儒欣将自己为北斗大众服务勾画的蓝图和盘托出："北斗的服务放开，对系统的发展有诸多好处，特别是将来很有可能建立更大的系统，探索一些新的应用模式，可以为未来更大的系统建设提供一些经验。北斗一号的快速定位、短报文通信、精密授时三大功能，可为我国陆地、海洋、空中及太空各类业务提供多种保障，如陆上的大地测量、地震预报、各种车辆的运输调度、森林防火、地质勘探和国土开发、航海（空）的安全航行和交通管制、空间飞行器的定位和测控，以及授时、移动通信、搜索救援……"

北斗主管领导初步肯定了他的想法，并在周儒欣出国考察归来后，又组织专家团队当面听取了他的全面汇报。

2004年，有关部门见时机成熟，欣然批准了北斗系统向大众开放服务。北斗星通随之拿到了全国第一块北斗应用服务的牌照——北斗一号卫星导航系统分理服务资质认证（001 号）。

融入北斗领域的北斗星通，紧跟北斗建设节奏，顺势而为，企业实力迅速提升。今天的北斗星通，已成为一家总资产超七十亿元，员工逾四千人，经营机构覆盖亚洲、欧洲、北美洲的国际化产业集团。

2018 年 5 月 18 日，为纪念中国改革开放四十周年，中关村邀请老、中、青及新生代领军人物，举行"致敬——中关村创新发展四十年"主题论坛，并评选出四十位杰出领军人物，授予"杰出贡献奖"。北斗星通董事长兼总裁周儒欣获得此项殊荣。

62　未来危机就是创业机会

1991 年，赵延平大学毕业进入北京光学仪器厂从事导航研发工作，从此与卫星导航结下不解之缘。

1997 年，赵延平开始实施创业第一步——"师夷之长"。他只身飞往大洋彼岸留学，很快遇到了一个让他纳闷的现象，就是不管他向哪个美国专家请教，甚至与哪个美国同学接触，对方都会向他提出一串如出一辙的问题。

"你是日本人？"

"不是。"

"你来自中国香港？"

"不是。"

"要么从中国台湾来？"

"不是。"

"那你从哪来？"

"中国大陆。"

起初，赵延平不知道他们为什么都要问这些，中国来的与日本来的不都是留学生吗？来自中国大陆与来自中国香港、中国台湾又有什么不同吗？但很快，他就知道了其中的秘密，原来美国不仅 GPS 核心技术对所有外国学者严密封锁，而且核心技术以外的技术，对不同国家和地区的学者开放的程度也不同，而对中国学者封锁最严，就连拥有美国国籍的华裔学者，也只能按照密级参与开发。不久，赵延平又发现，在全球卫星导航定位领域，美国 GPS 一家独大，市场上高效率的卫星导航定位技术和设备，全部被国外跨国公司垄断，而我国近乎一片空白。

原来是这样啊！你越是贫穷，人家越不拿正眼瞧你；你越是落后，人家对你封锁越严。

歧视，刺痛了赵延平的心，也唤醒了他捍卫尊严的激情。封锁，遮挡了他观察的目光，但遮不住他成长的意志、报国的雄心。

虽然不能接触核心技术，但赵延平不放过每一次学习机会，努力让自己飞向未来的翅膀丰满些，再丰满些。与此同时，他时刻关注着国内卫星导航技术和产业发展情况。随着我国国力的显著增强和经济的飞速发展，他的创业信念越来越强，信心越来越足。

两年之后，赵延平回到祖国，代理 GPS 的设备业务，把生意做得风生水起。2003 年，在北斗一号正式开通运行、北斗二号即将立项启动之际，赵延平又果断创立了上海华测导航技术股份有限公司（简称"上海华测"）。

在 21 世纪初，如果哪家测量单位买了一台高精度 GPS 接收机，这台接收机一定是进口的，而且价格非常昂贵。企业都把它当宝贝一样，有专人看管，使用要经总经理批准。

赵延平决定把 GPS 接收机国产化。这也是上海华测创立后的第一场攻坚战。

高新技术产业前景诱人，可投入大、周期长、风险高，需要连续多年的高额投入。但困难越大，赵延平雄心越壮，在组织生产单频 GPS 接收机的同时，着手布局双频 GPS 接收机，精度直指毫米级！

精度越高，攻坚越难，经受的磨难也越多。为加快研制进度，他们白天编写程序、讨论方案，晚上安排仪器进行野外测试。

2003 年上海的冬天，似乎比往年来得更早、更寒冷一些。上海郊外的晚上，天上只有冷冷的几颗星，四周一片寂静。他们背着三脚架，拎着仪器，走到空旷的路边，架上设备，打开电源，卫星搜索灯开始萤火虫般一眨一闪，给寂静的夜色增添了几分神秘色彩。

一天晚上，他们正在一幢大楼背后测试房角对仪器接收卫星信号的干扰数据。突然，一辆警车飞速开来，几个警察下车问道："深更半夜，你们在这里干什么？"

研发人员说："我们在搞测量。"

警察说："那你们的尺子呢？"

"我们不用尺子，我们用仪器测量。"

"这里光线太暗，我们无法了解仪器的用途，请跟我们去派出所说明一下情况。"

他们只好上了警车到了派出所，直到公司拿来营业执照，拿出相关论文，带来国外类似设备作业的照片，才算把问题解释清楚，他们才得以离开派出所。

经过两年的艰苦奋斗，2005 年夏，中国第一台毫米级双频 GPS 测量接收机——"华测 X90"终于在上海桂林路上的华测公司诞生了！

"华测 X90"精度最高可达毫米级，完全一体化的双频 GPS 测量设备，使中国成为继美国、日本和瑞士之后，第四个能生产毫米级 GPS 定位设备的国家！

消息一传出，美国向中国出口的 GPS 设备价格立刻下降了 50%！

"华测 X90"的问世，迅速在中国掀起一股 GPS 研制风暴，新产品如雨后春笋般地出现在卫星导航市场上。然而，赵延平却发现，国内厂家销售的 GPS 仪器大部分利润都交给了大洋彼岸的几家 GPS 接收机的 OEM（原始委托生产）板卡研制和生产公司。

深受刺激的赵延平又决心研制中国人自己的板卡。赵延平把此前赚的七八千万元全部砸了进去。

朋友们说："你这是破釜沉舟啊，弄不好就把上海华测弄破产了。"

赵延平说："中国人不能老给外国人当长工，必须破釜沉舟！"

攻克 GPS 接收机 OEM 板卡的关键，在于破译接收卫星高精度信号的密码。为此，研发团队找到了一把代号"997"的密钥——"早上 9 点开始工作，一直干到晚上 9 点，每周 7 天工作制"。

2009 年，华测公司板卡研发取得重大突破。2010 年 8 月 17 日，在中国工程院院士刘经南等十三位专家的见证下，中国自主研发的第一块双频 GPS 板卡宣告诞生，GPS 板卡高价进口的时代宣告终结。

就在赵延平组织 GPS 板卡攻关之际，国家开始实施北斗导航卫星信号地基增强系统工程。与之相配套，各地也需要建设与之相应的省级大型地基增强系统。这一工程一旦建设完成，北斗卫星导航定位精度将增强至毫米级，高精度应用方面将比肩甚至超过世界先进导航系统，对我国社会经济发展意义重大。

可当时建立省级大型地基增强系统存在诸多技术难题，尤其是大型参考站建设技术全被美国和瑞士两家公司垄断。特别是软件方面，我国基本处于空白。

面对国家紧迫需求，赵延平还是那个思路：这一系统对国家意义如此重大，有再大的困难也要上。就算别人不敢上，上海华测也一定要上！

为了解国外同行的发展状况，赵延平再次去美国考察，与美国专家展开交流。一天晚上，他与美国同行谈到一位专家开发的一套软件时，感觉到可能对公司项目研究有帮助。当时，这位专家正在圣迭戈，次日中午将乘航班离开。不巧的是，当晚因为天气恶劣，去圣迭戈的航班全部停飞。但他想，一定要尽快找到这位专家。没有飞机，就开车去！赵延平立刻借了一台车，加满油，打开导航，连夜上路。路上，大雨倾盆，他在雨夜中狂奔六个小时，天亮时终于赶到了圣迭戈，见到了这位专家。赵延平用诚意打动了他，赢得了他的信任，俩人坦诚交流了几个小时，赵延平得到诸多启发和帮助。

回国后，赵延平带领公司研发人员通过一番艰苦攻坚，终于研制成功北斗地基增强系统，再一次突破外国公司的垄断，并为我国测绘数据安全提供了技术保障。在不到一年时间里，上海华测就拿到十个省级北斗地基增强系统的订单，轰动了业界。

北斗卫星导航系统正式开放大众服务后，赵延平为让华测产品与北斗系统完全兼容，带领研发人员，在各地进行了大量的研究测试，挑选的大都是环境恶劣、手机信号无法覆盖的地方，因为只有这样，才能不断提高产品质量。2012 年 8 月，重庆市一个国家项目请求上海华测去做技术方案。赵延平得知这个项目位于深山，对测试公司产品与北斗系统兼容性提升特别有利，亲自带队去重庆测试。

通过千百次测试和改进，2013 年初，上海华测在业内第一个推出兼容北斗、美国 GPS 和俄罗斯格罗纳斯的接收机，将北斗系统的大众应用进程向前推进了一大步。

63　让"中国芯"不再疼痛

多少年来，由于我国微电子产业一直处于落后状态，微处理芯片长期依赖进口，因而中国电子产品长期被人揶揄："中国机器，美国心脏。"

由于没有自己的核心技术，我们的命门就掐在了别人手里，别人就可以在我们面前随时扬起"杀威棒"——恐吓我们，扼制我们。我们的超级计算机当了世界冠军，人家就突然宣布"英特尔"芯片对中国禁运，然后对着我们笑："没有了美国心脏，看你怎么当世界冠军！"

作为国家重大空间基础设施的北斗导航应用系统，也同样没有摆脱"芯"痛困境。当 2012 年 12 月，北斗二号区域系统正式向亚太地区开放服务时，中国还不能生产出一块北斗应用芯片。

对于"北斗芯"之痛，原华大电子导航事业部总经理、现深圳华大北斗科技有限公司总经理孙中亮的感受比谁都要直接，都要真切。他 1962 年出生于航天之家，父亲既是老航天，也是老北斗。他所在的华大电子，作为中国集成电路设计企业，在身份证、社保、国家电网 IC 卡芯片等领域，有着较高的市场占有率和雄厚的科技攻关实力。"北斗芯"之痛，让孙中亮体会到了紧迫，感受到了责任，也让他看到了巨大的市场和公司发展壮大的重大机遇。

2014 年，孙中亮果断决定带领华大电子导航事业部团队研发北斗芯片。

孙中亮凭着自己千辛万苦筹集的经费和公司厚重的技术积累，用不到一年的时间，便推出了我国第一款实现量产、拥有完全自主知识产权的射频基带一体化多模 SoC 导航芯片——HD 8020 芯片。

HD 8020 芯片内置智能电源控制，设计达到功耗最优方案，具有低成本、小尺寸、低功耗、高可靠性等特点。正式量产的 HD 8020 芯片，良品率达到 95% 以上，实现了"与国际主流芯片同质、与单模 GPS 芯片同价"的研发目标，极大地推动了北斗大众应用进程，市场上很快出现了基于该芯片研制的标准 1108、1216 等系列尺寸主流模块。

在有关部门组织的 2015 年度北斗 RNSS 射频基带一体化集成芯片测评中，HD 8020 芯片后来居上，一鸣惊人。

2016 年，孙中亮决定收拢战线，集中精力专攻北斗导航业务。为此，他将自己麾下的导航事业部从华大电子有限公司剥离出来，成立了深圳华大北斗科技有限公司（简称"华大北斗"），总部落户在深圳龙岗区坂田街道云里智能园，独立运作北斗导航芯片研发，业务涵盖芯片、算法、模组和终端产品设计、集成、生产、测试、销售。

孙中亮带着赤诚的北斗情怀、满腔的工作热情、锲而不舍的韧劲，着眼于北斗导航建设应用的紧迫需求，瞄准广东地区的北斗产业特点，带领华大北斗积极探索适合芯片设计企业发展的新路径。他带着公司有关部门，走进高校，开展合作，设立项目，培养人才，不拘一格网罗了一批具有高学历、高水平的顶尖技术人才。

2017 年 9 月，华大北斗与深圳市龙岗区政府签署"华大北斗导航项目合作框架协议"，共同打造北斗导航产业基地。在龙岗区政府的大力支持下，华大北斗规划成立"深龙北斗开放实验室"，为产业链企业、院校提供开放的技术研发、资源整合及测试验证服务平台。

公司成立不到一年，公司芯片成功跻身"ABI Research 全球定位芯片测评 TOP 10"行列，成为 2015、2016 两年唯一享此殊荣的"中国芯片"，并推出了全球首颗支持北斗三号信号体制的多系统多频高精度 SoC 芯片——HD 8040 芯片。

HD 8040 芯片虽然只有五毫米见方，但身材瘦小的它却有着非凡的本领。它率先支持北斗三号服务信号 B 1C、B 2a，还支持其他全球卫星导航系统，同时还支持多频点信号。它集成了浮点运算单元，计算能力比上代芯片跃升 40% 以上。它作为一款高精度导航定位芯片，在标准单点定位的情况下，便可实现亚米级的定位精度；在地基增强或星基增强辅助情况下，可实现厘米级、毫米级定位精度。它的功能大幅增强，功耗却不增反降。

它的小身材里还藏着大智慧，它的温度传感器，通过丰富的外围接口，可轻松应对各种扩展应用；它内置的多种国内外公认的数据加密单元，可满足高安全性产品需求。它可广泛应用于车辆管理、汽车导航、可穿戴设备、航海导航、GIS（地理信息系统）数据采集、精准农业、智慧物流、无人驾驶、工程勘察等领域。

HD 8040 芯片，荣获第九届中国北斗导航年会"北斗卫星导航应用'创新贡献奖'"。

HD 8040 芯片的横空出世，让成立仅一年多的华大北斗，一跃成为明星企业。

HD 8040 芯片向世界宣告：北斗应用"中国芯"的历史已经开启！

2017 年 11 月 12 日，2017 年度中国产学研合作颁奖大会在山东济南召开。这是国家科技部和国家科技奖励办公室为表彰那些在政、产、学、研协同创新中做出突出贡献的单位和个人而设立的奖项。鉴于华大北斗在北斗芯片研发中取得的突出成就，大会组委会特将这一殊荣授予华大北斗总经理孙中亮。

获奖归来，孙中亮并没有沉醉于拿奖的喜悦，耳旁又响起前几天北斗三号组网首星发射时那惊天动地的轰鸣。北斗全球系统建设加速度，北斗应用尤其是"北斗芯"研发如何实现快节奏，如何推出更多的多模兼容芯片，从而带动整个产业链跨越式发展？

孙中亮在沉思，在探索。

当前，国产北斗导航定位芯片产业发展模式较为封闭，基本处于彼此孤立、各自为战的状态，在很大程度上受到企业自身资源、研发投入和人才水平等因素限制，很难以一己之力推动芯片核心技术快速提升。

为把北斗芯片产业领域分散的五指捏成拳头，汇聚"产、学、研"三方力量，联合产业链多方研发资源，形成芯片研发合力，共同推动北斗芯片产业大繁荣，在 2018 年 5 月召开的第九届中国卫星导航学术年会上，华大北斗在全国率先发布了我国首个"北斗芯片开放平台"。

"北斗芯片开放平台"发布后，立刻引起八方响应，清华大学、武汉大学、北京航空航天大学、南京航空航天大学、宁波诺丁汉大学、香港科技大学、台湾成功大学、加拿大卡尔加里大学等众多高等院校、科研院所纷纷加盟，汇成了一支浩浩荡荡的北斗芯片研发大军。

众人拾柴火焰高，还怕烧不出一片新天地吗？

千条江河汇大海，能不形成波涛汹涌、排山倒海之势吗？

坚信不久的将来，"中国芯（心）"，不再痛！

64　让全世界都用北斗

2012 年 12 月，中国政府向世界宣布：北斗二号区域系统正式向亚太地区开通服务。几乎同时，由王永泉、王昌联合创办的上海司南卫星导航技术股份有限公司（简称"司南导航"）宣告成立。

司南，是中国古代劳动人民在长期社会实践中发明的用于辨别方向的仪器，是人类最早的指南针。

特别的成立时间加上意味深长的公司名字，把"司南人"的理想与抱负展现无遗。

果然，公司成立伊始，董事长兼总工程师王永泉便向世界宣布，司南导航的定位是成为中国首个高精度全球导航系统 OEM 板卡制造商、全球首家生产 GPS+ 北斗 OEM 板卡高科技企业，力争为全球客户提供最具竞争力的高精度 GNSS 解决方案，让全世界都用北斗！

目标高远！业内人士都向司南导航投去赞赏的目光。可跷完大拇指，又有人皱起眉头：这全球导航系统 OEM 板卡，可是卫星导航应用系统核心技术之一，这一步"登天"，能登上去吗？

其实，王永泉之所以想"登天"，是因为他早就备好了"天梯"。

王永泉似乎与导航定位有一种天然的缘分，本科、硕士、博士、博士后四个求学深造的重要阶段，都与导航定位紧密联系在一起。

王永泉上大学后攻读的是导航专业。本科毕业后，他以广州南方测绘仪器公司副总工程师的身份，设计出中国第一台商用单频 GPS 接收机，为公司创造了年产销额六亿元的惊人业绩。

在攻读硕士研究生期间，王永泉以广州海达测绘仪器有限公司副总经理兼总工程师身份，设计出中国第一套商用 RTK（实时动态载波相位差分技术）接收机。

从 2003 年至 2008 年，王永泉在上海交通大学电子信息与电气工程学院攻读博士学位。攻博期间，他又研制出国内第一块拥有自主知识产权的双频高精度测量型全球导航系统接收机板卡，并以此为平台主持开发了我国第一台国产动静态双频测地型接收机，先后两次荣获上海市科学技术奖，并在有关部门组织的两期"多模多频高精度 OEM 板"测评中，连续两次获得重大专项，代表了业界的最高水平。在此基础上，他完成了高水平博士学位论文《长航时高动态条件下 GNSS 三维姿态测量研究》，为以后带领团队在北斗导航应用攻坚战中铸造了一把厚重的理论宝剑。

除了个人攻关、管理能力过人，王永泉还有一支引以为豪的团队。

将帅之道，贵在伐谋、用兵。王永泉深谙其中奥秘。在主持设计第一块 OEM 板卡时，国内专业设计人才奇缺。他睁大了慧眼，费尽了周折，才找到几个有研发经验的人才，但远远不能满足研发需求。

人才匮乏怎么办？没有拿来就能用的，他就自己培养：从各类高校选拔一批优秀应届毕业生，运用项目平台，以老带新，边干边学，在实践中成长。因为他们都不是院校科班出身，更没有喝过"洋墨水"，于是便自诩为"土著"人才。

别看他们土生土长，可都是跟着王永泉一路摸爬滚打过来的，都经历了一番风雨搏杀，不仅养成了良好的职业操守，而且人人都能砍上"三板斧"。当初十几人的小团队现在已经发展到近二百人，第一批加入团队的"80后"已有多人成为公司高管，有五十多人获得省部级科技进步奖。

王永泉自豪地说："这支团队，既是司南的骄傲，更是司南进步发展的不竭动力。"

中国自 20 世纪 90 年代开始民用 GPS 后，几乎所有技术和产品都从国外引进，GPS 完全占领导航定位市场，民族卫星导航企业难以插足。直至 1995 年第一套国产测量型 GPS 接收机诞生，中国卫星导航应用企业才在国际卫星导航板卡舞台上初露锋芒。但由于卫星导航终端高精度 GNSS 核心板卡技术门槛过高，而国内大部分企业无论技术实力还是创业信心，都难以与美国 Trimble、加拿大 NovAtel 等实力雄厚的公司叫板，导致我国几乎所有重要部门及大型工程均采用 GPS 的基准站差分定位技术，不仅核心数据安全无法保障，而且还要忍受"天价"宰割。

对此，王永泉难以释怀。

王永泉激动却不盲动。他没有像有些公司那样，一开始就跑马圈地、扩大地盘，而是基于公司实力，着眼公司目标定位，审慎地选择了上游高精度 GNSS 板卡研制作为主攻方向，并为此对公司资源进行重组，集中优势力量，进行科技攻关。

机遇总是偏向有准备的人。司南导航成立不久，2013 年 2 月，国家"863"项目"基于相位的实时分米级北斗定位数据处理系统技术"面向全国招标。司南导航"初生牛犊不畏虎"，积极参与竞标，成功跻身攻关队伍行列，先后两次承担北斗二代重大专项"多模多频高精度 OEM 板"研制任务。

通过一年埋头攻关，王永泉带着自己培养的团队，成功地打破了国外多项技术壁垒，突破高精度 GNSS 核心算法、芯片、板卡、接收机、应用及产业化等关键技术瓶颈，研制出多款成熟的高精度多模多频全球导航系统接收机板卡，推出多种型号接收机，相关成果荣获国家科技进步二等奖。

司南导航乘势向纵深扩大战果，相继推出三星八频、一机多天线等一系列板卡，这些产品主要性能指标均达到国际先进水平。

尤其是王永泉带领团队设计的、拥有完全自主知识产权的高精度 GNSS OEM 板卡，既是中国首款高精度 GNSS OEM 板卡，也是全球首款小尺寸 BDS（北斗卫星导航系统）+GPS 多模多频板卡。

这些产品一经上市，立刻受到广大用户青睐。不到一年时间，司南导航便从国外企业手中夺回超过 20% 的国内市场份额。其中，北斗高精度板卡出货量占到国内业界自主核心可控产品的 71%。

国外高精度全球导航系统核心板卡价格被迫腰斩，甚至低至两折、一折，核心板卡单价从两万元狂跌到不足三千元。

外国同行惊呼："我们的产品从未像这次跌得这么惨！"

王永泉的成功，赢得了世界的关注与尊敬，他被美国 *GPS World* 杂志评选为"2013 年度 GNSS 领袖"候选人。

创立于 1989 年的 *GPS World* 杂志，是全球高精度 GNSS 领域公认的历史悠久、影响深远的行业媒体。每年度面向全球举办的 GNSS 杰出贡献人物评选活动，是国际 GNSS 领域最具影响力的盛事之一。

以中国人身份被提名候选"年度 GNSS 领袖"，王永泉是第一个！

这不仅是对王永泉在 GNSS 领域做出的杰出贡献的褒奖，也体现出世界学术组织对中国企业在高精度 GNSS 领域的明显进步与突出成就的充分肯定，标志着中国 GNSS 产品已经实现从制造向创造、从引进到走出去的历史性转折。

站在新的起点上，王永泉眺望远方。他发现，GPS、格罗纳斯、北斗及伽利略四大全球导航系统，既相互竞争，又逐渐靠拢，而最终必将走向融合，实现互操作。中国北斗随着全球服务的开通及不断向纵深的推进，也必将发挥主导作用。通过几年的卧薪尝胆，中国的 GNSS 市场已经成熟，将在未来二十年内呈现出持续快速增长趋势，为中国 GNSS 企业创业提供了巨大空间。

基于这一前瞻性认识，王永泉积极筹划司南导航发展方略。一是走产、学、研结合之路，做好人才储备，与上海交通大学共同组建了卫星导航技术联合实验室，培养优秀的高精度卫星导航专业人才；二是构筑与未来需求相适应的创业基地，在嘉定新城开工建设司南北斗产业园。

精心预测、超前布局，为司南导航快速发展赢得了先机。2016 年 10 月，司南导航高精度板卡销售在全国率先突破十万片！

65　星星之火已燎原

当初，GPS 作为世界卫星导航的先驱，其应用推广之快捷、产业形成发展之迅速，完全出乎人们的意料。从 1994 年 GPS 完全建成并开通服务到 2006 年，短短十二年间，GPS 产业遍布全世界，应用覆盖地球的每一个角落，应用年产值仅美国国内 GPS 芯片一项，就达到五十亿美元，而应用总产值则高达近三千亿美元，相当于两万亿人民币。

而当时北斗一号刚刚开放服务不久，国家只给北斗星通一家民办企业发放了应用许可证，相对于 GPS 应用这堆熊熊篝火来说，中国卫星导航就是"星星之火"。

2006 年，中国推出《国家中长期科学和技术发展规划纲要（2006—2020 年）》，对包括北斗导航在内的十六个重大专项建设，提出了"突出对产业竞争力整体提升具有全局性影响、带动性强的关键共性技术"攻关的明确要求。

为加快推动北斗卫星导航产业核心技术发展与产业化、规模化应用，2014 年 5 月，国家发改委办公厅、财政部办公厅联合向全国各有关单位下发了《关于组织开展北斗卫星导航产业重大应用示范发展专项的通知》。

北斗工程"两总"及有关部门积极落实专项建设要求，在坚持"好用"标准抓好系统建设的同时，着眼"用好"要求，大力推进北斗导航应用系统建设。通过构建产业保障体系、产业应用推进体系、产业创新体系等一系列措施，打造由基础产品、应用终端、应用系统和运营服务构成的北斗产业链，不断改善产业环境，扩大应用规模，实现融合发展。

政府的引领、"两总"的推动，仿佛强劲的东风，将"星星之火"吹向北斗应用产业，很快在北斗应用的原野上形成燎原之势。

目前，国内已经形成京津冀、珠三角、长三角、华中鄂豫湘、西部川陕渝等五大北斗产业集聚区域。这五大区域，联合贡献了全国卫星导航产业总产值的 80%，并同时拉升北斗产业对全国卫星导航产业的贡献率。

2017 年，五大产业区域内又逐渐呈现出以重点城市为主的集聚式发展格局，如北京、上海、南京、武汉、长沙、深圳、广州、成都和西安等城市，聚集了业内绝大部分的龙头企业，集中了 70% 的业内上市公司。

2018 年，国家发改委经广泛调研、多轮筛选，把北京、上海、广州、南京、武汉、长沙、成都、西安确定为"创建北斗产业示范园区"。

北京，是北斗卫星导航建设指挥中心，更是卫星导航科技创新中心，大系统总体及各分系统总体均在北京。北京市委、市政府立足首都核心定位，充分运用创新资源优势，积极推广北斗应用，成功培育一批北斗新兴产业，在多个应用领域取得了显著的社会效益和经济效益。

应急预警领域。"基于北斗的应急报灾系统"在北京民政系统全面部署应用，该项目已完成四千套北斗终端的配发应用。该系统覆盖北京下辖的所有十六个区、三百多个乡镇级以上行政单位。一旦洪涝、冰雪、地震等重大自然灾害突发时，电信、供电系统出现中断，灾情信息员可以在第一时间借助这套系统进行灾情上报、应急求救。

电商物流领域。京东集团研制出北斗智能车载终端及人员佩戴式手环设备等北斗产品，应用于京东 1500 辆物流车辆和 20000 多个配送员，并接入物流云平台进行有效运转，能实时掌握和调度车辆和人员位置、状态和载货信息，为客户提供最适合的配送方案，并根据需求变化迅速调整。

智能交通领域。北京 35000 辆出租车已安装应用北斗车载设备，车载系统与电话叫车、软件叫车等平台结合，用户及交通主管部门能实时掌控车辆运行情况及道路运输状况，有利于降低车辆空载率，有效改善城市交通拥堵和空气污染状况。北京公交集团已在 13000 辆公交车上应用北斗终端设备，实时动态采集公共交通信息，为公交调度、公交线路规划提供大数据支撑。

食品安全领域。开发了北斗菜电商平台、北斗菜追溯 App、北斗菜微信公众号，推广应用北斗追溯查询终端五千台，并于 2015 年第二届世界互联网大会上在"互联网 + 北斗"物联网模块上进行参展演示，充分展示了北斗技术在互联网、农业、农产品安全和诚信追溯方面的应用。

智能驾考领域。已在京津冀地区驾校推广应用八千台北斗终端，为驾驶人考试提供精确的位置、姿态、速度和时间等信息，实现考试过程自动化、考试评判智能化、考试结果可追溯。

……

目前，北京市应用北斗终端超过十万台，在应急预警、电商物流、智能交通、食品安全、智能驾考等方面形成一批典型应用示范领域，成为全国北斗应用最广泛、终端推广量最大的城市，起到了很好的引领示范效果。

一缕暖风春满园，一花引来百花开。随着北斗园区示范效应的不断释放，北斗导航应用事业发展迅速。

基础产品。北斗芯片实现规模化应用，2020年底，新一代全系统全频厘米级高精度 GNSS 芯片工艺跨入二十二纳米新时代，总体性能达到甚至优于国际同类产品，实现了基础产品向高端产业的升级。截至 2020 年底，国产北斗兼容型芯片及模块销量达到亿级规模，季度出货量一千万片；具有北斗定位功能的终端产品社会总保有量超过十亿台（套）。

行业区域应用。北斗已在公安、交通、渔业、电力、林业、减灾等行业得到广泛使用，正服务于智慧城市建设和社会治理。五百多万辆营运车辆上线，建成全球最大的北斗车联网平台。公安出警时间缩短了近 20%，突发重大灾情上报时间缩短至一小时内，应急救援响应效率提升两倍。全国四万余艘渔船安装北斗，累计救助渔民超过一万人，已成为渔民的海上保护神。基于北斗的高精度服务，已遍布精准农业、危房监测、无人驾驶等领域。

大众应用。北斗大众应用触手可及，快速走进百姓生活。虽然人们在使用卫星导航时，看到的产品名称大多为 GPS，但这是导航终端尚未完成更新换代的缘故，它收到的导航信号绝大部分来自北斗卫星。现在世界主流手机芯片大都支持北斗，国内销售的智能手机，北斗已经成为标配。共享单车配装北斗实现精细管理。支持北斗的手表、手环、学生卡，使人们日常生活更加方便。为解决高精度服务的最后一公里问题，培育精准时空信息，降低使用门槛，将北斗系统提供的时空信息变成大众随需随用的公共服务，由阿里巴巴集团投资组建的千寻位置网络有限公司，构建基于北斗的高精度位置服务运营平台，已覆盖国内二十个省区市，提供实时米级、分米级、厘米级和后处理毫米级高精度服务。以融合为特征的"北斗＋互联网＋其他行业"新模式，正在构建以北斗时空信息为主要内容的新兴产业生态链，并正在成为北斗产业快速发展的新引擎和助推器，推动着生产生活方式的变革和商业模式的不断创新。

据《2018 中国卫星导航与位置服务产业发展白皮书》显示，截至 2018 年 1 月，卫星导航与位置服务领域企事业单位数量保持在 14000 家左右，其中上市公司 58 家，产业总产值达到 2550 亿元，同比增长 20.4%。

随着北斗三号组网新配速的到来、北斗全球导航新时代的开启，北斗应用又一次迎来新爆发、新高潮，推动北斗产业产值连续迈上新台阶。

2018 年 8 月，国际电信联盟无线电通信局局长马里奥来我国参加由科技部、工信部、中国科学院、中国科学技术学会、重庆市人民政府等部门和单位共同主办的首届智博会时说，他十分关注北斗系统发展，北斗是许多行业的"巡洋舰"，从交通到农业、从银行到运输都将用到北斗，在未来几年里，北斗将成为推动中国经济发展的关键性因素之一。

果不其然，据中国卫星导航系统管理办公室 2021 年发布的《北斗卫星导航系统建设与发展》报告显示，北斗系统深刻改变着人们的生产生活方式，产生了显著的经济和社会效益。2020 年，我国卫星导航与位置服务产业总体产值增速继续加快，达到 4033 亿元人民币，较 2019 年增长约 16.9%。

中国工程院院士刘经南等专家预言：随着北斗三号完成建设和未来综合定位导航授时体系（PNT）建设不断推进，北斗产业将呈现出"滚雪球""爆发式"增长态势！

66 不怕做不到，就怕想不到

世界首个卫星导航系统 GPS 的设计者们，一开始就预言："卫星导航的应用将不受客观条件的约束，而只受人类想象力的限制。"

用中国卫星导航专家们的话说："不怕做不到，就怕想不到。"

中华民族从来就不缺乏想象力，而且凭着丰富的想象力，创造了悠久、灿烂的古代文明，谱写着丰富多彩的现代文明。

北斗人更不缺乏想象力。他们运用自己独到的眼光、超人的智慧，将北斗导航成功应用于众多领域，破解了一系列长期困扰人类的生产生活难题，正在开创让人耳目一新的北斗"新生活"。

2010 年 8 月 7 日晚，甘肃省甘南藏族自治州舟曲县城东北山区突降特大暴雨，持续四十多分钟，降雨量达到 97 毫米。漆黑的天空电闪雷鸣。三眼峪、罗家峪四条沟系的居民关门闭户，躲在家里边看电视边议论着这场罕见的暴雨。突然，山上响起怪异的轰鸣，未等人们弄明白发生了什么，一股强大的泥石流以不可阻挡之势来到了跟前……

这场长约 5000 米、平均宽度 300 米、平均厚度 5 米、总体积 750 万立方米的泥石流，残忍地洗劫了三眼峪、罗家峪四条沟系，夺走了 1500 多人的生命，还有近 300 人失踪、2300 多人受伤。

这就是当年举国震惊的舟曲特大泥石流灾难。

泥石流、山体滑坡等地质灾害，常常在人们毫无防备的情况下，以猛虎下山之势，堵塞交通、洗劫村庄，让人们猝不及防、谈之色变，成为雨季里的梦魇。其实，这些地质灾害在暴发前，并非毫无征兆，也有一个由量变到质变的过程。如果严密监测泥石流、山体滑坡隐患地区地质变化情况，一旦发现它们蠢蠢欲动，立刻采取排险措施、发出预警信号，让人们及时撤离危险区域，就能把受灾损失降到最低。

现在我国已完成应用北斗导航预防预报泥石流等地质灾害定点试验，并着手建设覆盖全国的地质灾害监测预警系统。不远的未来，当狂风暴雨来袭时，人们心里就觉得踏实多了，人与大自然的关系将更加和谐！

交通事故，尤其是高速公路的交通事故，让人触目惊心。2017 年全国发生交通事故约 20 万起，平均每天有 170 多人被夺去生命。

交通事故主要集中在"两客一危"车辆（指从事道路班线客运、包车客运、危险货物运输企业所属车辆），而事故原因则以超速、疲劳驾驶居多。交管部门及时把北斗导航技术引入"两客一危"车辆管理，建立起覆盖全国的全球最大的车辆监管"大网"，网住了六百余万辆运营车辆。该平台会及时提醒、敦促司机"您已超速，请您降速行驶""您已连续行驶四小时，身体已经疲倦，请在前方服务站休息"等等，有效地减少了车辆运输安全隐患。

2018 年，全国重大运输交通事故数量下降 44.4%！也就是说，北斗导航在交管系统的应用中取得了显著成果！

食品安全是当下人人关注的社会问题。地沟油，本是价廉物美的工业原料，却因不法分子的贪念而跑进了商场、厨房，成为人们心目中的"过街老鼠"，人人喊打，有关部门屡打不绝。

食品安全监管部门创造性地将北斗导航定位技术应用于地沟油运输车辆监控，"把住生产源头，盯紧运输路线"，随时掌控地沟油流向，一旦发现它没有流入定点工厂车间而越过"雷池"，去了不该去的地方，监管人员就会根据导航系统定位，立刻前往纠查，让它重归正轨。

食品安全监管人员赞叹说:"北斗卫星导航给了我们一把控制地沟油的安全锁,让这个过去不可控的问题渐渐变得可控了。"

四川省成都市郫都区新民场街道的高产高效农机推广示范区里,春日暖阳下的广袤田园间,多种类型的现代智慧农业机械正忙碌地穿梭往来,旋耕机打田,起垄机起垄,生菜移栽机栽种覆膜……

在一块刚刚完成收割的土地里,一名旋耕机驾驶员打火启动,下地作业,只用了十分钟便整出了一块二十多厘米高数十米长的平整地垄,而且平整度误差小于一厘米。在过去"画石灰线"垄作的时代,完成这样的作业量,需要三四个强壮劳动力辛勤劳作一个多小时,整出的地垄还歪歪扭扭、坑洼不平。

在田边,立着一个类似摄影三脚架的仪器,安放在三脚架上的仪器不断闪烁。这是北斗导航装置,信号可覆盖方圆五平方公里,为各种机械提供信息化服务。各种机械上都装有接收装置,根据北斗导航装置给出的指令进行自动化作业。司机不用操纵方向盘,只需通过屏幕,就可以掌握作业情况。

这就是北斗导航应用于农业生产的生动一幕。

北斗导航不仅推进了农业的自动化,还提升了土地耕种的"精细化"。据新疆建设兵团统计,北斗导航技术使兵团土地利用率提高了 0.5%。别小看这 0.5%,全国有 20.23 亿亩耕地,如果未来都用上北斗导航技术,利用率都提高 0.5%,就等于为国家增添了 1000 多万亩耕地!按亩产 300 千克粮食计算,一年就可增收粮食近 300 万吨!

近年来,随着人民生活水平的不断提高,绝大部分家庭都开上了小汽车。但人们还期待着更舒适的出行生活:下班了,提着公文包走出写字楼,钻进自己的爱车,在输入终端写上一个"家",然后闭上眼睛休息,一觉醒来，睁开眼睛一看，只见爱人已经站在家门口等着了……

多少年来，人们一直梦想着智能驾驶时代的到来。几乎在美国 GPS 建成之日起，人们就开始探索运用卫星导航实现这一梦想，智能汽车也由此成为当前最引人注目的产业之一。为占领这个超乎人们想象的市场，世界各国纷纷出台扶持政策。而要确保智能驾驶安全可靠，卫星导航定位精度就必须小于 0.25 米。达不到这个标准，就会对交通安全带来危害。

北斗导航精度成功地突破厘米级，让人们的这一梦想成为可能。

2017 年 5 月 23 日至 25 日，第八届中国卫星导航学术年会在上海举行。海格通信集团宣布研制出新一代北斗便携式智能综合终端，实现了二十厘米精度 + 室内外无缝定位，并与小鹏汽车集团签署了合作协议，将"二十厘米级"高精度定位、高精度地图、高精度算法的北斗导航设备运用于汽车提质项目，在全国率先联合研制智能驾驶乃至无人驾驶汽车。

在合作协议签字仪式上，海格通信北斗导航部总经理与小鹏汽车副总裁的手紧紧握在一起，这是高技术与实业的握手，是北斗导航与未来产业的握手，两双健壮的手臂共同搭起一座实现无人驾驶汽车梦想的桥梁。

第十七章

中国的北斗　世界的北斗

　　"中国的北斗，世界的北斗"，既是大国情怀，也是北斗卫星导航建设的初衷。

67 北斗拥抱世界

"中国的北斗，世界的北斗"。这是世界人民的共同期待，同时也是一个大国应有的胸怀，亦是所有北斗人的理想与愿望，更是北斗应用推广的最高层次和崭新境界。

为让世界人民正确认识北斗、放心使用北斗，中国于2016年6月16日发表了《中国北斗卫星导航系统》白皮书。

白皮书的"前言"开宗明义地告诉世界人民："卫星导航系统是全球性公共资源，多系统兼容与互操作已成为发展趋势。中国始终秉持和践行'中国的北斗，世界的北斗'的发展理念，服务'一带一路'建设发展，积极推进北斗系统国际合作，与其他卫星导航系统携手，与各个国家、地区和国际组织一起，共同推动全球卫星导航事业发展，让北斗系统更好地服务全球、造福人类。"

白皮书是一个国家、政府发表的重要文件，表明的是国家、政府的立场，是行文规范、事实清楚的官方文件，是一种严肃庄重的承诺。

这就是中国诚意、中国度量！

2017年5月23日，第八届中国卫星导航学术年会在上海国家会展中心召开。会上，中国卫星导航系统管理办公室主任、北斗卫星导航系统副总师冉承其做了题为《北斗卫星导航系统运行与发展》的报告。报告再次重申，中国将"持续推动北斗系统国际化发展，积极务实开展国际合作与交流，促进全球卫星导航事业发展"。

2017年11月5日，北斗卫星导航系统总设计师杨长风在记者招待会上强调："要高度重视推进北斗系统国际化工作","北斗系统是中国的北斗,也是世界的北斗","将北斗系统积极纳入国际卫星导航体系,与GPS、格罗纳斯、伽利略等系统实现兼容互操作,让全球用户享受到北斗系统更好的服务"。

北斗工程"两总",从专项领导小组成员到总师孙家栋、杨长风,副总师李祖洪、谭述森、谢军、杨元喜、冉承其,再到中国卫星导航系统管理办公室的领导们,无论走到哪儿,无论在什么场合,反复向世界人民承诺:"北斗既是中国的,也是世界的!"

带着"中国的北斗,世界的北斗"的姿态,中国与世界各国广泛开展合作交流、携手并进,持续开展兼容与互操作协调,共同为用户提供更加优质的服务,共创人类导航的美好未来。

中俄之间,于2016年11月召开两国卫星导航重大战略合作项目委员会第三次会议,全面启动中俄卫星导航监测评估服务平台、北斗与格罗纳斯跨境运输车辆联合应用示范、中俄卫星导航芯片联合设计中心等七个合作项目。除此之外,中俄两国正在推进星基增强系统、卫星导航领域教育培训等一系列新的合作项目。

中欧之间,已完成了北斗与伽利略导航系统频段的首轮频率协调,正积极协商建立两系统兼容与互操作等领域交流合作机制。

中美之间,顺利召开两国合作子工作组会议,开展北斗全球系统信号兼容与互操作协调,推动增强系统及民航应用、大众服务与监测评估等领域合作。

2017年11月29日,美国国务院副助理国务卿乔纳森·马戈利斯,率领由美国国务院空间和先进技术办公室副主任戴维·特纳等人组成的代表团,兴致勃勃地来到中国北京,与中国洽谈卫星导航领域的合作。

中国卫星导航系统委员会主席王力、北斗系统总设计师杨长风、中国卫星导航系统管理办公室主任冉承其等,与美国代表团进行了友好坦诚的会谈。大家回顾了 2014 年建立中美卫星导航合作机制以来取得的积极进展，并对前期合作的成果给予了充分肯定，认为中美卫星导航合作具有广阔前景，加强北斗与 GPS 间合作，将会带动诸多领域的创新发展，为全球用户带来更好的服务。

最后，双方签署了《北斗与 GPS 信号兼容与互操作联合声明》。声明强调，两系统在国际电信联盟（ITU）框架下实现射频兼容，实现了大众服务信号互操作，并将持续开展兼容与互操作合作。双方还就中美卫星导航系统第三次会谈等后续合作事宜进行了磋商，达成了多项共识。

随着北斗卫星导航系统建设的推进，它将与 GPS 共同构成世界导航并驾齐驱的"两驾马车"。"GPS ＋ BDS"，双双叠加，强强融合，无疑将给人类卫星导航事业开辟出一片新天地。

GPS 及北斗三号系统组网完成后，仅这两个系统的卫星就有七十多颗。如果 GPS、北斗彼此孤立，一台接收机只能同时收到四五颗卫星信号，无疑是卫星资源的一种浪费；而两者若能实现信号融合和互操作，用户同时接收的卫星信号将"翻番"，导航异常将大幅减少，导航精度将大幅提升，其他诸如频率资源等一系列合作也将随之加强。

在北斗导航不断深化国际合作的同时，北斗授时领域也加速向世界进军。在"国家质量基础的共性技术研究与应用"重点专项支持下，我国利用自主研制的"北斗时间传递装置"，成功进行从中国北京到法国巴黎的超 8200 公里远程时间频率传输，并完成了洲际时间比对，结果北斗时间稳定度优于一纳秒，与 GPS 链路结果的吻合度优于两纳秒。北斗链路的建立，将为世界各国的国际标准时间合作开辟新的道路，成为国际远程时间传递链路的重要组成部分，取得了北斗系统国际化应用新突破。

基于上述时间传递比对结果，国际计量局与我国签订了推进北斗链路成为国际标准时间正式链路的协议，同时制定了北斗链路应用于国际标准时间计算的评估与实施路线图，标志着我国远程时间频率传递能力首次得到国际权威机构的认可。

目前，我国已与美国、俄罗斯、法国、德国、澳大利亚、阿根廷、南非等十几个国家和地区合作，利用北斗时间传递链路，完成了对亚洲、南美洲、北美洲、欧洲、大洋洲、非洲等六大洲超远距离的时间频率传递及性能评估。结果表明，在北斗系统有效覆盖范围内，时间传递链路性能指标与 GPS 链路相当，具备了成为国际标准时间的正式链路的能力。

北斗，开辟了一条互利合作的崭新路径！

68　服务"一带一路"建设

在古代，有一条起始于中国，连接亚洲、非洲和欧洲的陆上商贸路线，后来逐渐成为东方和西方之间政治、经济、文化等方面交流的主要道路。1877 年，德国地质地理学家李希霍芬在其所著的《中国》一书中，将其称为"丝绸之路"。

丝绸之路，又分为陆上丝绸之路和海上丝绸之路。

陆上丝绸之路，是指西汉时期张骞出使西域开辟的以首都长安（今西安）为起点，经中亚国家，以罗马为终点，全长 6440 公里的国际贸易线。海上丝绸之路，是指始于秦朝，从广州、泉州、宁波、扬州等地出发，经南洋到阿拉伯海甚至非洲东海岸的海上贸易、文化交流通道。它是东方与西方在经济、政治、文化各领域交流的纽带，是世界人民的友谊之路。

为顺应世界多极化、经济全球化、文化多样化、社会信息化潮流，破解世界经济发展困局，秉持开放的区域合作精神，中国国家主席习近平于2013 年 9 月和 10 月分别提出建设"丝绸之路经济带"和"21 世纪海上丝绸之路"的合作倡议。

习主席提出"一带一路"倡议数月后，2014年6月5日，中阿合作论坛第六届部长级会议召开。习近平主席参加开幕式并发表了题为《弘扬丝路精神，深化中阿合作》的重要讲话，提出中阿共建"一带一路"，构建以能源合作为主轴，以基础设施建设、贸易和投资便利化为两翼，以核能、航天卫星、新能源三大高新领域为突破口的"1+2+3"合作格局，强调中阿双方要"研究中国北斗卫星导航系统落地阿拉伯项目"。

为把习近平主席"研究中国北斗卫星导航系统落地阿拉伯项目"倡议落到实处，2015年3月，中国卫星导航系统管理办公室开启了北斗导航"走出去"的破局之旅。办公室副主任马加庆带领王莉等人前往埃及、沙特阿拉伯等国，与这些国家及阿拉伯联盟有关部门协商洽谈中阿北斗卫星导航合作事宜，经过艰苦细致的工作，分别与阿盟总部、沙特阿拉伯草签了合作谅解备忘录。

2016年1月20日，中国卫星导航系统管理办公室主任冉承其和阿拉伯信息通信技术组织秘书长穆罕默德·本·阿莫在埃及开罗阿盟总部签署了《中阿卫星导航领域合作谅解备忘录》，并明确把建设"中阿北斗/GNSS"中心作为优先合作项目。

"备忘录"的正式签署，标志着中阿卫星导航领域合作机制的正式建立。

2016年5月，在中阿合作论坛第七届部长级会议期间举行的中国北斗、高铁、核能技术成果展上，中方向阿盟提议，共同举办中阿北斗合作论坛，并在突尼斯建立北斗全球系统导航中心。

2017年5月，在北斗工程"两总"领导下，经过中国卫星导航系统管理办公室紧张细致的准备，首届中阿北斗合作论坛在上海开幕。论坛上，中阿双方针对卫星导航领域的产、学、研等各个方面，采用会议、展览、培训、交流等多种形式，进行了广泛研讨，形成了北斗在阿拉伯国家公共安全、交通物流、能源安全、国土测绘、精准农业、智慧城市等领域的应用项目。北斗卫星导航系统总设计师杨长风表示,阿拉伯人民的这些应用需求,北斗应用成果能够全部满足。

2018年4月10日,中国卫星导航系统管理办公室与阿拉伯信息通信技术组织,在突尼斯埃尔贾扎拉科技园联合举办了中阿北斗/GNSS中心落成仪式。这是落实习近平主席"研究中国北斗卫星导航系统落地阿拉伯项目"倡议的重要举措,也是中国北斗导航的首个海外中心,它集宣传展示、应用演示、测试评估、教育培训、联合研究等功能于一体,是全面展示卫星导航应用成果的窗口、全面推动国际交流与合作的平台,也是加快北斗服务阿盟地区乃至全球发展的重要环节。

冉承其与阿盟秘书处副秘书长等一起为中心落成剪彩,为阿曼、阿尔及利亚、尼日利亚等十余个非洲和阿盟国家的三十余位部长级要员、二百多位企业和科研院所代表举行了为期三天的北斗专题报告会,并对四十余位阿方学员进行了卫星导航专题培训。

落成仪式当晚,冉承其荣幸地收到突尼斯总统贝吉·埃塞卜西的会见邀请。

4月11日,冉承其与随行人员前往总统府。

贝吉·埃塞卜西总统对中国北斗表现出极高的兴致,当冉承其谈及北斗和中阿合作情况时,还不时提出一些问题。贝吉·埃塞卜西总统高兴地说:"在突尼斯落地首个北斗海外中心,是突尼斯的荣幸。感谢中国给突尼斯、给阿拉伯世界带来先进的技术。卫星导航作为新兴领域,对于提升中阿在科技领域的合作意义重大。我们愿与中方一道,持续推动中阿双方在该领域的合作,也相信未来的合作会越来越好。同时,我们还了解到,突尼斯高教与科研部将于2019年承办第二届中阿北斗合作论坛,我们会给予最大支持。"

握别总统,冉承其一行离开总统府。同行的阿拉伯信息通信技术组织秘书长激动地说：“总统对北斗的重视超出了我的想象，显然他提前对北斗以及中阿北斗合作做了功课！”

冉承其听了，微微笑着。那是北斗人自信自豪的笑容。

与此同时，我国还与东盟、阿盟、非洲等国家和组织建立合作机制，举办北斗亚太行、中沙卫星导航研讨会等系列活动，加强技术交流和人才培养，服务“一带一路”国家和地区。

2018 年 10 月 24 日，联合国开发计划署在北京启动旨在提升“一带一路”相关国家减灾、应灾能力项目。该项目是联合国开发计划署与中国政府签署的《“一带一路”倡议谅解备忘录》及行动方案的具体落地项目之一，它将充分利用北斗系统等成果，获取灾害风险评估及预警信息，以此加强“一带一路”沿线国家备灾、应灾能力。

2019 年 4 月 1 日至 2 日，第二届中阿北斗合作论坛在突尼斯举行。冉承其在会议期间表示：北斗系统与国际上其他导航系统相比是后起之秀，它既继承了国际上先进的理念和技术，同时也有自主创新。一是高精度服务，目前北斗系统的最高精度可以到厘米甚至毫米级；另一个是短报文服务，既可以让自己知道自己的位置，也可以让别人知道自己的位置；北斗系统被世界上许多国家所接受，因为它是个很好用的系统，同时中国愿意把高精技术和全世界共享，不设置任何附加条件，免费为全球提供卫星导航服务；北斗系统在建设层面就考虑到“一带一路”倡议，在卫星发射方案上进行优化，优先考虑“一带一路”沿线国家，使他们优先享受到北斗的服务。

69　"北斗福星"照耀全球

博克拉是尼泊尔的第二大城市，著名的旅游胜地。春末夏初是旅游旺季，博克拉春暖花开、轻风习习。

2015年4月25日，和往常一样，来自世界各地的游客迈着悠闲的步子，带着舒心的笑容，惬意地观赏着博克拉宜人的景致。常住居民则照常享受着他们的慢节奏生活，就连墙上的时钟，也和人们一样，迈着不紧不慢的步子。可当时钟的指针走到下午2点11分时，一场巨变令人猝不及防：大地突然剧烈摇晃，平静的山谷响起炸雷般的轰鸣，城里的建筑哗啦哗啦地倒塌，山上的泥土、石头猛兽般冲下来……这就是尼泊尔"4•25"地震！

这是一次罕见的大地震，震级高达8.1级，波及周边几个国家。尼泊尔的基础设施十分薄弱，哪经得住这般摧残，城建、交通等设施受到严重损毁，通信设备完全瘫痪。

幸运的是，他们手中的北斗没有受到任何影响。尼泊尔政府用北斗向友好邻邦中国发出了救援请求。收到信息后，中国搜救队、医疗队在北斗引导下千里驰援，第一时间开进灾区。满载着救援物资的运输车队也沿着北斗指引的路线，及时赶到了灾区……

北斗，既是中国的福星，也是世界的福星！

为人类科技发展做贡献，为世界人民谋福祉。这是建设北斗卫星导航的"中国担当"。因此，北斗卫星导航建设发展，始终坚持"自主、开放、兼容、渐进"的原则，永远不会把高端的技术用于欺凌弱国，而是凝聚新时代"中国力量"，创造"中国奇迹"，与世界共同分享"中国成果"，共同走向繁荣昌盛。

秉持这一初心，北斗二号建成后，在向国内用户提供系统服务的同时，还向亚太地区周边国家，即北纬 55 度到南纬 55 度、东经 55 度到 180 度的亚太地区用户，提供定位精度优于 10 米、测速精度优于 0.2 米 / 秒、授时精度优于 50 纳秒的免费服务，支持帮助我国周边和"一带一路"沿线国家使用北斗导航。

北斗导航已成功应用于巴基斯坦的交通运输、港口管理，缅甸的土地规划、河运监管，老挝的精细农业、病虫灾害监管，文莱的都市现代化建设、智慧旅游，印尼的海上集成应用……分别与马来西亚、新加坡、柬埔寨等国家开展交流合作，与沙特、阿联酋、埃及、摩洛哥、突尼斯、阿尔及利亚等国家制定推进措施，在泰国建成了小型北斗地基增强系统示范网……中国胸怀和中国贡献，正伴随"太空丝路"不断延伸、拓展。

每年 1 月，是蒙古国中央省牧民很莫德乎老人最难度过的日子，因为这是那里一年中最寒冷的时候。"在冰天雪地、寒风呼啸的旷野上放牧，一天下来，身体都快变成一根冰柱了。"很莫德乎摇着头说。但接着，他从身上摸出手机，脸上的愁容变成了喜色，"现在好了，中国给我们送来了北斗卫星导航放牧系统，给种马、种驼、领头牛羊戴上卫星设备，用手机就能知道整群牲畜的位置、数量和生存状态，我们再不用整天跟着牛羊到处跑啦。中国的北斗卫星真是神奇啊！"

北斗导航走向"一带一路"，逐渐融入世界，吸引着世界人民融入中国、结缘北斗。

突尼斯女工程师娜达，是一名"中国北斗粉丝"："我的工作是把北斗介绍给'外国人'，可我从不把自己当'老外'，我和北斗早就是一家了！"

2018 年，中阿北斗 /GNSS 中心在突尼斯建成开放，四十五岁的娜达作为阿方工程师、讲解员，开始了与北斗的亲密接触。她每天要接待多个参观团，从整理资料、布置展品到悉心修改解说词、策划专题培训活动，工作十分繁忙辛苦，但她觉得"很有成就感"。

娜达的成就感主要缘于北斗导航的快速国际化。作为全面展示北斗技术应用的窗口和开放合作平台的首个海外中心，中阿北斗 /GNSS 中心见证了北斗走向全球的每一步。2018 年 12 月 27 日早上 7 点多，收到中国同事发来的北斗三号基本系统开通这一喜讯后，娜达直奔中心，下载了中方远程推送的最新版北斗蓝皮书和服务性能规范，并在社交媒体上"高调"宣布："今天，我在阿拉伯又'北斗'了！"娜达正积极申请到中国留学，希望能拿到卫星导航专业学位，更加深入地走进中国，了解北斗。

现在，来自世界各地像娜达这样与北斗结缘的外国人越来越多。

马来西亚彭亨大学教授萨比拉，就是一名造诣很深的外国北斗专家。2017 年，彭亨大学与桂林电子科技大学签署合作协议并建立了卫星导航联合实验室。萨比拉团队负责测试北斗系统在热带气候条件下的运行状况，研究如何减少延迟、提高精准度，并提出了独到见解：马来西亚有大面积的棕榈种植园和稻田，要迈向"精准农业"离不开卫星定位系统，现阶段广泛使用的 GPS 难以满足精准度要求。她发现北斗有很好的应用潜力，希望北斗系统能够做得更好，更有效地应用于全球。

萨比拉希望自己能为北斗卫星系统做出贡献。为此，她运用北斗导航为东南亚国家编织的太空"合作网"，开始对整个东南亚地区北斗应用问题展开研究，取得多项研究成果。与此同时，作为一名大学教师，她积极培养导航专业学生。她的学生参与发表了高水平论文，提出了相关应用模型，有望成为马来西亚新一代卫星导航专家，将北斗导航在东南亚应用研究做大做强。

印度尼西亚北斗产品代理商杨车顺，为北斗导航而骄傲："印尼国土资源部门近两年加大力度采购中国北斗系统产品，用于国土面积测量、海岸线测绘以及自然资源探测等。北斗在普通消费者中的知名度和受欢迎程度也越来越高。北斗产品很受欢迎，我的生意越做越红火！"

北斗产品和服务提供商、合众思壮公司日本分公司营业部长若泽·布里塞尼奥，说起北斗产品也是满面春风："现在覆盖日本上空的北斗卫星越来越多，信号也越来越好。随着北斗系统的不断完善成熟，北斗产品和服务在日本也将更具竞争力。"

······

2018年11月5日，联合国全球卫星导航系统国际委员会（IGG）第十三届大会在陕西西安开幕。国家主席习近平向大会致贺信。习近平主席在贺信中指出，卫星导航系统是重要的空间基础设施，为人类社会生产和生活提供全天候的精准时空信息服务，是经济社会发展的重要信息保障。中国高度重视卫星导航系统建设发展，积极开展国际合作。北斗系统已成为中国实施改革开放四十年来取得的重要成就之一。

2018年12月，北斗三号基本系统建成，为世界人民提供了更加优质的服务。

······

2018年12月31日晚7时，国家主席习近平通过中央广播电视总台和互联网，发表了2019年新年贺词。在贺词中，习近平主席说："这一年，中国制造、中国创造、中国建造共同发力，继续改变着中国的面貌。嫦娥四号探测器成功发射，第二艘航母出海试航，国产大型水陆两栖飞机水上首飞，北斗导航向全球组网迈出坚实一步。在此，我要向每一位科学家、每一位工程师、每一位'大国工匠'、每一位建设者和参与者致敬！"

······

2020年7月31日，北斗三号全球卫星导航系统建成暨开通仪式在人民大会堂隆重举行，正式向世界人民开放服务。2035年前还将建成更加泛在、更加融合、更加智能的国家综合定位导航授时体系（PNT）。

到那时，北斗无疑是世界卫星导航这片璀璨星空上最明亮、最耀眼的星星！

到那时，北斗将用炽热、无私的情怀，温暖中国，温暖世界！

到那时，北斗必将用她那灿烂的光辉，照亮中华民族崛起之路，照亮全人类走向共同繁荣之路！

APPENDIX

附 录

北斗导航卫星发射时间表

（2000～2020）

卫星	发射日期	运载火箭	轨道
第一颗北斗导航试验卫星	2000.10.31	CZ-3A	GEO
第二颗北斗导航试验卫星	2000.12.21	CZ-3A	GEO
第三颗北斗导航试验卫星	2003.5.25	CZ-3A	GEO
第四颗北斗导航试验卫星	2007.2.3	CZ-3A	GEO
第一颗北斗导航卫星	2007.4.14	CZ-3A	MEO
第二颗北斗导航卫星	2009.4.15	CZ-3C	GEO
第三颗北斗导航卫星	2010.1.17	CZ-3C	GEO
第四颗北斗导航卫星	2010.6.2	CZ-3C	GEO
第五颗北斗导航卫星	2010.8.1	CZ-3A	IGSO
第六颗北斗导航卫星	2010.11.1	CZ-3C	GEO
第七颗北斗导航卫星	2010.12.18	CZ-3A	IGSO
第八颗北斗导航卫星	2011.4.10	CZ-3A	IGSO
第九颗北斗导航卫星	2011.7.27	CZ-3A	IGSO
第十颗北斗导航卫星	2011.12.2	CZ-3A	IGSO
第十一颗北斗导航卫星	2012.2.25	CZ-3C	GEO
第十二、十三颗北斗导航卫星	2012.4.30	CZ-3B	MEO

（续表）

卫星	发射日期	运载火箭	轨道
第十四、十五颗北斗导航卫星	2012.9.19	CZ-3B	MEO
第十六颗北斗导航卫星	2012.10.25	CZ-3C	GEO
第十七颗北斗导航卫星	2015.3.30	CZ-3C	IGSO
第十八、十九颗北斗导航卫星	2015.7.25	CZ-3B	MEO
第二十颗北斗导航卫星	2015.9.30	CZ-3B	IGSO
第二十一颗北斗导航卫星	2016.2.1	CZ-3C	MEO
第二十二颗北斗导航卫星	2016.3.30	CZ-3A	IGSO
第二十三颗北斗导航卫星	2016.6.12	CZ-3C	GEO
第二十四、二十五颗北斗导航卫星	2017.11.5	CZ-3B	MEO
第二十六、二十七颗北斗导航卫星	2018.1.12	CZ-3B	MEO
第二十八、二十九颗北斗导航卫星	2018.2.12	CZ-3B	MEO
第三十、三十一颗北斗导航卫星	2018.3.30	CZ-3B	MEO
第三十二颗北斗导航卫星	2018.7.10	CZ-3A	IGSO
第三十三、三十四颗北斗导航卫星	2018.7.29	CZ-3B	MEO
第三十五、三十六颗北斗导航卫星	2018.8.25	CZ-3B	MEO
第三十七、三十八颗北斗导航卫星	2018.9.19	CZ-3B	MEO
第三十九、四十颗北斗导航卫星	2018.10.15	CZ-3B	MEO
第四十一颗北斗导航卫星	2018.11.1	CZ-3B	GEO
第四十二、四十三颗北斗导航卫星	2018.11.19	CZ-3B	MEO
第四十四颗北斗导航卫星	2019.4.20	CZ-3B	IGSO
第四十五颗北斗导航卫星	2019.5.17	CZ-3C	GEO
第四十六颗北斗导航卫星	2019.6.25	CZ-3B	IGSO
第四十七、四十八颗北斗导航卫星	2019.9.23	CZ-3B	MEO

（续表）

卫星	发射日期	运载火箭	轨道
第四十九颗北斗导航卫星	2019.11.5	CZ－3B	IGSO
第五十、五十一颗北斗导航卫星	2019.11.23	CZ－3B	MEO
第五十二、五十三颗北斗导航卫星	2019.12.16	CZ－3B	MEO
第五十四颗北斗导航卫星	2020.3.9	CZ－3B	GEO
第五十五颗北斗导航卫星	2020.6.23	CZ－3B	GEO

后 记

2020 年 6 月 23 日 9 时 43 分，西昌卫星发射中心发射场轰的一声惊天巨响，一枚"长三乙"运载火箭冉冉升起，将北斗卫星导航系统第五十五颗卫星，也是北斗三号最后一颗全球组网卫星送上太空。至此，北斗三号全球卫星导航系统星座部署比原计划提前半年全面完成。

完美收官，星耀全球。北斗三号全球卫星导航系统星座组网完成，是中国由航天大国迈向航天强国的重要标志。

举国上下一片欢腾："北斗卫星导航系统终于迈入全球时代！"

为了这一天，北斗人奋斗了二十六年。为了这一天，国家组织千军万马，北斗人克服千难万险、吃尽千辛万苦。现在，北斗终于开始走进千家万户、造福千秋万代。听到这个消息，北斗人所有的艰辛与付出，都化作了欣慰："这辈子能参与北斗卫星导航系统建设，是人生的幸运与幸福！"

北斗卫星导航系统是中国航天史上系统最庞大、建设难度最大、参建人数最多、建设时间最长的航天工程之一。对笔者而言，则是数十年文学创作生涯里，采访、写作难度最大的作品，曾为此失眠复失眠，吃尽苦中苦。笔者听到这一消息，也觉得付出的所有心血与汗水，都变成了骄傲与自豪："能投身于有关北斗卫星导航的文学创作，也是一个报告文学作家的运气和福气！"

本书的采访与创作，是艰辛之旅，也是感动之旅。这种感动来源于北斗人"自主创新、团结协作、攻坚克难、追求卓越"的北斗精神。这种精神充盈于他们为北斗卫星导航不懈征战数十年的漫长历程，也体现在千万个北斗人身上。每采访一个北斗人，就被他们感动一次；每写一个北斗故事，就受到一次北斗精神的洗礼。这一次次感动、一次次洗礼，赋予了我在困难面前坚持下去的激情。感谢北斗人，不仅给了我创作的源泉，而且给了我创作的不竭动力！

本书的采访与创作，更是暖心之旅。写作过程中，我得到了太多太多的指导、支持和帮助。孙家栋院士、沈荣骏院士耐心细致地给我讲述北斗的故事；北斗三号高级顾问李祖洪、谭述森，北斗系统总设计师杨长风，副总设计师谢军、杨元喜、冉承其、郭树人、吴海涛，工程"两总"系统代表在百忙中抽出宝贵时间接受采访，详尽介绍工程建设情况，热情提供各种资料，并对作品提出宝贵意见。中国卫星导航系统管理办公室杨军副主任、马加庆副主任、王智主管、苟玉君主管，装备发展部政治工作局杨欣干事，积极为作品创作出谋划策，为创作活动顺利推进和作品质量提升做了大量具体细致的工作。山东文艺出版社对作者的真诚令人感动，没有他们的支持帮助，我无论如何也难以完成这部作品。

北斗卫星导航基本系统虽然全面建成，但对于中国卫星导航发展事业来说，它仅仅是一个阶段性胜利，继续完善、提升系统性能及推广应用的任务，依然非常艰巨，而对于2035年前建成以北斗系统为核心的，更加泛在、更加融合、更加智能的国家综合定位导航授时体系（PNT）这一宏伟目标，北斗人更是深感使命崇高，任重如山！

2020年7月31日，中共中央、国务院、中央军委对北斗三号全球卫星导航系统建成开通发出贺电，勉励工程全线大力弘扬"自主创新、开放融合、万众一心、追求卓越"的新时代北斗精神。我们坚信，新时代北斗精神将鼓舞一代又一代人不忘初心、牢记使命，不懈探索、砥砺前行，接续走好攀登科技高峰、建设航天强国的新长征。

2019年3月初稿

2021年11月定稿